我的吊带裙

邬霞 作品

华龄出版社
HUALING PRESS

有态度的阅读

小马过河（天津）文化传播有限公司出品

邬霞的吊带裙

吴晓波

一

初见邬霞是在2015年，参加上海国际电影节。

那天她从深圳赶到上海，当晚有一个盛大的"互联网电影之夜"，《我的诗篇》是受邀参加的6部国产电影之一，也是唯一的纪录片电影。邬霞和另外两位工人诗人陈年喜、吉克阿优一起被摄制组邀来参加首映礼，还要陪着我和导演走红地毯。她个子非常瘦小，玫红色的吊带裙貌似有点儿大，平时很少穿高跟鞋的她，走起路来一摇一摆的，并不像女明星们那么优雅。

红地毯足足有50米长，栏杆的一边是100多台摄影机和相机，尽头是一块硕大的LED屏，靓丽高挑的女主持人还在热情地采访刘亦菲和宋承宪。我看邬霞抿着嘴唇有点儿紧张，便挽了挽她的肩膀。

那条玫红色的吊带裙应该是邬霞最喜欢的一款，前短后长的款式。她家有一个衣柜，里面有十来条吊带裙，摄制组去拍摄时，她一件一件拿出来给导演看。其实邬霞平时几乎没有机会穿，她在深圳的一家服装厂上班，每天工作10多个小时，大多数双休日也要加班。

但邬霞是一个吊带裙控。在《我的诗篇》里，她说："下班后，劳累一天的姐妹们都睡下了，外面的月光很好，我会穿上吊带裙，悄悄爬下床，蹑手蹑脚地溜进女厕所，月光照在铁窗玻璃上，我照着玻璃，看见自己穿裙子的样子很好看。"

二

邬霞是一个出生于1982年的工人女诗人。

她的家乡在四川内江，从小父母就外出打工，邬霞是第一代留守儿童，到14岁的时候，刚读完初二的她也来到深圳宝安，成为一名打工妹。日子一直过得非常拮据，父亲曾因患病试图服毒自杀，现在，她是两个孩子的妈妈。

六年前，邬霞离了婚，尽管失去大女儿的抚养权，她仍然坚持把两个女儿都带在身边。作为曾经的留守儿童，她不愿女儿走自己的老路。

现在，她和父母、孩子住在一起，一家人相依为命。她想谋一份安稳的工作而不得，便在家做电商、微商和写手……想尽一切办法挣钱，然而收获廖廖。父亲的糖尿病引起了很多并发症，母亲身体也不太好，全家五口人靠她和妈妈支撑，日子捉襟见肘。

写作能让邬霞忘记现实烦恼，沉浸在一个美好的世界里。这两年家人强烈反对邬霞写作，沉重的生活压力令她喘不过气来。当现实与梦想产生矛盾，邬霞不得不妥协，去年放弃了写作。这次捧出的非虚构作品集是这10多年来的心血，可看成是一部自传，真实记录了她和家人在深圳经历的点点滴滴。她写的不仅仅是个人，而是折射整个群体，漂泊在外的人能在其中找到自己的影子。

邬霞在书中写了她在制衣厂和电子厂做童工、流水线工人、前台文员和仓管的经历。很显然，她并不喜欢工厂，一直试图逃离。出了工厂后，和家人一起摆摊，也到商场做过饰品专柜，均以失败告终。

与大多数人一样，邬霞住在城中村里的出租屋，早前与人合租，发生了许多烦心事。她渴望有一间属于自己的房子，但低收入让她不得不一次次面临被房东赶，继而搬家的处境。

到深圳已有25年，她发自内心地热爱这座城市，希望能扎下根来。

邬霞边挣钱边写作，边带孩子边学习，希望早日通过考试，拿到深户，让孩子上初中能进入公立学校。她还希望手头有了2万块余钱后，可以在美团开个鲜花店。她的身上有一种坚韧不拔的精神，就像《我的诗篇》里所说："就算是有一块石头压着我，我也要像花啊草啊，倔强地推开那块石头，昂起我的脑袋，向着阳光生长。"

祝愿邬霞早日实现自己的梦想。

目 录

生活
梦想
吊带裙

婚姻
家庭
小生意

归
处
房 子
出
租
屋

深 圳
工 厂
打
工
妹

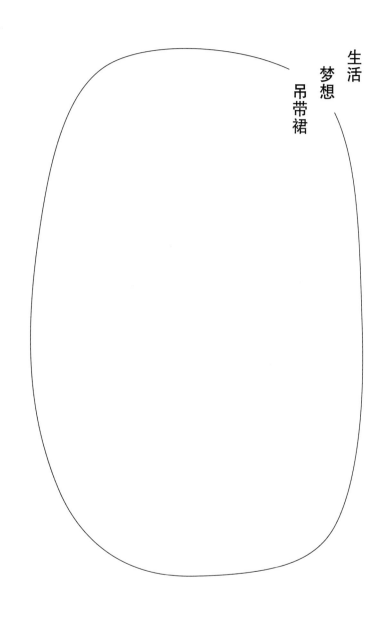

生活
梦想
吊带裙

向往城市

很久以前，我就有一个城市梦。具体是哪一天不记得了，但当时的场景，回想起来清晰如昨。

那是二十几年前，爸爸带着我和妹妹到县城大姑家做客。晚上，大姑领我们到她的一个朋友家去住。夜幕下，看着一栋栋楼房，我心想回去一定努力学习，将来做个城里人，在单位分套属于自己的房子。我曾在一张纸上一口气写下27个梦想，其中有一个是因为看到杂志上刊登了一则武汉某美容学校的招生简章，便想长大后去那里学美容。从小我就爱臭美，喜欢拍照，喜欢漂亮裙子，每次拍照的人下乡来，我都会跑去凑热闹。油菜花开时节，又有人下乡来，我想拍照，妈妈舍不得花钱，我就哭，最后妈妈妥协了，我将一本书握成卷，眼角还挂着泪珠。去镇上赶场，我看上一条连衣裙，那个年代只要两元钱，妈妈却舍不得买，我边哭边用双手双脚夹住她的腿，她只得又依了我。

看着电视里城市中那些打扮入时的摩登女郎，我特别向往城市，不仅是向往城里人的生活，更向往有一天也能生活在城市，成为一名地地道道的城里人。

然而现实是我难以靠读书跳出农门，读完初二就辍学来到深圳，进入松高制衣厂。厂里有个翻译黄小姐，她工资高，在深圳已购房入户；在35区电子厂做前台文员时认识的清洁工李阿姨在深圳也买了房；妹妹在新安市场摆摊时认识的一个老乡在市场楼上买了房；妈妈说有个工友的大姑姐很有钱，给这位工友全家买了一套房子。我刚做童工没几天，有个工友进厂几天后就走了，去年碰到她，年纪轻轻竟然就当了奶奶，专门带小孩，两个儿子在我们附近的双龙花园各买了一套房。有个文友以前来我家，我才知道她在宝安买了房子，上次碰到她，她说自己又在中粮鸿云买了一套房子；另一个文友在我们家附近的新安市场置业，再见面时他已说把那套房子卖了，在双龙花园买了3套，价值千万——每每听说谁在深圳买了房，我就艳羡不已。

为什么人家都知道在这里买房，把我们不敢想的事做了？

我们本来有在老家县城或深圳购房的机会，却都错过了。不管在哪里买，只要买了，就能成为城市人——人要有自己的房子，才有安全感和满足感，不会滋生漂泊感。

我问爸爸出来打工是为了什么，他说为了挣钱，我却认为我们这些第二代打工者目的不止如此。与上代打工者只想着挣钱回老家建房不同，"80后""90后"想成为城里人，我们向往城市的霓虹、便捷的交通、舒适的环境和多姿多彩的生活。

来到城市，我们学会了化妆、着装，努力把自己打扮成一个城里人。

有不少普通打工者在深圳都买了房子，我们却从来没有这样的想法，总想着不知道哪一天就回去了。十几年前，有时我和妹妹买衣服，比如外面有一层网状的，爸妈会提醒我们，回去背背篓一钩就烂了。然而这么多年过去了，我们还是没回去。我们心里想着，能留在这个城市就好了，但心里清楚自己没那个资本。一家人在深圳，极少回去，家乡的朋友就说："你是不是不打算回来了？"或者："你打算就在外面了？"我认为她们这是在嘲笑，明知我不可能在这里扎根。

在深圳，好几次看着高楼大厦，妈妈感叹："再多的房子都有人买，那些人的钱是怎么来的？"最初还以为别人多有钱呢，经过了解，才知道多数都是贷款买的。有时我们就自我安慰，说他们只不过是比我们钱多一点儿而已。有时看着属于别人的花园小区，不免伤感，觉得里面像皇宫一样遥远，永远无法踏入。

儿时的姐妹大淑已回老家农村生活多年，我问她是否习惯，她说不安逸，一天到晚活儿多得很，要喂猪，煮考考（苞谷粉或稻谷、麦子粉做成的糊），到处都脏兮兮的，光是一天到晚煮饭就让人烦闷，哪像在外面(深圳)，不想煮饭了还可以去外面吃，在家里连市场（镇上）都很少去。我说没想到"80后"也要过这样的生活。大淑、小淑还在深圳时，就说回老家看到那些妇女的状态，再想象自己以后也会变成那个样子，感觉有点儿悲凉。那样的命运，尽管她们想逃脱，却逃脱不了。小淑回到老家后开了快递公司，就是为了摆脱那样的命运，她在QQ签名上写道："为了生活，我感觉好累！"但她的生意越做越好，买了房和车，期间也帮衬大淑，让大淑的老公去快递公司帮忙，后来大淑也在县城买了房子。再后来，大淑拿了大专文凭，进入镇政府工作，她们不必再担心会变成农村妇女的样子了。

　　我们若想在城市扎根，肯定得有户口。深圳曾搞了个诗歌大奖赛，前三十名可以拿到深圳户口。文友叫我好好写一组，我说这种比赛评委要把奖给谁就给谁。我不相信自己会有好运，索性一个字也没写，直接拿旧稿参赛。有文友说这种机会很难得，错过可能就没有了。深圳一批诗人还组织了几场改稿会，以期取得好名次，甚至有人说我们这群人的稿子包过，也就是都能拿户口。慢慢地，我也从毫不在乎变得有些动摇了。我不停地问自己：我真的能拥有深圳户口吗？这可是想都没想过的，户口来得有些太容易了！后来，一文友说这次比赛深圳的参赛者全军覆没，我有些吃惊。直到有一天一个女文友说结果出来了，他们都去四川领奖了，我才知道希望彻底落空。深圳户口哪是轻易就能得到的？真是天真！大家满怀希望，结果却大失所望。有位唱歌的姐姐给我打电话激动地说："不是说包过吗？！"其他文友也表示失望。幸好我没有异想天开，不然也会非常失落，但心情多少受影响，不可能有精力一一去安慰他们。有些人得奖拿到了户口，我在网上翻到过报道中一位获奖者的照片，拿给妹妹看，妹妹也很羡慕。

几年前，妹妹开始想办法落户深圳，妈妈说如果能办下来就好了，妹妹认为得等上几年。深圳户口是积分制，过了本科有80分，还有社保20分，就满了。妹妹提醒我也办深圳户口，可是我没学历，妹妹说可以靠自学提升，如果成了，正好菲儿可以上学。妹妹离婚后，户口从湖北迁回四川，老家的堂哥发来消息，要我们的姓名和身份证号码，说是帮我们申请低保。堂哥不太了解情况，对妹妹的户口有疑问，妹妹回答："都迁回去了，"然后又自言自语，"哎呀，我的户口能够搞到深圳来多好！"

有户口的前提是得有好工作，可以积分。学历低的人自学、上夜校，拿到证书后可以找份好一点儿的工作，有些公司还可以迁户。我出来打工后不久，就在外面接到了传单，对上面写的"自学圆大学梦"颇为心动。一个正在自学的笔友劝我也学，我想着不知道哪一天就离开深圳了，迟迟没有行动，再加上那个时候我对写作入迷，一心想着靠写作改变命运。也有文友劝我自学，我买了书回来但没翻过，后来见面或QQ聊天时，他问我学了没，我实在是惭愧得很。这两年找工作，因为学历低错过了许多机会，让我意识到低学历是一种罪过。上海一个诗人说她报考了交大，叫我哪怕为了孩子也要拼一把。后来在一次活动上认识的朋友帮我梳理了自学流程，我想专本套读，一年半可拿双证，可学费要差不多1万元，因手头拮据，只得先自考大专。

身边有不少朋友都实现了城市梦，在城市安居乐业。妹妹嫌弃我们住的地方差，不敢带朋友来，觉得很丢脸。妈妈对此很不理解，妹妹却说："像我们这个年龄的，哪个没有房？"

一个朋友租住在小区里，她说："我以前也住农民房。"不管怎么样，人家的生活层次还是上了一个台阶啊。她现在有了自己的公司，3000元钱的房租不成问题。我想，我们哪怕买不了房，也应该想办法搬离农民房。

十年前有个姐姐说："你完全可以过上更好的生活，只是没人帮你。"城市的生存规则之一貌似是得懂拍马屁以及如何拍好马屁的学问。我来深圳进的第一个工厂里有位女翻译深受日本人重视，许多人为了往上爬，就去拍她的马屁。那些善于拍领导马屁的人自然机会多，但我来深圳那么久，始终无法混出头，给人的印象是太老实了。我不喜欢靠关系的人，认为他们不是靠真本事做事，但其他人认为那种人聪明，觉得我这种想法愚蠢、呆板。我带小女儿在影楼拍百天照时遇到爸爸做保安时的一个同事，安徽人，很会说话，他现在竟然在新安街道办上班，在宝安买了房。似乎存在这样一个逻辑：会拍马屁，才会有好工作；有了好工作，才会有高收入；有了高收入，才能在城市立足。

一个宗亲也是只初中毕业，16岁出来打工，却早早当了老板。他有一次说圈子很重要，我才意识到这点。我发现我所认识的和我相同的人虽然也在写作，但仍停留在工厂一线。我们在深圳接触的圈子太窄，只能接触普通打工者，接触不到高层次的人，也就没有任何资源。以前我们不了解商场的运作模式，以为一个商场的所有东西都归老板所有，他请员工帮着卖整个商场的物品。后来才知道，商场老板是把一个个专柜租给一个个商户去卖物品。我和妹妹在一个统建楼下的商场里卖饰品，因老板存心诈骗，我们卖了不到两个月就惨败收场。后来有个看了《我的诗篇》的小妹与我取得联系，她说她开店卖衣服，不到三年赚了200多万，让我过去看看。我开始以为她是在街边开店，后来才知道是在商场里租了专柜卖衣服，如果她不说，别人根本想象不到可以赚那么多钱。附近的港隆城里面有个家乐福，人气爆棚，我们不止一次表示遗憾，要是早知道商场是怎样一回事，应该早点儿到港隆城里面做生意，说不定早就赚到钱一家人衣食无忧了。

都说深圳遍地是黄金，我却看到有人捡垃圾、捡硬币。所谓的黄金，是指这里的商机吧，找准了机会，赚钱就像捡黄金一样容易。

多年前就有人说我们一家人给别人打工划不来，应该去开个餐馆。有个远房表姐开酸辣粉店，虽然辛苦，但比打工挣的收入高多了。妈妈也去学了，之后一心想开店，那时妹妹在商场做专柜已经交了钱，便没有多余的钱再做酸辣粉了，店最终没有开成。那个开酸辣粉店的表姐做了几年就在老家付了两套房子的首付，而我们还是和最初一样贫穷。宗亲提到，以前出来种个菜都有可能发达。我们只知打死工，收入不高，想自己开个店，又不知该做什么，不敢冒险。1996年我进的第一个工厂对面有一个小店，妈妈说那个店一年能赚20多万。但是以前什么生意都好做，现在却一年比一年难，只能说我们已经错过了黄金时代。别说深圳，就是老家的房价也在不断上涨，想在城里安家，比登天还难。

只是有时我还是忍不住会想，希望跟城里女孩儿一样，住在花园小区里，有自己宽敞明亮的房子，每天穿得漂漂亮亮出入各种场合，或者坐在咖啡厅里悠闲自在地喝咖啡、听轻音乐，隔着落地玻璃窗看车水马龙。

吊带裙

　　最后一个下午，我是数着时间过的，一秒、两秒，一分、两分，一点、两点，我看见自己幻化成一只小鸟，迫切地扇动翅膀想飞向高空。四点钟在紧张热切的期盼中准时到来，我的心脏快要跳出胸腔。

　　放下剪刀和衣服，我离开工位，走到负责人张好华的面前——他坐在台面上，摇晃着双腿。我说"我走了"，他点了点头，跳下台面，往办公桌走去。我跟在他身后，这时非常不可思议的事情发生了：四年来，天天盼望着能逃离这里，然而当我真正要与它告别时，双腿却止不住发抖，一股冷意爬上脊背，蔓延至四肢百骸，我甚至希望张好华能像前面两次一样挽留我。不过，这一次他并没有开口挽留，而是说："你帮我把这份加班申请表带到写字楼去。"这意味着我将彻底与这个厂失去关系，原来那股期冀带来的兴奋劲儿顿时消失了，取而代之的是莫名的失落。终于获得了梦寐以求的解脱，可我为什么高兴不起来呢？要知道，平时无数次想象过离开时的情景，或仰天大笑，或一蹦三尺高，但无论如何都不应该是现在这种状态。这真是一种难以言说的复杂情感。

在工厂的这4年岁月给我印象极其深刻，以致多年之后，还能清晰地记得那里发生的一切。这是我打工生涯中最痛、回想起来最有味道的一段时光，它时常像呼啸的台风一样，裹挟着一幕幕场景掀开记忆之门，使我泪眼朦胧……

读完初二，我就辍学了。在此之前，我看到同学在公社学缝纫技术时做出来的衣服，便怦然心动也想学，想着学会了就可以做各式各样的裙子。我想象着一条条漂亮的裙子从手里"流淌"出来，这是件多么美好的事啊。然而，这美好的想象还来不及萌芽，就被扼杀在摇篮里了。

一封信使爸爸妈妈成为一场密谋的参与者与决策者，而我却置身事外，浑然不觉。

那天，妹妹从大娘家跑回来，高兴地嚷着："哦，姐姐要去打工喽！"我愕然，呆呆地说不出一个字，好似突然成了一个哑巴，内心震颤，一股恐惧隐隐袭来。对于打工，我没有任何思想准备。爸爸回来后对我说："你大娘的三女儿要去深圳，顺便带你一起去。"我突然恢复了语言功能，极力反驳："我不去打工。"爸爸说："你不读书了，不打工还想干什么？"

我之所以反应如此激烈，不是少不更事，而是另有隐情。自从看了《外来妹》那部反映打工生活的电视剧后，我就对打工产生排斥心理，变得敏感脆弱。我曾无意中看到爸爸写给妈妈的信，说妈妈打工的时间不会太长，如果能跟林音表姐搞好关系，到时可以让她关照我和妹妹进厂。当时我下定决心，绝不会去打工。后来，当我向班主任刘霞表达不上学的意愿时，她说："你这么小，不读书要去打工吗？"我当时对打工依然排斥，认为自己压根儿就不会属于打工一族。

几天后的黄昏时分，我和妹妹及另外一个小伙伴在二叔的坝子里玩得正起劲儿，大娘家的三姐叫我收拾东西，准备第二天一早出发。我的笑容顿时僵住。明知逃不过，却不曾料到这一天会来得如此突然，就像琴弦"嘎"的一声断了般。我陡然失去了玩耍的兴趣，陷入惶惑之中。少年时光戛然而止。

爸爸和刘霞老师的话里有两个关键词：一个是读书，一个是打工。他们在传递一条信息：要么读书，要么打工。只能二选其一。不读书，便只能打工，这似乎是大多数农村少女的出路。

爸爸和妹妹把我和三姐及三姐的男朋友一起送到县汽车站，从头至尾，我恍如飘在梦中。当天没有买到车票，我们便到三姐男朋友的亲戚家暂住一晚，我当时无法表达出愉悦的心情。吃过午饭准备午休时，爸爸和妹妹起身告别，我眼巴巴地看着他们，希望能把我带回去，而他们却毫无留恋地走了，渐渐远去，我的心像针扎一样疼。下午，三姐的男朋友决定回家住几天再走，之后有天在一个梯形山坡处，我拿着一片树叶逗蚂蚁玩，三姐未来的婆婆笑着对三姐他们说:"刚才看见你妹妹在玩蚂蚁,还真是个孩子。"可就是这样一个孩子,要踏上打工路,奔赴茫茫未知的前程。

1996年秋天,沐浴着阳光,我踏上了深圳这片热土。14岁的少女,是含苞待放的花骨朵,眉眼还没长开,脸上带着茫然、稚气与天真,以及对这个世界的懵懂无知。我个子矮、身形瘦、皮肤黑,一副弱不禁风的样子,妈妈说我上楼梯像要扑倒一样。林音表姐的宿舍在工厂对面,我刚到深圳时住她那儿。中午,我站在阳台上望着工厂门口鱼贯而出的人群,写字楼文员张琼看见我,对妈妈说没想到我是如此之小的一个小娃儿。一个星期后,妈妈工作的松高厂招工,张琼没敢让我去写字楼填表,怕日本人发现是童工不让进。所有证件都是从表姐那儿借来的,张琼帮我办好入厂手续,领了厂牌、饭卡,我直接去上班就行了。她办事周到,还安排我跟妈妈住同一个宿舍,在同一个包装部上班。

直筒式的工衣没有任何款式可言,遮住了我娇小的身材,整个人一下子变得臃肿起来,却难以掩盖那张稚气未脱的脸。从那一刻起,我要牢记,我的名字叫余真联,是这家日资企业的一名童工,年满18岁拿到身份证之前,要一直过隐姓埋名的生活。当城市女孩儿还在妈妈怀里撒娇时,我已经开始自食其力了。

包装部一条查货拉①有7个人,拉头有2个人清线头,中间1个人查后幅,1个人查帽子、袖子,1个人查前幅,1个人查里布,拉尾有1个人总查。我被安排在妈妈那条拉上清线头,妈妈是总查,我

---

① "拉",在工厂中指流水线,每个工人一字排开,各有各的工位。

们一个在拉头，一个在拉尾。指导工李水青可能是怕我和妈妈上班说话，一个星期后便把我调到了另外一条拉上。

上班不能说话，工友们个个面无表情，只顾埋头重复手里的动作，我不知道他们有没有在思考什么，但我猜他们也会想家、想未来，人不可能没有思想。这世上有两种人：一种安于现状，一种希望改变现状。

上班也不能坐，一天要站十几个小时，我在进厂一个星期后晚上通宵加班，一分钟都没休息，也没坐。有个女孩儿想打瞌睡，直叫"妈妈"。我虽然一抬头就能看见妈妈，但想到我们都在受苦，心里很难受，就像吃了一枚酸涩的果子。

宿舍一层楼住100多人，只有两头有洗手间，十几个水龙头，每天洗澡、洗衣、刷牙像打仗一样，刷牙只能预先用桶准备好水，在走廊上刷。进厂半个月后的一天晚上，我在桶里盛了一杯水，挤好牙膏到走廊上刷牙，刚喝了一口水，一个门卫从身边经过，我便退后一步，待他过去好把嘴里的水吐出去，谁知他转过身恶狠狠地说："把厂牌拿出来。"还没等我反应过来，他就把手伸向我的工衣口袋。搜寻未果，二话不说，便一把抓住我的衣领，像老鹰捉小鸡一样把我拽进宿舍。舍友们纷纷从床帘里钻出来，目光聚集到我身上，只有妈妈气得面红耳赤，其他人脸色麻木而平静。我真希望自己是只鸵鸟，可以把头埋进沙里。委屈与愤怒把我包围，骄傲与自尊使我心里充满抗拒，就是不想让门卫称心如意。门卫似乎等不及了，又怒吼一声。妈妈自知斗不过他，催促着我把厂牌给他，我这才心不甘情不愿地拿了出来。

门卫拿着厂牌扬长而去，我躲到洗手间里哭，不仅因为要被罚200元钱，更因为人格受到侮辱。妈妈来劝，说她刚才气得要命，如果是在家里谁敢这样对我，她非拼命不可，但出门在外不一样，为了挣钱，必须学会忍耐。妈妈帮我擦掉眼泪，拉着我的手回到宿舍，我们一起爬上床，拉上床帘，我的眼泪又止不住地流了下来，妈妈也忍不住哭了，泪水泛滥成河，一发不可收拾，到最后，母女俩抱头痛哭。妈妈说，她进厂时不知厂规，也遇到过这类情况，被罚了15元钱。有一次吴经理检查宿舍，走廊上有青苔，还有倒在地上的水，他不小心滑了一跤，腰间挂的钥匙摔掉了。他爬起来，恼羞成怒，用粤语嚷嚷着"罚款200元"。以后，这个厂规就流传下来。门卫抓一个厂牌罚款200元，和厂里各分一半，每到晚上员工下班时，他们就像猎人寻找猎物一样来回巡视，有时早上也来，行踪不定，弄得人心惶惶。吴经理原是罗定人，十几年前来深圳，如今是地头蛇，对员工极为严苛，日本人开厂时给员工的底薪是600元，他说给400元就有大把人做。可见，在这种人的领导下，没有人会有好日子过。

厂里80%都是湖北仙桃人，其余来自广东、广西、湖南、四川这些地方。他们大多数都有车衣服的技术，但文化程度不高，有的女孩儿十几岁便不读书了，去学电车①，学会了就出来打工。有的管理人员自恃懂技术，还在厂当领导，总以居高临下的姿态示

① 制衣厂一线工作岗位，使用电动缝纫机完成缝纫上的操作。

人，每天凶神恶煞，完全不顾员工的自尊心，被骂甚至被骂哭是常事。有的管理人员还专门整治员工，曾有一个人提出如果当天员工在规定时间内没完成规定的产量，就拖班①，其他管理人员也积极响应这个做法。如此一来，任务繁重，而且额外多出来的活儿都是管理人员自作主张规定的数量，员工苦不堪言，经常要每天白干一两个小时。有很多事情日本人并不知情，而是管理人员把一个好厂弄得乱七八糟。

工厂大门中午不开，有人来找老乡，得隔着厂门说话，跟探监一样。员工人多，饭堂排的队像一条长龙，打来的饭菜像猪食，让人难以下咽。我通常只吃两口就跑，上班饿着肚子坚持。车间灰尘很大，加上加班加点，永远欠着瞌睡债，早上起来头昏昏沉沉，眼睛像被什么东西蒙住一样，看人看物都是一片模糊。我刚来时，每晚跟妈妈摆龙门阵，直摆到她完全睡着，早上都是我叫她起床。过了一段时间，我就不行了，晚上下班冲完凉，就往床上一倒，妈妈洗好衣服，用电饭煲做好夜宵再叫我。我睡得正香，从床上爬起来像上酷刑一样。

一个月后，我被调到了工厂五楼车位上剪线，一层楼有3个组，每组有4个人。3个负责人走过来。何会玲是一组的，住我下铺，见到她时，我略微紧张了一下，希望她能选我，可她从头至尾都无视我的存在。后来，我被分到了她老乡鲁玲那个组。我和老乡别大姐挨骂次数最多，其他几个都是湖北人。配送也是湖北人，每

---

① 只付 10 个小时工资，却要员工做 11 个小时或 12 个小时的工作。

天查货时看到我和别大姐做的哪怕有一根线头都不行，非让重剪，而对她的老乡却十分宽容，还偷偷为她们多记数。那几个湖北人上班时说说笑笑，而我一天到晚不说一句话，不上一次厕所，不喝一口水，只埋头苦干，到了晚上工作量离规定的数量还是差几件。每天晚上下班前，鲁玲都双手叉腰，冷着一张脸来骂我。我实在受不了如此压抑的生活，每天守着妈妈哭。有一晚我哭着问道："妈妈，为什么要我这么小就出来打工？"妈妈也很无奈，她说不管怎么说，打工都好过在家种田。我的心里充满了无尽的悲伤和对现实的不满——要是一辈子都过这样的生活，情愿不活。

我每天都害怕去上班，一走进车间，双腿发软，心咚咚直跳，身上像压了千斤巨石，快要窒息了一般。每次看见鲁玲从拉上往我这边走，就脊背发凉，有时即使不回头去看，也能感觉她在走过来，心里直打鼓。在这里唯一的好处是可以坐着，除此之外只有不尽的痛苦。心情的好坏跟工作的好坏有很大关系，身处这样的环境，我的性格没法不发生改变，每天郁郁寡欢，像个沉默寡言的小老太婆。在宿舍，我从不主动跟人说话，其他人都认为我很古怪。我的想法与他们不同，我的目的不是挣钱和解决温饱，生活应该多姿多彩，我渴望像鸟儿一样自由自在地飞翔。小时候，我曾在一张纸上写了27个梦想，其中有学做美容、坐飞机和出国，妹妹认为我异想天开，我的确心比天高。然而现实却充满了无奈，我不知道能做什么，觉得自己是一只被关进樊笼里的鸟儿，失去了人身自由。想到这儿，我拿起一张纸又写了两句话贴在了墙上——我打工不是为了金钱，而是为了梦想。

厂里有个翻译黄小姐，重庆人，其貌不扬，但工作能力很强。她和老公会日语，刚出来打工时在另一个厂工作，和普通打工仔、打工妹一样住集体宿舍，进了我们厂后，生活发生了翻天覆地的变化。黄小姐深得日本人信任，恨不得把十指都挂满金戒指，她家里有5台彩电，都是日本人送的。平时工作清闲，薪水优渥，厂里无论领导还是工人都很尊重她，每个人都对她笑容满面、点头哈腰。照理说，她可以穿自己的衣服上班，但每次来车间，她都和我们穿着一样的工衣。我常偷偷望着她的背影出神，想想自己，和她恰恰相反：每天穿着蓝色工衣在车间汗如雨下，累死累活也挣不到钱，还要看尽脸色、受尽屈辱。我看见她，恨不得自己就是她，可我知道这简直是痴人说梦。我渴望也能找寻到一种方式来证明自己的价值。

一天，我和妈妈同时被调到2工厂三楼一组帮忙，坐在同一个坐桶上。突然，坐桶被人狠狠踢了一脚，我们吓得直接弹跳起来，以为是日本人来了不让坐，结果发现是广西翻译"老农民"在作怪。我气得要死，又不能发作。到了晚上，余怒未消的我突然一激灵，产生了写小说的念头。进厂之后，我看了台湾女作家的言情小说，我对妈妈说，她们能写，我为什么不能？这样一个闪念，让16岁的我开始编织爱情故事。用了一个月的时间，我完成了人生第一篇小说，相当于一个中篇，后来又扩写成长篇，反反复复写了3遍。那个时候，我开始有了当作家的梦想。我一直觉得作家是一个神圣崇高的职业。这个梦想让我在黯淡的生活中看到了一丝光亮，现在它还只是一棵小树苗，经过努力，慢慢地会茁壮长成参天大树，开花结果。我有个强烈的愿望，就是通过笔来改变命，让自己过上理想的生活。我认为自己与众不同，那种自豪感油然而生。那时的我像井底之蛙，以为打工族中只有我才有写作的念头，想象着自己将成为打工族中脱颖而出的第一个作家，总一个人偷偷地傻笑。

上班时的压力依然很大，我一边干活儿一边构思着一个个美丽的爱情故事，下了班就飞快地写。中午休息一个小时，下午休息四十分钟，要穿过院坝，爬上厂里的一座天桥，再穿过院坝，去3工厂那边的宿舍楼下的饭堂排队打饭。吃完饭，为了赶时间，我把碗交给妈妈洗，匆匆赶回宿舍。无论是在天桥上还是在宿舍楼里，上下楼梯我都是一步跨两级，如果走慢了，至少要多花5分钟。属于写作的时间太少了，每每都是气喘吁吁地跑进宿舍，连气都来不及喘一口，就抓起笔，坐在泡沫制成的凳子上，把本子摊在一块纸板上，放到腿上拼命写写写。上班时间还剩五分钟，我便紧忙放下纸和笔，匆匆奔去车间。上班时，上午、下午和晚上各有10分钟休息时间，是给员工打开水、上厕所用的，多数人会趴在台面上睡一会儿觉，我则利用这宝贵短暂的时间来看书，书都是从工友那里借来的言情小说。晚上通常加班到十一二点，排队冲凉要花不少时间，我着急，也不管厕所有多脏，就到里面将就一下。洗衣也拥挤，水龙头要靠抢，所以我的衣服也只能让妈妈一起洗。有人问妈妈为什么不让我自己洗，妈妈一笑置之，没有解释。

在松高厂唯一的好处就是晚上宿舍可以通宵点灯，为写作提供了极大的方便。当整栋宿舍楼的人都已进入梦乡，安静得只能听见树下草丛里蟋蟀的叫声，这时我还在奋笔疾书。有时，实在困得不行了，就靠在床上小憩一下，脑子里混沌，过电影般地想着生活中的某个人，等睁开眼时，便把那个人的名字写了上去。我给自己规定了每天的任务——要写8页，每次都得写到凌晨两点。每到那时，我都是昏昏沉沉、头重脚轻、摇摇晃晃地穿过走廊，去洗手间洗漱，然后回宿舍休息。时间久了，被子、蚊帐上留下了不少墨水印。

我不想让任何人知道我写作的事，怕别人说三道四，写小说是属于我的隐秘快乐，也是唯一的快乐。我小心翼翼地珍藏，生怕被人摧毁。打工生活如此单调乏味，能找到自娱自乐的方式来宣泄心中的苦闷，如同觅到了一个宝藏。爸爸有时趁我不在时将我写作的事告知他的工友，我知道后非常生气，对他好一阵责怪。好在担心完全多余，爸爸的一个安徽工友非常热心，他在厂里帮我裁纸，装订成一个个本子，让我作为稿纸。我在松高厂工作的四年时间用的都是他给我做的本子，只是那纸薄得几乎透明，写字时得用一块纸板垫在本子下面，翻页时需要小心翼翼。

就这样，写作成了我的精神支柱，不开心的时候，只要一动笔，就能忘掉所有不快。我所写的小说中的环境与真实环境有着天壤之别，我希望在文字世界里找寻到另一块清凉之地。笔下的女孩儿过得都比我幸福，我想以此来弥补现实的缺憾。在文字的世界里，我可以做女王，随便取一个人名，在小说中为他们安排角色，他们的命运便操纵在我手里。我享受这份快意，因为写作，我才知道自己活着的意义。对于此事，亲戚中有人反对，也有人支持。大姑在电话中得知此事，说我文化程度这么低写什么小说，还问妈妈我的脑袋是不是有问题。么舅却对妈妈说，不管我能不能成功，有这种想法就是正确的。

我被调来调去，最后被调到1工厂一楼二包。查货的指导工是我刚进厂时所在的一包调过来的李水青。她是鹅公嗓，说话的声音极其难听，骂人的时候声音很大。我负责在拉上查货，每天又要站十几个小时，站久了脚底钻心地疼，还会出现胸闷的症状。每晚，我拖着像灌了铅一样的双腿回到宿舍，动也不想动，腰酸背痛，小腿肿得像馒头，躺在床上还抽筋，眼泪常常不由自主地在脸上打滚。

我将第一部小说由短拉长，反反复复写了三遍，然后又每晚花时间用稿纸抄写得工工整整，按照从书店里抄来的光明日报出版社的地址，到厂对面的小邮局买了个小箱子将稿子装进去，把希望寄了出去。过了一段时间，有一天晚上加班前，周小群说看到有我一封信，是出版社寄来的，我高兴得蹦跳起来，以为可以出版了。可当拆开信，看到编辑说他们目前不适合出版长篇小说时，我一个人坐在工位上默默地哭了。

指导工的辱骂让我难以忍受，工作不顺、写作无望，使我心生绝望。漫无边际的打工生活，不知何年何月才能结束。我的痛苦就像鸢尾花一样在心里茂盛地生长，到了不能负荷的程度。有一晚，我跑到冲凉房里攀上了窗户，想做一次自由落体运动，那一刻，我的大脑一片空白。妈妈很快追了过来，用力把我拉了下来，她吓得脸色惨白。之后，挨骂受气难以排解，我就想到楼顶上静静地想想心事，但妈妈怕我想不开，不让我上去。1工厂的灰色厂房上面旺盛地长着爬山虎，每当微风拂过，它们便像一排排绿浪轻舞飞扬，依附着墙面，生机盎然。它们给予我启示，我想我还可以继续写作，在文字中获得喘气的机会。

制衣厂工作时间长是出了名的，我们连星期天晚上都要加班。买一斤瓜子一个月都吃不完，买了新衣服也没时间穿，于是我只好在三更半夜换上新衣服，穿过走廊，到冲凉房的玻璃窗户旁边照一照，左转、右转，再随意摆几个姿势，让脸上的笑容来观照我的内心。所幸没有人撞见，若有人看见了，肯定以为我是神经病或得了梦游症。虽然我在夜市买的无论是连衣裙还是套裙、吊带裙，都只有25元钱，但裙子穿起来很合身，比宽大的工衣漂亮得多。只有在这短暂的陶醉中，我才能感觉到自己是个花季少女。

每天，我都要与服装打交道，衣服、裤子、裙子样样齐全。我最乐意见到裙子，把它们拿在手里，便会浮想联翩。我对裙子的喜爱可以说是深入到了骨子里。裙子能衬托出一个女性最美丽温婉的一面，我时常在脑海中勾勒出各种款式。我尤其中意吊带裙，可我知道，像我这样的身份，穿吊带裙肯定会被人笑话。我多想有一天能穿上吊带裙，骄傲地走在人群中。我脑中有一个这样的画面：一个长发飘飘的女孩儿，穿着吊带裙，盈盈含笑，或在海边，或在草坪上，迎着微风奔跑，裙裾展开，带着弧度，像花儿一样。那一定是天才画家也无法描摹的美丽。

17岁正是渴望爱情的年龄。每当看到别的女孩儿挽着男朋友的胳膊悠闲自在地轧马路时，我都很羡慕，真希望也能遇到一个疼我、爱我的男孩儿。看到年轻的男孩子，我多希望他们的眼神能在我身上停留片刻，可惜我长相平平，引不起男孩子的注意。我经常一个人坐在床上，拉上床帘，对着镜子问：谁才是我的男朋友呢？不加班的晚上，宿舍的女孩儿去东游西逛、谈情说爱、吃喝玩乐，而我则在宿舍静心写作，我坚信我的未来会比她们精彩，前途、爱情我也一定都会拥有。也许某天，不再是打工妹的我，在自身条件提高的同时能找到心爱的人。我将穿上吊带裙，搂在我腰间的是一只白净的手。我和心爱之人漫步林荫道上，享受微风轻拂的爱情。

打包装的指导工孙小勇向妈妈借了300元钱，出于感激，她跟张好华说让我去做配送。戴上配送的绿袖章，我可以到楼上车间走动，就算被日本人和其他管理人员瞧见了，也不会被抓厂牌。做这份工作的好处是不用一直站着，活动范围更广。工作内容是每天把各组配送来的货进行点数、记录，对每条拉的查货数量进行点数、记录，把次品用小推车推到楼上车间，按衣服上的绑菲①把各组的货放到一个箱子里让他们返工，返好工的就拿到包装部去再查一次货。每次将货拿到车间，只有小推车可以用电梯，我跟另一个配送马永芳则要从楼梯一路小跑上去在电梯口接货。每天都忙忙碌碌，

① 在一根布条上车一张纸，纸上标注几楼几组。

要返工的货太多，我每次从台面上把要返工的货放进推车里，再到车间搜罗一大堆返好工的货送到包装部，而后又一扎一扎地放到台面上。我个子小，衣服又占地儿，台面上衣服堆得比我高出一大截，经常要踮起脚尖或者跳起来放货。每天跑上跑下，累得满头满身都是汗。

妈妈看到我汗湿的工衣，心疼地说这工作比查货还辛苦，可我却不觉得。跟查货相比，我更喜欢配送。有时忙完后，可以拿把剪刀随便坐在哪条拉头做做清线头的样子，虽然这样的机会少得可怜，但总算可以喘口气。把本职工作做好才行，才不会挨骂，这是最主要的。

厂里又开始大量招工，招进来一大批妙龄女孩儿，其中一个湖北籍女孩儿王珊珊一进来就跟孙小勇很熟的样子。孙小勇第二个月又向妈妈借了500元钱，妈妈仍爽快地答应了。到了第三个月，孙小勇还了钱，同时也变了脸。那天，我正在点货、记数，孙小勇在打包装那边喊："小会，快拉货去查针，现在一包都没有查。"我说："等我搞好这里的数量马上就去。"孙小勇却大吼大叫："叫你把货拉过去没听到吗？"很快，她找来了张好华，张好华板着一张脸说："余真联，小勇安排你做事为什么不听？"我说："我跟她说了马上就去。"原本我希望张好华明察秋毫，哪知张好华也像疯狗一样向我咬了过来："像你这种态度，是不是不想做配送了？不想做就去查货，或者离厂，我看你是不想干了。"看他这态度，我抑制不住心中的委屈，在全包装部几十号人面前大声痛哭。

我又回到拉上查货。再去查货，又要一天到晚站着，李水青难听的声音时常飘进耳朵，我一时无法接受。妈妈得知后，决定向张好华求情，但张好华依然没有改变决定。当天，我就写了辞工书，可张好华却没有批。

　　我终于明白了，王珊珊拿走了我的袖章，她进厂时就和孙小勇通了气，她的舅舅是裁床负责人，是有后台的。没办法，我无力与之抗衡，只得咬牙坚持。王珊珊每天笑嘻嘻，而我每天苦哈哈。

　　我们拉上的总查梁如琴在李水青巡拉查货时向她告了我的状，李水青马上劈头盖脸地将我骂了一顿。梁如琴是重庆人，平时跟妈妈亲呢，我还记得爸爸来深圳的那一天，她借调到我们组上来剪线，我跟她聊得很投机，我劝她一定要让自己的两个女儿多读书，将来打工也不用打低级工，她点头称是。我不明白，我不像其他女孩儿直呼她姓名，而是叫她阿姨，给了足够的尊重，她为何如此对待我？每个人查货都有漏洞可钻，可她不敢告其他人的状，也许是因为我最温顺吧。3点钟休息时，我到一包去，看到妈妈正趴在台面上休息，我不想打扰她，但还是不自觉地坐在妈妈身边，跟她说起这事，终究没有忍住，泪水落了下来。我越讲越伤心，跟妈妈说要辞工。妈妈慌了："你辞工要到哪里去？千万不能辞啊！"听着妈妈的话，我更加烦躁，却坚定了辞工的决心。我递上辞工书后没一会儿，张好华就跑到一包跟妈妈说了这事。妈妈跑来找我，劝我不要辞，说在这里她可以照顾我。我实在忍受不了非人的折磨，跑出了包装部，妈妈冲上来抓住我："你不要走，你去哪里我都不放心。"我哭着说:"我实在没办法在这里待下去了。"张好华动了恻隐之心:"还有1个小时下班,你回宿舍休息,晚上不用来加班,明天照常上班。"

后来,我留了下来。但我的心早已飞出身躯千百里,每当看到有人到期离职,真恨不得跟他们一起走。有时,我上班都会做白日梦,希望大姑提个旅行箱来说:"这里面有十万元钱,以后你不用打工了。"我在心里呐喊:离开这儿,离开这儿!这样的想法快要刺穿胸腔了。接下来发生的一些小事件,促成了我的离开。

有一天晚上,我在宿舍吃夜宵,被一个江西门卫抓了厂牌,在厂里做够3个月就要扣50元调整金,再加上抓厂牌罚的200元,一共要被扣250元。才过了两个星期,我在宿舍吃夜宵,又被一个广西门卫抓了厂牌,意味着又要被扣250元。这次,我没有跟妈妈说。第二天晚上,当妈妈从外面买回夜宵递给我,我想起前一天晚上的事,火气直往上涌,等妈妈转身,我就一把把夜宵扔进了垃圾桶。没吃夜宵,加上我和妈妈上班从不吃早餐,隔日上班,便饿得头晕眼花。我开始猛灌凉开水,不一会儿就全身发麻,像要倒下去一样。实在坚持不住,只好去请了两天假。接下来"五一"放三天假,合起来,我在床上整整躺了五天。前两天晚上我感觉自己快要不行了,甚至跟妈妈说了遗言之类的话。假期结束,基本没什么大碍了,可是留下了后遗症——坐车会晕车、不适应空调等。

星期天晚上不加班,我跟妈妈、堂嫂闲逛,走进一家小商店,我随手翻起一本《星河影视》，上面有大连一个艺校的招生广告。从那一晚起，我的心情不再平静了。我跟妈妈说想买那本杂志。加班结束后，我回到宿舍，看见小红正在翻杂志，她说："小会，你妈妈对你真好，帮你把杂志买回来了。"我一看，她翻看的正是那本《星河影视》。

我蠢蠢欲动，想要去那个学校的愿望越来越强烈。我认为那是可以改变命运的地方。等到中午或下午下班时，我打那个学校办公室的电话却不通，可能人家已经下班了。但机会还是毫无预兆地来临了。

一天早上，我被一阵乒乒乓乓的声音惊醒，原来是有人在用刷子敲盆子，还有人大声嚷嚷："今天罢工，谁也别去上班，上班的是小狗。"全厂员工站在厂区院坝内，厂门外的马路也被堵塞了。管理人员照常上班，员工就在宿舍对着车间大吼。我跟妈妈正好趁此机会去给艺校打电话，这次终于联系到他们了，我得到了想要的消息。

妈妈说，现在都开学一个月了，去了也要交全额学费，不划算，不如明年去。我一天都等不下去了，更别说一年。一旦决定，就要立即行动。我向张好华递交了辞工书，这次，他仍然不放我走，说："你是老员工，对工作熟悉。"我的态度非常坚决，一如他当初对我的态度。

妈妈把我写的6部长篇小说放进箱子里，舍友小芳问是什么，妈妈告诉了她，舍友们这才知道我平时不是在写信。小芳说："小会打工写了这么多小说，再看我们，什么都没有。"我听后，感觉自己即使不成功，也挺值得的。翻看了一下记录本，在这四年间，我哭了200多次。确切地说，这四年是泪与汗交织的日子。

在这四年里，有人叫我的乳名小会，有人叫我的借用名余真联，却没人知道我的本名。那时，我已18岁了，拿到了自己的身份证，上面的名字叫邬霞，我终于做回了我自己。

再见，松高厂

在松高制衣厂的那些日子，我了解到一个制衣厂的内部结构。

松高制衣厂一共有3个包装部，1包在2工厂一楼，2包在1工厂一楼，3包在3工厂一楼。

包装部有查货的、打包装的、剪线的，打包装和剪线跟查货比起来相对轻松些，打包装的想站就站，想坐就坐；剪线的一天到晚坐着。这两个工种都是负责人和指导工喜欢的人才有资格做。

包装部的负责人黄大山管理整个包装部，指导工李水青管查货和剪线，另一个指导工阿娣管包装。工作如此开展：剪完线头的衣服拿到查货拉去查，查好的货拿去查针、挂牌、包装、装箱。

剪线拉的人的坐桶旁边放一个纸箱，剪好线头的衣服便往纸箱里扔，有一个专门拿本子记数的女孩儿会隔一段时间点一下数，把数量写在剪线人名字的后面，并负责把没剪线的衣服抱到剪线拉上。剪线拉的位置在入口的右边，一字排开挨着墙壁，烫床在左边一字排开，挨着墙壁，做这个的人一般身形高大、体力较好，那儿温度更高，但每月多50元钱的调整金。

查货拉是我和妈妈所在的位置。查到需要返工的，比如没打枣、定位和封口，断线、跳线、有色差的等，就用布条把那个地方绑起来，贴上带有红色箭头的贴纸，扔到自己前面，放在一起，由配送收走，拿到车间返工。

查针机类似于一条传送带，衣服从这头放进去，从那头出来，如果过不去，就会发出"叽叽叽"的声音，证明里面有针。打包装的人动作特别麻利，把衣服折好后，用个胶袋一套，再把胶袋口折一下，从胶纸座上迅速取下两截透明胶，贴在上面封口。装箱时要按照颜色、款号来装，不能有丝毫马虎。封箱时用大透明胶沿着纸箱的边沿行走，胶纸发出"刺啦刺啦"的脆响。一个个箱子码好后，就只等出货了。

厂里没有搬运工，要出货时，得叫拉上的人去，若人手还不够，就再来叫。男工把堆得高高的箱子卸下来放在地上，轻的一人拉一箱，重的两人抬一箱，放到滑滚车前。那滑滚车像梯子，一个接一个一直搭到货柜车上，上面都是圆柱体，便于箱子滑行。听妈妈说，以前有一个人刚进厂时看见滑滚车上的圆柱体直转，以为它是带电的，生怕靠近。一部分人分布在滑滚车两侧，一个接一个地把箱子往前推，让它滑向货柜车。轮子骨碌碌直转，发出"哗哗哗"的声音。有一个人专门站在货柜车前画箱，箱子进去一个，他便在本子上画一笔，以此统计出货的数量。一个又一个箱子冲进货柜车，车里面有几个人专门码货。

　　车间没有清洁工，负责人便根据人数来分配，每晚由几个人打扫，轮流着来。包装部需要剪线头，剪线和查货的员工会拿个胶袋，来到自己的工位旁，将胶袋粘在台面边沿，方便扔线头。即便如此，到了晚上下班时，地上还是有不少线头。上班时间，每当客户要来时，负责人就会叫几个人把车间赶紧扫净。衣服如果粘了线头、毛毛，查货的人也必须用大透明胶粘掉。粘的时候还有一些问题，例如把透明胶的起头部位撕开翻转过来，粘上一点点线头和毛毛又要重新撕，不仅麻烦，速度还很慢，透明胶的宽度不够，只能粘到小面积。但办法是人想出来的，在一块小纸板上缠好透明胶，粘线头和毛毛又快又干净，当透明胶失去黏性，再拉扯透明胶将纸板包裹一层，就可以继续使用。员工的衣服上也会粘线头、毛毛，下班时，几乎每个员工手里都拿个透明胶拼命地粘。衣服上不能有线头和毛毛，也不能有头发。厂里规定员工上班时间不许披头散发，即使刚刚洗了头，也要把头发扎起来。车间里漫天飞舞的灰尘和毛毛钻进鼻孔，再用手指挖鼻孔，手指都是灰黑色的。

　　管理人员和配送会在袖子上套一个袖章，再用一个小夹子固定住。袖章按颜色区分，配送为绿色，指导工为蓝色，负责人为红色，板房①人员和写字楼的跟单员为紫色。工衣冬天和夏天各两件，布料相同，只不过冬天是长袖，夏天是短袖而已。员工离厂时需退还工衣。

---

① 做样板的地方。

写字楼是一幢单独的房子，位置超出厂门口一大截，与厂门外的空地持平，没超出的部分连接着厂门内的院坝，写字楼的工作人员无论是从厂门外还是从宿舍去上班，都是全厂距离最近的。写字楼楼顶嵌着琉璃瓦，非常气派。

厂里宿舍有清洁工，但每天只打扫一次。清洁工是重庆人，男性，总是双手拿着扫把向前推进。厕所又脏又臭，有时连下脚的地方都没有。每天都能看见一个个蹲位旁留着一摊排泄物，臭气熏天。勤快一点儿的，接一桶水去冲干净了再蹲下；懒一点儿的，往之前的排泄物前面蹲，如此一来，就十分接近过道，对面的铁皮楼房和宿舍楼距离很近，可以互相将对方看得一清二楚，有的女孩儿就这样轻而易举地被别人看了。这时，她们会发出尖叫声，急忙提上裤子，跑到另一个让人直皱眉头的蹲位上去，也不管那里有多少排泄物，只要能藏起来就好。这样的厕所怕去上，又不得不上，上完感觉自己全身沾满了臭气。

厂里分三个工厂。1993年开厂时，只有几百人，也只有一栋厂房，后来逐渐扩大，有了2工厂、3工厂。1工厂和2工厂主要做本公司的货，3工厂主要做外公司的货，1工厂和2工厂员工的工衣为蓝色，3工厂为绿色。1工厂和2工厂像连体婴儿，从一道大门进去，两栋宿舍楼一前一后分布。3工厂跟另两个工厂是分开的，在马路对面。老板花几十万元钱在空中架了一座天桥，以连接两个区域。这座天桥和公路上的天桥不同，它是密封式的，只装了几个采光的窗户，桥上有保安把守，以免有人把偷来的衣服从桥上扔下去。

天桥的另一头直接通往3工厂二楼，所以那栋楼的人全部都是从天桥进去的。3工厂后面有一栋宿舍楼，一楼是饭堂，我们去打饭时得经过天桥。打饭像上战场一样，每个人都一路小跑，直往天桥上冲，特别拥挤。有时我们在天桥上已经吃完饭的熟人相遇，也只是点个头而已，没有时间交谈。若有车位上的人①一起下班时，天桥上一股怪味儿直往鼻孔里钻，很多人都捂着鼻子走过天桥。

　　不仅上下班打卡要排队，打水、冲凉、洗衣也要排队，在饭堂吃饭还要排队。一般我所在的部门下班，3工厂的员工还没打完饭，打饭队伍就排成了长龙，至少要花15分钟才能到达打饭窗口。有个人专门划饭卡，把饭盆和饭卡递进去，他便迅速地在饭卡上打个钩，然后递还给员工，再把饭盆往左边挪过去，让别人给打饭菜。老板站在打饭菜的人身后，目光随着他们手中的长瓢而移动，这显然是在监督，怕他们给员工多打饭食。好不容易打完饭菜，端着饭盆的我却只有苦笑，一般只有几块肥肉，几根又软又黄的青菜，菜汤泡在饭里，特别难吃，花半天时间打来的饭菜我通常只吃一两口就不再吃了。听妈妈说她刚进厂时伙食不错，后来饭堂被私人承包后，饭菜就质量下降。我跟妈妈说外面两元钱的快餐好吃，她训斥我："有什么好吃的？！"一方面她是真觉得不好吃，另一方面是为了省钱。有时从饭堂出来，我回到宿舍会啃一个苹果，但根本不管用，每天都饿着肚子上班。

　　饭堂很大，长桌、长凳，可容纳几百人同时就餐。饭堂有管理

_____
①　指车间里坐车位做衣服的人。

人员和写字楼工作人员的专用窗口，也有专用餐厅，他们排队时最多十来个人，有汤喝，饭菜稍微精致一些。有时，这类人要和老乡搭讪，常端着饭菜跑到员工餐厅坐在我们身边吃，我不好意思抬头看他们，只因他们面前多了一碗汤。我在他们面前特别自卑，因为自己只是一个没有一丁点儿权力的小小员工。

员工的饭盆都放在饭堂的架子上，有时会出现乱拿、错拿的现象。妈妈的饭盆上穿了个洞，用钢丝绕过几圈，成了一个砣砣，一拿起饭盆，钢丝砣砣就摇啊摇。我说这是盆子戴的一只耳环，妈妈说这是她在南海爱国制衣厂时幺舅帮她打的记号。

我们接热水统一在宿舍楼一楼旁边的小木板房里，早晨上班，就有不少人将桶放到一楼去，下班后各自拿桶到打水处排队打水。那儿有个大锅，专门有人往灶里放木块来烧水。我们把水提到五楼，通常会在楼梯上歇一会儿再往上提。妈妈怕我累，常常一手提一个桶，说这样好提，提一个反而不好提。我干着急，却帮不上忙，怕上去夺桶把水打翻，那样的话，妈妈又要重新去排队了。有男朋友的女孩子，由男朋友把水提到厕所和冲凉房的门外。有时我见其他女孩儿提水上楼，也会主动帮她们抬。

1工厂和2工厂的区域有道大门，3工厂有道小门，中午都不开，下午也只开3工厂的那道小门。中午有人来探望，只能隔着厂门，跟探监一样。有人想买东西，就向商店招手，老板过来问清需要什么东西后，再跑回去取。

上班时间，每天上午10点、下午3点和晚上8点各有10分钟休息时间。有一天上午休息的时候，江西女孩儿雪梅用怜惜的目光看着我，问："你为什么不读书了？"我哑口无言，目前的生活状态让我不想开口说话。

我们每天早上8点上班，中午12点下班，下午1点上班，5点20下班，6点钟加班，有时要赶着出货，还要直落①，下午吃饭只剩20分钟的时间。厂里效益很好，每晚至少加班到12点，有时还要通宵，然后第二天早上再接着上班。每晚冲完凉、洗完衣服、吃完夜宵，一般要1点30分才能睡觉。我和妈妈总是晚上就把第二天要穿的工衣拿出来，在左边衣领上夹上厂牌，袋子里放好纸巾、饭卡。

在制衣厂，有加不完的班，有睡不够的觉。4年后，我才终于割断和这个厂的联系。

---

① 直落，持续不断地工作，这里指中午吃饭只有半个小时的时间。

好想做文员

　　妹妹上班的工厂是香港老板开的，名叫恩威制品厂。负责恩威制品厂产品加工的工厂老板是未来妹夫的二姐夫。加工厂占恩威制品厂三楼的一大半，另一部分则是恩威制品厂的仓库。双胞胎大小淑是我的发小，她们都在恩威制品厂上班，小淑已和男友张俊回老家结婚，大淑还在恩威厂上班。五一劳动节，大淑来我们这儿玩，说他们厂加班不是很晚，能有写作时间，以后还有升职的机会，上个月招人事文员只要求字写得漂亮，她在的话可以帮忙说几句好话。这个工作正合我意，我的字被很多人夸奖过，都说写得好。上次跟爸爸说恩威制品厂招人事文员时，大淑正好回家，错过了机会。这回大淑提起，爸爸直说可惜，让我如果有机会就先去做，以后好把他也介绍进去。

　　几天后，未来妹夫打电话让我去恩威制品厂见工，我和妈妈坐车过去，未来妹夫在厂门口等着。他把我带去饭堂，里面已有几个女孩儿在等着了。事后，未来妹夫跟爸妈说我填表速度很快，爸妈告诉他，我本来就想做文员。妹妹说："前天打电话叫你来进厂，那男的不肯叫。"我辞工后一直在几家私人小店接电话，挣一点儿话务费。妹妹或许给小店老板打了电话，还好我在"五一"那天买了手机，方便联系，没误了大事。因进厂要交照片，我回来后便到曙光照相馆照了相。

第二天，妹妹打电话让我下午3点去登记。妈妈陪我办了健康证，又补了牙，吃了午饭后眼看时间已过，拿上照片搭辆摩托车赶过去，把行李先存在小店里。登记时，人事文员说要拿健康证，我出来和妈妈又坐着等了一会儿，才把行李搬进宿舍。买完东西，妈妈便回去了。晚上我在外面吃快餐，却怎么也吃不下空心菜，加了酱油仍难以下咽。因为要上班，压力自然就来了，那时我还是羡慕开店的人，自由。坐在一旁的妹妹叫我不要紧张，安慰我说这个厂跟松高厂不一样。

上班第一天上午，我去拿健康证，发现还有两项没有检查，由于妹妹和文员熟，便直接坐了三轮车赶去厂里，让她帮我拿照片和身份证办了健康证。我被安排在二楼，下午妹妹带我去车间做了一会儿其他工作，然后用一把剪刀剪防水圈。拉长是个男的，他边示范边说："用剪刀把这个剪下来就行了，一定要剪干净。"

这活儿很简单，傻子也会。没想到我却出问题了。一个穿紫色工衣的品控来看了后，大声叫道："阿群，不行啊，她这样剪。"然后办公室的文员来了，说："她是近视眼，把她解雇。"啊，什么？解雇？我从没遇到这样的事！拉长说："我跟你说过要剪干净。"我这才明白，是把一个个可用的东西从根部剪掉，之前误以为拉长说的是把每个可用的东西剪下来。事实上，我虽然是近视眼，但这个还是能看得清楚的，也不可能剪不干净。我心里一惊，感觉这份工作可做，可是却无缘。从松高厂辞工后，我就得了"打工恐惧症"，看见工厂就怕，这次好不容易才鼓起勇气重新进厂。

未来妹夫和主管关系很好，文员跟妹妹说了我的事。不一会儿，主管来了，他看了看后说："可以，可以。"我感觉有点儿好笑，好坏都让他们说了。主管都这样说，其他人也就不再说什么了。妹妹教我如何剪，我解释说这是一场误会。

我继续干着自认为可干的工作。一个人剪不过来，晚上便让几个清洁工来加班剪。我总是习惯性地问工友这里的拉长凶不凶，以做好心理准备。拉长有点儿显老，大家都叫他"老头子"，但听人说他只有30多岁，以前是电工。

进厂后，大淑的表妹林美美从广州辞工，也进了这个厂。大淑在恩威制品厂做检验工，可以到处跑，她总爱来我们这儿聊几句，问我在这里能做多久，我说做一辈子，她哈哈大笑，说："剪防水圈剪一辈子吗？"我说："是。"

妹妹住在304，我刚来的第一个月一直跟妹妹睡一张床。林美美的宿舍在306，我便让大淑跟文员说把我的床位也调到306。林美美刚开始跟我坐在一起剪防水圈，没几天就被调到拉上涂胶水。

二楼做的是收音机，这收音机跟我们从前见到的不同，它是由两个椭圆形的壳拼起来的，小巧得可以一把握住，而且有四条腿，腿上有吸盘，可以贴在墙上；上面还有时间和日期，可以随意调动。恩威制品厂的员工和助拉穿的是灰色工衣，拉长和工程部产品工程师、文员穿的是淡黄色工衣，品控、检验工、制程检验员穿的是紫色工衣。员工叫老板和他的儿子为大老板和小老板，小老板30多岁，看上去却只有20多岁。

晚上我们到四楼剪防水圈，边说话边干活儿，没过多久就下班了，不知不觉已经九点半。我觉得难以置信，时间过得太快了。一天中午，老头子问我："剪这个怎么样？"我说："还可以。"他说："搞好本职工作，活儿干不完心里好难过。"说完又重复道，"活儿干不完好难过。"然后才转身离去。这是我打工以来，第一次有管理人员如此关心我！我有点儿感动。一个阳江妹曾说未来妹夫的表妹张红骂了老头子一句被听到了，老头子便说要炒掉她。开早会时，我亲耳听到老头子说张红装扣慢，换了一个人快很多，任何人都可以做。

托未来妹夫的福，我在这个厂做得很开心。他来车间，会把手搭在老头子的肩上，边走边说："多多关照我姐姐。"

宿舍12点熄灯，我就拿着小凳子到冲凉房的过道上去看书、写作。还好，这个厂卫生不错，冲凉房里挺干净，待在那里也不觉得委屈。只是有时有人来上厕所，我生怕她们跑到冲凉房这边来，便轻手轻脚走进其中一间，等她们走了再出来。林美美说我精神好，每天睡那么晚，早上还能爬起来。我不觉得有多辛苦，比起在松高厂，这里好太多了。不去冲凉房看书、写作时，我便躺在床上听妹妹的MP3，MP3音质很好，身心愉悦后便能安然入睡。每个星期休息一天半，晚上只加班3个小时。我觉得无论是一天还是一个星期，时间都过得太快了。

恩威制品厂环境不错，厂房、宿舍、饭堂这些地方的外观都很干净整洁。厂坝内有篮球架，每天下午下班后，都有一大群人在打篮球。厂子伙食也不差，一荤两素，还有个汤。我终于知道小淑为什么长得那么胖了。饭由几个大铝桶装着，想去哪条队伍排队便就近到那条队伍后的桶里打饭，再排队到窗口打菜，汤在一个大铝桶里，大家都在那里打，想吃好东西，便把长瓢伸到底下，捞出汤料。吃完饭，外面用瓷砖垒起的池子里有放了洗洁精的水，每个人都用碗在里面舀水来洗，再转身到身后的一排水龙头下冲洗干净。宿舍本来住8个人，比较宽松，我们这间宿舍因为挨着洗手间，面积比其他宿舍还大。一年四季都有热水洗澡，而且是每一层楼都有几个水龙头供应热水，以前张俊跟我们说小淑夏天也洗热水澡，我们觉得奇怪，原来是有这个条件，所以习惯了。其他女孩儿都用热水洗澡，我除了特殊情况，平时还是用冷水洗。厕所里的冲水器跟商场里的一样，只要按一下开关就行了。衣服不像其他厂晾在走廊，而是统一在楼顶晾晒，当然，上面是搭了顶篷的。每天下班第一件事就是直奔楼顶收衣服，有时明明记得前晚晾在一个地方了，却总找不到，原来是被别人的衣服夹在中间了。有时洗澡洗得晚，去晾衣服时通常没位置，转来转去得找半天，无奈之下，只好把别人的衣服扒拉一下，硬挤出一个位置来。楼顶上没人看管，也有人顺手牵羊，偷别人的衣服，妹妹曾被人偷去一件心爱的旗袍。

妹妹和妹夫回去结婚，我没钱送礼，等发了第一次工资才补送。

不久，我所在的空拉上开拉，我便到拉外的两张台面上剪防水圈。虎口处每天都一团红肿，勒得比较疼，但比流水拉上的员工轻松多了，至少轻重缓急我可以自己掌握，而他们对于数量有任务，必须得完成。拉上的人没事儿做，老头子便让他们来帮我剪防水圈，没一会儿，叫一两个回拉上，直到最后，只留我一个。我知道这一切和妹夫有关，高兴的同时又有点儿羞怯，每次看到主管来，我都想："要不是他，我也早到流水线上去了，哪会专门留一个人在这里剪防水圈？"终于体验到有关系的好处。

星期六下午放假，我在宿舍睡觉。一旦停下来，才知剪防水圈有多累，躺在床上，肩膀生疼，特别疲倦，得睡一下午才能缓过来。晚上洗完澡，我便走路回出租屋，大概需要55分钟，在公路边看疾驰而过的一辆辆车，亮着一盏盏灯，以及目光可及的一栋栋楼房、一排排树木，大口地呼吸着新鲜空气，感觉生活真美好。想想来深圳已经八年了，可我还在做普工。

到了星期天晚上，我要到10点或11点才回厂。宿舍的人都睡了，我才小心翼翼地拿着桶和衣服去洗澡。

有几个员工调到四楼去啤机①，其中也有林美美。过了一段时间，有一天下午两点多，金桂秀和林美美下来二楼，我们刚说上一句话，老头子就来叫我跟另一个四川女孩儿兹红去四楼，把林美美

① 利用塑料成型模具制成各种形状的塑料制品的成型设备。

和金桂秀换到二楼。

上四楼，来到窗户边，我们就开始在台面上工作。老头子说："你们上班不要看报纸，要是看了就走人。"我赶忙保证："我们不会看的。"后来才知道，林美美和金桂秀上班看报纸，被老头子抓了个正着。

这儿的产品是收音机外壳，而且只有上面部分。二楼的员工在四楼的只有5个，陆永华坐在一边选镜片，我们几个进行流水式作业，孔绿霞把镜片放在外壳上的镜片框内，男员工阿立把外壳放到啤机下，把镜片啤好，再给兹红，兹红在镜片上贴保护膜，然后就到了我，我只需要把贴好保护膜的外壳装进胶箱里就可以了。胶箱里放满一层，就铺一张报纸（林美美和金桂秀就是看这个报纸被抓），或用纸板隔开，再用打数机打数。刚开始，一排放5个，四排就放20个，我怕乱了，就一层一层地打数，后来慢慢熟练了，便装满一箱再打数。我还有一个本子和一支笔，用来统计当天的总数量，最后要给老头子过目。

第二天，老头子带来一个女孩儿，她的睫毛上还挂着泪珠，显然是哭过。老头子对兹红说："你到二楼去，"又对那个女孩儿说，"你在这里贴保护膜。"那个女孩儿坐下来，老头子对兹红说："你先教她。"兹红就开始教女孩儿。女孩儿有点儿紧张，贴得不太正，老头子说："如果明天还贴不好，就立马走人。"

他们走后，女孩儿擦了擦眼睛说："'老头子'说我做慢了，骂得我要死。"女孩儿还觉得我幸运，每次都被安排去做轻松的活儿。我想起兹红，在二楼就看出她动作很快，又爱说话，在流水线上做得游刃有余，一天到晚说笑，也不怕老头子发现。兹红好像并不怕做流水线工作，刚才老头子叫她下去，她没有任何表情。

女孩儿叫任苗苗，跟绿霞是老乡，都是河南人。刚开始，阿立啤得太快，她贴不过来，便叫："你慢点儿，慢点儿。"混熟了，我干脆叫她"苗"。苗很喜欢笑，笑起来眼睛弯弯的，牙齿很白，爱流汗，头发不长，扎得高高的，也不留刘海，额头上没有碎发，体态丰盈，看着挺健康。她说以前做保姆，被雇主瞧不起，以后再也不想干那一行。我喜欢唱歌，她说我唱得好听，因为自己嗓子粗，所以很羡慕我的好嗓子。

收音机外壳都是在妹妹那个厂喷了油，再到我们这里啤机的。每次他们都在叉车上把胶箱一个个叠得老高，然后再拉到我们这儿来。绿霞总是把一个个胶箱搬到台面上，再把收音机外壳倒出来，把夹在中间的报纸或纸板取出来，然后把收音机外壳拿来给我装。我一天有一半的时间都坐着玩，有时瞟到报纸上有好看的新闻，便按捺不住，把那一团撕下来，装进工衣口袋，躲到厕所看。厕所有时太臭，我便把撕下来的报纸折叠好，放到工衣、裤子的口袋里，带回宿舍去。如此一来，我床上堆了一堆报纸。

我们几个守着啤机的员工从二楼被调到四楼后，老头子每天都要到四楼来几次，但只短暂停留。我和工友说笑话、猜谜语、唱歌，不但能完成每天的产量，有时还超过了规定量。在松高厂，我害怕加班，而在这里，倒希望加班晚一点儿，能把快乐延长。有时，胶箱叠了三四个，我便把左手放胶箱上，右手放台面上，这个角度可以把整个车间尽收眼底。当然，老头子一来，我就能看见，于是顺便充当了哨兵的角色，当老头子一出现，我发出"嘘"声，工友们就立即噤声。

阿立、苗和我最爱说笑，阿立觉得我爱讲话，绿霞不爱讲话。阿立啤机很快，有时铆足了劲儿，一口气能啤一大堆，苗忙都忙不过来，我有时就帮帮她。有时苗发火了，便说阿立几句，因为老头子来了，看见这么多外壳，会说苗手脚慢。说到阿立"快"，就联想到世界上动作最慢的动物，我们便给阿立取了个外号叫蜗牛。有一次阿立为了尽快忙完好去一边抽烟，便啤一大堆壳堆着。苗就叫道："烂'蜗牛'、臭'蜗牛'、死'蜗牛'！"我便纠正道："应该是死'蜗牛'、烂'蜗牛'、臭'蜗牛'，死了烂，烂了臭。"他们听罢，哈哈大笑。

超声波对人体有害，老头子给我们每人发了一对耳塞，以免震坏耳朵。但用了没多久，我们便不戴了，也没感到有任何不适。

我们几个人的上下班时间和二楼工友一致，每次下班都早早地来到楼梯间，一听到打铃就冲向一楼的打卡机，经过二楼车间门口时小心翼翼，怕被老头子抓住。我生怕打卡排队，所以每天快下班时都去上厕所、洗手，然后跑在最前面，工程部的一个产品工程师笑说我下班最积极。

我们坐在窗户边。我的位置每天被太阳晒，到了下午太阳直逼而来，把窗帘拉上也难逃被晒的命运，因此蜗牛叫我"黑妹牙膏"。妹妹看我一半脸白一半脸黑，心疼地问怎么变成这样。我的要求并不高，只要有时间写作就可以了，对于吃穿看得不是很重要，因此省下了一大笔费用。每个月发工资时，我都会惊呼："这么快就发工资了！"林美美则望着大淑说："天啊！她还说这么快，我们的钱早就花完了。"我算了下，一个月拿八九百元钱工资，半年差不多可以存5000元钱，真是不算不知道，一算才知道可以存下这么多，心头不由一喜。

林美美爱吃零食，有一晚她都睡下了，宿舍一个女孩儿在吃油炸土豆片，林美美说："好香哦！"她接连跟我说了几次，最后实在忍不住，翻身爬起，拉着我出去买了一份，吃完才回到宿舍安心睡觉。她好吃，我爱写作；她每天不吃不行，我每天不写不行。不过，女孩子天生爱美，这件事上我们是一样的。逛街时，看见漂亮的衣服，我们便会大吼："钱呐"，顿觉自己挣得太少了。我上班穿得很随意，下班会稍微打扮一下，大淑说我上班穿双烂凉鞋，下班却收拾得漂漂亮亮。

周末我们除了逛超市，最喜欢去溜冰场看别人溜冰。大淑和我在1998年春节时一起学溜冰，我被人撞倒，摔疼了肚子，之后没再学，而大淑几晚就学会了。看着她在溜冰场潇洒自如，我好生羡慕。

妹夫把我发表的几篇文章带到宿舍被舍友看见了，舍友说我写作水平很高。他们厂比我们厂早15分钟下班，每天我下班去饭堂都会看到他们厂的人用崇拜的目光看着我。

这里工作轻松，每天也吃得饱，但我总不满足，还是羡慕那些不用加班的文员，希望有朝一日能做文员。如果一天只上8个小时班，晚上就有时间写作了。生产部的文员晚上8点下班，我也羡慕。我不仅自怜，也怜惜妹妹，竟然觉得她在一个小厂做文员有点儿可惜，应该到大厂去，就像我们厂的文员一样。妹妹怀孕后，说等几个月让我去顶位，她不能过度使用电脑，对胎儿不好。于是每天晚上下班后，我都去她办公室熟悉电脑。林美美看到我如此努力很着急。

我们厂的文员个个都很了不起的样子。大淑对来自湖北的人事主管孔银梅说林美美想做文员，孔银梅表示，不是谁想做就能做。每天吃饭时，孔银梅都翘着兰花指。她长得不漂亮，但在老板面前很吃香，因为很会拍马屁。江西女孩儿阿华是厂医，有一次下班时赶上下雨，我惆怅地看着雨，她从后面走到我面前，伞已撑开，可能因为和妹妹熟悉的缘故，她对我说："走吧！走吧！"然后挽起我的手，一起冲进雨帘，来到饭堂。我觉得这个女孩儿还不错。可是有一次我感冒了，找她拿了两粒感冒药，过了几天，还是不见好，又去找她拿，她白了我一眼，说："你怎么天天感冒？"有一个湖南文员叫郭芝美，对工人总表现出不屑一顾的态度，从不正眼瞧人，眼睛像是长在头顶上。她个子不高，长得不错，皮肤很白，很爱打扮，有一次穿着白色吊带裙，还系了一条长长的同色系围巾，故意从车间"飘"过去，引得许多人侧目，男孩子们纷纷发出怪叫。有时她在办公室里面拿着大哥大不知和谁通话，故意撩开窗帘，让车间的人看到。由于妖艳、显摆，她有一次在外面被抢了，身上还挂了彩，整个车间里的员工都在背后议论。

大淑每天都笑嘻嘻，好像没什么烦心事。当林美美告诉我大淑回到宿舍发愁时，我吃了一惊。也许她只是在面向众人时才展露开心的一面，独自一人时落寞的情绪就显现出来了，虽然她工作轻松，但也和我们一样，担扰未来。我和大淑、林美美闲聊，大淑说我们5个女孩儿（我们两姐妹、大淑两姐妹和小婷）中，我干活儿最少，林美美说自己没我有福气，说我以后肯定很好。但未来的事谁说得清呢？我一直认为未来是模糊的、未知的。

有时其他工位需要人手，我们便去帮忙，连板房都去过。有时四楼赶货，会叫我们帮忙，如挽绳子、折纸、打包装等；有时二楼赶货，也会叫我们几个下去帮忙，如剪防水圈、装吸盘、选指针、打包装等。当然，在二楼帮忙的机会居多，每次一听说要下去，我们都不高兴，下面不仅要被管束，那里还很热。我在这个厂没做过流水线工作，有一次被安排在拉上装螺丝，一个收音机要装4颗，左右手边各放一胶盒螺丝，需要两手同时拈起螺丝，同时放进两个孔里。由于是流水线，没有一秒是消停的，两只手忙个不停，机械地重复着同一个动作。我的速度跟对面女孩儿差不多，感到既辛苦又快乐。当所有收音机都装好螺丝，整条拉就改为用彩盒包装收音机。干活儿的时候没什么感觉，等一停下来去上厕所，就觉得肩胛处像被银针扎了一样，火辣辣的疼，委屈的泪水也开始在眼眶里打转。

厂里清除借用身份证的员工，苗因为是借的身份证，就被要求离开。我看到她和陈如萍跟着老头子进了四楼里面的板房，不知去干什么，我想有什么事也应该去写字楼才对。我叫了苗，她没理我。他们出来时，苗看着我，却没过来，我真希望她过来和我说说话。她出厂后给我的解释是，怕那个时候过来会哭。她托人给了我一张纸条，上面写着她家乡的地址和邮编，我这才知道原来她的真名叫武巧颂。

其实人与人交往真的要看缘分，要看有没有共同话题。苗走后，我就像失去了主心骨。一个广西大姐接替了苗的工作，而后我与这位大姐相处得不是很愉快。我的工作被他们说成是全厂员工中最轻松的，因此招来了嫉妒与不满。广西大姐说："你要帮我贴保护膜啊。"我说："我有我的工作，我的工作是放机、打数、记数。"她撇撇嘴："你怎么那么舒服啊，以前这里都是两个人贴保护膜。"我说："你忙不过来，我可以帮你，但绝不是我一个人要做两个人的事。"孔绿霞也在一旁冷眼看着，我一直都知道她也不满，曾说我的工作舒服得要命。

苗走后，蜗牛也被调到二楼去了，工作中少了不少欢声笑语。昔日沉默的孔绿霞，这时和啤工湖南仔吴湿河倒是有了聊天的欲望。好在没过多久，我跟广西大姐的关系有所缓和。由于我的谦让，大家变得无话不谈。广西大姐姓韦，叫韦悦春。有时，广西仔康为也会被调来啤机，这人嘴巴很油，有人说树上的小鸟都能被他哄下来。他一本正经地说话，也能让我忍俊不禁，有时和我们一起猜谜，拿面壳当话筒唱歌，他会突然把面壳伸到我嘴边叫我唱。他一边唱还一边敲面壳、箱子配乐。有一晚加班，见老头子来了，我

"嘘"了一声，韦大姐问："来了？"一连问了几声，老头子已经站在她身后了，大姐向我这边扭头却没有看见，又问了一声。等到老头子走了，她才明白是怎么回事，大家忍不住大笑。

7月底的一天，听说厂里会有一个月停休。接下来一个月，确实有几个星期的星期天也不放假，二楼还有人通宵加班。我交了辞工书，老头子说："做得好好的，干吗要辞？做得不开心吗？还是对我这个拉长不满？"我急忙说："没有。"他说："其实我给你安排的工作都比较轻松。"我说："我知道，你还是挺关照我的。"最后，我没有辞成。大淑问我有没有辞掉，还说林美美也想辞。

收音机快做完了，外壳越来越少，有时我们要去二楼帮忙。

妈妈晚上加班很多，妹妹说妈妈星期六晚上加班到12点，听后我眼眶湿润了，若能代替妈妈多加几个小时班就好了，我进这个厂以来一直都是只加班3个小时。

与贵州大姐李霞聊天，互问以前在哪里工作，说到共乐村，李霞说在松高厂做过工。当她听说我在那里做了4年，不可思议地说："天啊，你还能做4年，我只做了14天就出来了，里面的管理人员实在太凶了！"我问她在现在这个厂做得是否满意，她说还不错。

有一次，我坐在台面前剪防水圈，看到蜗牛在装螺丝，可能是他的工衣较短，显得有点儿可怜。我不禁感叹道："唉！在拉上低头做事，又不能讲话，像什么？"同室的甘肃女儿杨君霞说："你怎么这么多愁善感？"她一天到晚都笑眯眯无忧无虑的样子。

我和林美美的想法与他们完全不同。杨君霞觉得这种生活很舒适，看得出，她觉得能打工挣钱是一种幸福。林美美则每天愁眉苦脸，刚来时每天下班都对我说："好恼火哟！"后来她到流水线上干活儿，老头子骂了她几次，连上个厕所都被盯得很紧。另一个河南女孩儿付心美脸上每时每刻都挂着笑容，因此广西女孩儿潘婷说林美美跟付心美没得比。林美美想改变这种生活状态，每个星期六下午、星期天及工作日晚上9点下班后都去培训班学电脑，她想找一份文职工作。林美美是近视眼，去学电脑前会戴上一副眼镜，潘婷不屑地说："还戴什么眼镜！"我想，如果林美美是坐办公室的，也许就不会有人这样说她。

我生怕这批货做完被调到流水线上去，于是每天中午吃完饭都到妹妹的车间去看外壳堆了多高，问她印了多少。凡事总有结束的一天，我们还是回到了二楼，回到了流水线。助拉问谁会打哥罗仿，无人应答，便让我装片子，由于操作不熟练，我速度较慢。因为我做的是第一个工位的活，速度快慢影响全拉的速度。老头子来到我身后说："邬霞，装这个要快。"我觉得压力很大。孔绿霞被安排去打哥罗仿①，她那个工作相对来说要简单得多，只要拿个装着黄色液体的瓶子往产品上某一处点一下就行了。

这个时候，我做这份工作刚好满半年，眼见做文员无望，我没再续签合同，选择离开。离开是个简单的过程，先拿工卡、厂牌去退，再退工衣，等着算好工资就可以了。

---

① 一种液体有机化合物，无色透明，极易挥发。

做仓管的日子

　　2006年，我找了几个月工作，也没个着落。有一天，走到银田工业区，看了看招工栏里的广告，得知万宝制衣厂在招仓管，职位正合我意。

　　走进工业区大门，我找到万宝制衣厂那栋楼，径直走上三楼，来到办公室，只见一个又矮又黑的女孩儿坐在办公桌前拿把剪刀在剪线，看起来应该是文员。我说："我来应聘仓管。"她说："老板不在，你把简历放在这儿吧。"我把简历放在桌上，问："我能看看仓库吗？"女孩儿说："可以。"她带我过去，我一看，有点儿失望，小小的仓库只有两个货架、一个柜子、一张桌子、一把椅子和一台电脑。看了一眼车间，我发现这个厂子没有工衣，员工都穿着自己的衣服。出来后，我不记得文员说仓管工资是每天10元钱还是20元钱，只记得加班1个小时1元钱。

　　回到出租屋，妈妈说跟我们合租的王阿姨问我去不去文叔叔厂里工作，于是我们打通了王阿姨的电话。王阿姨说文叔叔厂里不加班，我可以写作，上班也有时间写，学到经验后再跳槽。但想到文叔叔厂老板的侄子那副傲慢的样子，我最终没有联系那个厂。

过一会儿有电话打来，我接了。一男子说："这里是万宝制衣厂，你有没有做过仓管？"我说："做过。"他说："你能胜任吗？"我说："能。"他又问："你会不会做表格和打印？"我说："会。"他说："你明天下午3点来面试。"我本来已打定主意不去文叔叔那个厂，这个电话更让我彻底死了心。

万宝制衣厂的工作条件和工资都不理想，我不确定要不要去，希望天降好运，在去那个厂之前找到一份更好的工作。因此，第二天我去了人才市场，花30元钱办了张卡，得到一个面试仓库文员的机会。但这个厂的前台文员问我会不会认电子元件，我不会，如实回答后便被拒之门外。

我没有耐心再等下去，在外面，衣、食、住、行都得花钱，多待一天就要多花一天的钱，不像在家里，没有钱也有饭吃。

我按照约定的时间来到万宝制衣厂，见一男子在办公室，听声音就是给我打电话的那个人，我猜他就是老板。他看了我的证件，问："你以前做过仓管吗？"我如实说："没有做过，但是我会学。"他说："那些辅料你都认识吧？"我说："认识。"他说："其实都大同小异。"我说："是。"他说："14日来填表，给你安排宿舍，15日上班。"

爸妈跟我一起搬东西去万宝制衣厂，他们在工业区等，我去厂里。老板让一男子带我去宿舍，我先走出来，对爸妈说把东西搬过去，爸妈都说先看看情况再说。我们去了宿舍，有3张下床，加我才住4个人。

有一个名叫何美眉的仓管请假在宿舍休息，她说："这个厂加班费每小时3.5元钱，晚上加班的工作就是剪线。"这算什么仓管？我心里直犯嘀咕。我告诉妈妈找到这份工作时，妈妈说："做仓管好，松高厂的仓管上班时在里面睡觉。"何美眉又说："你应该多要工资，我干了3个月不到就辞工。"我问："有电脑用吗？"她说："仓库里的电脑坏了。"听了这些情况，我心里一下子凉透了，这跟妈妈说的仓管相差十万八千里，于是便想打退堂鼓，当即给文叔叔打了个电话："叔叔，你们那里招到人没有？"他说："晚上回来再说。"爸妈都劝我在万宝制衣厂做，先看看情况。想到找工作难，我也就只好既来之，则安之。

当晚，我就在厂里住下了，决定周末再回出租屋。

上班时，我随何美眉去仓库，老板来了后说："邬小姐，你就跟何小姐学习。何小姐，你先带邬小姐半个月。邬小姐，你要像何小姐一样，没事儿就去车间帮忙。"何美眉29日到期，也就是说，她刚好可以带我两个星期。

开始几天，根本没事儿可做，我待在仓库里不知干什么。何美眉说电脑她用了没多久就坏掉了，叫人来修也没人来，因此那台电脑形同虚设。

我问何美眉要做什么，她教我发传真、看款号和点数。她说：

"没事儿不要老往外跑，在仓库算物料，如果物料数量最后对不上，我们会被办公室的人骂死。"

来料了，我还没把货推进仓库，曾小姐就牙尖舌利地说："你们没事儿要出来走走、看看，不要在里面坐着，像什么样子！"她走后，我有点儿气，何美眉安慰道："别放心上，那次主管也当着很多人的面说我，犯错了就会挨骂。"

百十来人的厂竟然有3个老板，都是潮州人。面试我的老板姓李，另外有一个下巴上长了颗黑痣的老板姓罗，有一天晚上一群人帮忙剪线，又听说有个男的是劳动局的，在这个厂也有股份。搞烫床的大哥龙小村说老板不懂服装经营，开制衣厂肯定搞不好。厂长是个女的，大家叫她曾小姐，有多年制衣厂的工作经验，现在月薪有10000多元，还有自己单独的办公室。

这个厂共有两个拉，两个拉的员工都是拉长带来的。一组拉长是江西人，二组拉长是河南人。江西拉长从没给过我好脸色，他来领料，我问："请问你是哪个组的？"他瞪着我说："你来了这么久，还不知道我是哪个组的？"他来拿裁片，指着裁片问："有没有这个颜色的线？"我说："没有。"他瞪大眼睛提高音调说："到底有没有？"话音未落就闯进仓库，"我自己找！"俨然一副老板的姿态。事后我在背后骂他，何美眉劝我："打工就是这样。"

相对来说，二组的拉长就很平易近人，我问他什么，他都照实回答。我想大家都是打工的，都不容易，有话应该好好说，可有的人不这么想。

何美眉总是叫我多去车间转转，我跟其他员工不熟，便没去。她爱跟裁床的人开玩笑，没事儿就拿个胶袋去拉上收他们不用的线。这份工作的大致内容是，收发工具、清点数量。何美眉对我说："你现在的工作量还好，我之前的工作量很大，还要搞收发。"何美眉一步一步教我，哪条拉做到最后还欠辅料，就要用张白纸写上某种料欠多少个，发传真过去，让他们补发。等他们把东西送来了，再发到拉上去。

何美眉到期走人，忙时只剩我一人独自承担，解决新难题。有时几个组的辅料一起来，既要分类，还要看图纸上的数量，弄得头昏脑涨。仓库塞得满满的，好几箱线没法入库，堆在仓库门口，这个时候，我通常要忙个几天才能消停。

上班是忙碌的。有时我把仓库里的事忙完了，就用一个本子盖住稿纸，偷偷写几句，如果遇到老板突然查岗，又马上跑到车间去帮忙。中午和下午，吃过饭我就在仓库里写作，这样一来，觉得边打工边写作也挺好的。

一个湖北胖大姐说："我有一个女老乡长得好看，字又写得好，去一个模具厂应聘仓管，招工的人就让她快来上班。"靓女就有这种优势，可我一无文凭，二无相貌，根本没有优势可言。何美眉出厂后也经常发短信给我，说工作找得不理想，做不长。

这个厂的效益不怎么好，但同事还比较好相处。一个河南的裁床大哥叫我阿邹，湖南的裁床老大叫我阿霞。搞烫床的湖北大哥龙小村和广西大哥钟扇光很爱开玩笑，经常逗大家笑。龙小村像个笑面佛，我们坐在一起剪线，他对我说："怎么不说话？人的嘴巴长期不说话会变臭。不要那么内向，开朗一点儿，心放宽一点儿，人生短短几十年，要开开心心过才是！"

老板每天早上9点左右才来，所以上班第一个小时，我把水瓶打满水放到仓库，再到车间找人聊聊天。当然，我也不是完全闲着，老板的眼线很多，动不动就告阴状。保安和他老婆都是李老板的亲戚，他老婆钉纽扣，听说最爱打小报告。上班时厂里开着音响，大家在音乐声中埋头工作，听得最多的是郑源的《一万个理由》和《我不后悔》。

下班后，我还要看书、写东西，便让爸爸到妹妹那里把我在恩威制品厂用过的小绿凳拿来，谁知他另买了一个小红凳送给我。宿舍只有一根灯管，光线很暗，有时我加班太晚，来不及写东西，就躺在床上看书，不一会儿沉入梦乡。

厂里又来了几个四川人，要新开一个拉，其中有3个小伙子跟我一样来自内江，来自安岳的小姐姐和来自广元的唐大姐跟我一个宿舍，他们以前在同一个厂的同一拉上班，一个年长的内江女子是拉长。拉长跟我是一个市的，说这儿的老板帮过她的忙，老板让她来，她不好意思拒绝，来了才知道效益不好。唐大姐说在以前的厂里晚上加班到9点，一个月能休息一两天，8个人住三室一厅，自己可以煮饭，洗澡间有热水器。我每天做完自己的事还要到车间去剪线、点位、烫朴①，唐大姐笑着说没见过要到车间剪线头的仓管。

① 朴，指做衣服用的衬，起到加固挺括作用。有这个需要就可以烫朴。

我对现有工作不满意，没想到竟然有人还羡慕我。河南女孩儿黄丽说她出来打工三年多，在这个厂一个月工资900多元钱，加上生活费、勤工奖，工资和我差不多，但我比她轻松多了。

裁床的老大问："你会不会电脑？"我说："会。"他说："会电脑的在这里做划不来。"我也不情愿，可是为生活所迫，不得不做。

李老板总爱站在仓库门口观察我的一举一动，他一般背靠左门框，右手撑在右门框上。他说："点数要快，不要老是慢吞吞的。"有一天下午，我去办公室拿线，李老板说："邬小姐，忙完来帮忙剪线。"到了晚上，李老板又来仓库说："你在干什么？搞完去点位。"第二天，我在点位，李老板在我对面看着，突然，他脸色阴沉，过来一把夺过我手中的裤子和点位笔，说："点位都不会点，你来剪线吧。"然后他自己拼命点起来，似乎要把心中的怒火发泄出去。当时好多人看着，我无比尴尬。

江西大姐说："哎哟，你看老板那个样子，搞收发的女孩子（刘莹）这几天总被他骂。他一天骂好几次，说她动作慢。这里工资低，还要受气。你不要在这里做了，另外去找工作吧。"我说："我也想走啊。可是能去哪儿？"湖北仙桃大姐说："今天老板的脸吓死人，昨天说刘莹说了半天。"如果我猜得没错，应该是李老板眼见厂子赚不到钱，没法儿给"二奶"一个交代，便心烦意乱，怒火丛生，将气都撒到了我们身上。我听说他的"二奶"是湖北人，但他已婚，家中有3个小孩，是不可能离婚的，他希望这个厂子赚钱，就可以让"二奶"也给他生一个孩子。

我可以提前半小时下班，其他员工得加班到11点30分，我11点就可以走。有一天晚上，到了下班时间，曾小姐在旁边，我不好走，便去装纽袋。罗老板紧绷着脸说："快一点儿，多久了才装这么点儿。"裁床的陈列中说罗老板的老婆是做房地产的，他拿老婆的钱，却什么也做不好。看来他还是有点儿窝囊，厂子生意不好，难免心烦意乱。

仓库调进来几大箱衣架，我发短信问何美眉要不要一个个点，她说不用。我看了单据，一箱有250个，再算箱数，数了一箱零散的，够数。可是到了最后关头，我竟然发现衣架少了，那么只能解释为，箱里的数量和单上写的不一致。李老板和曾小姐分别过来训我，不料第二天曾小姐又说："我说的话你受不受得了？我性子急你知不知道？你错了我就会骂你。"她离开后，我落了几滴泪，为自己所受的委屈，同时也有感动。原来，那些自以为是的管理人员不是没一点儿人性。冷静之后，他们也会考虑别人的感受。

赶货的时候，我们晚上通宵加班，12点在厂门外楼梯间拿炒粉吃，休息半小时后继续干活儿。半夜李老板叫我去车间剪线，拿来糖分给我们，叫大家振作精神。五六点是最难受的，坐在那儿打瞌睡也不敢闭眼，有时拿剪刀的手在半空突然重重落下，直接惊醒。我感觉胸闷，像生了场重病，也像被人扼住了喉咙，快要不能呼吸。我拿了以前买的糖给陈鸿春和刘双琐吃，他们因为没有睡觉，已经没法儿坚持工作了。我左边和对面的都是打零工的，安徽人，每小时5元钱，负责剪线和钉纽扣。早上7点，厂里又打来炒粉叫我们到楼梯间去吃。我实在太困了，顾不上吃，就到仓库趴在桌子上睡觉。才睡了一会儿，曾小姐就在外面叫我别睡了。我走到仓库门口，她问："你吃了吗？"我说："没有。"她说："怎么不吃？再坚持一下。"

午饭照样是厂里从外面打来的快餐，我们在楼梯间吃，吃完了继续干活儿。

下午，我和来自洪湖的一个男孩儿点位，曾小姐说："这些点完后还有100多件，专机那里还有几十件。"我问："是不是点完就能下班？"她说："是。"于是我和那个男孩儿拼命点。然而，点完位也不可能让我们俩先下班，我们又被叫去剪线。吃完晚饭，终于可以休息了，已是晚上6点30分，我走进仓库歇一下，居然还能听到外面有人说话，而且灯亮着。一个小时后我走出仓库，发现他们都下班了，只有一少部分人还在。过了一会儿，我和小玲往宿舍走，买了西瓜边走边啃，在厂里被"关"了一天一夜，呼吸新鲜空气感觉真好。我说："我洗了头去我爸爸那里。"她说："你精神那么好啊。"到了宿舍，没地方冲凉，我便坐在床上看书，阿娇说："你不累啊，还看书。"我倒在床上准备睡会儿再冲凉，一下就睡着了。等醒来，天空已泛起鱼肚白，拿过手机一看，已经6点多了。我洗了澡又继续睡，迷迷糊糊中听见脚步声。

有一天，湖北仙桃大姐悄悄地跟我说："阿霞，我听说外面又贴了招工广告，在招仓管。"我立即意识到这是要把我换掉，没想到连一份不满意的工作都保不住了。

二组的拉长到仓库来领料，向我倾吐心声："活着好烦！"我赞同："谁不是呢！个个都唉声叹气。"他说："要是像别人学会平面设计坐在空调房里多好，我还交200多元钱去学过电脑呢，但没有坚持下去。"在宿舍，我也听见一个女孩儿接连说了两声"烦死了"。这样的工厂，做得一点儿劲儿都没有。

河南妹说："真不知你怎么想的，那么轻松的工作还要走。"想着快要走了，我胆子也大了起来，晚上老板走后，便到河南小伙子李会明车位上和他聊天，他让我坐在他左边的一台电车上，教我学踩电车，他也不理解我，工作那么舒服还要走。

湖北仙桃大姐说我和大查组长陈芸娥的人品都很好，但是我俩都要走，她舍不得。她说有人穿挂牌时告我的状，跟李老板说我没有以前的仓管管事，数量没核算准确，老板才贴广告招仓管。我问是谁告的状，她不说，只说男的女的都有，就那几个人。我只是那次把衣架的数量搞错了，但最后关头补回来了，并没给厂子造成损失。即使有错，我也威胁不到其他人的利益。虽然不知道具体是哪些人告状，但又似乎能猜得出，我感到害怕，平时他们对我挺友好的：上班时会说笑，下班后有时互相买西瓜给对方吃，真是应了那句话"知人知面不知心"呐。

过了两天，我在查货处跟人聊天，阿娇带了个女孩儿来，向我招手，说："这是才来的仓管。"我问："什么时候算工资？"她说："你先带几天。"

经过交谈，我知道了新来的仓管是一组拉长的小姨子，刚从家里来，她是听说厂子招仓管才来的。我跟这个叫邹青青的女孩儿（说女孩儿有点儿不恰当，她28岁，刚刚结婚）有说有笑。她得知我喜欢写作后，说以前厂里的文员是中文系毕业的，出了书，现在不用上班一个月也有几千元钱拿，令我好生羡慕，如果我像那女孩儿一样，就不用出来打工了。由于工资太低，得精打细算，邹青青看我用一个车位的记数本记下早餐、午餐、晚餐的花费，说："现在很少有女孩子像你这样记账了。"我如果吃早餐，便吃两个有辣椒的酸菜包，中午一般也是吃两个包子了事，下午到一家四川人开的快餐店吃饭，饭菜合胃口，我就吃得很饱，晚上不用吃夜宵了。

一抬头，看见玻璃墙上贴的纸不知被谁撕了下来，如此一来，老板无论在办公室还是车间，都能把仓库看得一清二楚。我想走了也好，要不然留在这儿可能没有一分钟是轻松的，更没时间写作了。

李老板对我说："你有没有事？去剪线。"他生怕我有一点儿空闲时间。不一会儿，曾小姐来了，说："你愿意去烫朴①吗？如果愿意，我明天跟老板讲，你就不用顶着大太阳再去找工作了。"她这是假慈悲，实际上那个工作的工资每天才18元钱，比做仓管还少2元，而且机器工作时的温度很高，厂里招工招了几个月都没人来，也许她认为在那台机器面前比在太阳下暴晒好一些吧。我有骨

---

① 一道工序。裁片上加布朴或纸朴在烫朴机上烫过后才好缝制，衣服也更挺括。

气，一口回绝了。湖北仙桃大姐也许是不希望有人看我笑话，对裁床老大说："她写书这么有水平，还怕找不到工作吗？"

唐大姐笑嘻嘻地说："你太温柔了，被炒鱿鱼还要带新仓管。"我说："这厂子通宵加班，你也不反抗。"她听了撇撇嘴，不再说话。实际上，我巴不得早点儿走，可是不带新仓管，就拿不到工资。

阿娇对我大呼小叫："你去粘朴。"我有点儿生气，拒绝做那个工作，她竟敢随意使唤我。我问："能算工资吗？"她说："要带新人满一个星期才能算工资。"我说："现在就算。"她说："老板说了，现在不能算。"我俩像吵架一样。一组拉长向我瞪眼说："老板没让走。"邹青青劝我道："你不要再说了，反正做一天有一天的钱。"没办法，不听从安排，我就拿不到工资。到期之前，老板叫我做什么就得做什么，必须得忍。我去上厕所，回来后看见李老板正在我的工位上粘朴，满脸笑意、客客气气地说："又不是说不要你。"我说："把我炒掉吧！"我只希望拿到两个月的工资就行了，不愿在这里任由他们摆布。他却说："你等几天再走。"

阿娇在我面前得意起来，也许是她认为自己有资格留在这里做事，而我没有。

车位上的一个员工说慢辞扣200元钱，急辞扣300元钱，何美眉走时没有扣钱，我稍稍安了心。我问李老板："等一个星期吗？"他问："你不能做别的？"我说："不能。能给我现金吗？"他说："不能拿现金，得打到卡里。"

江西大姐说："陈芸娥、阿娇和门卫老婆告你的状，"看我脸色不太好，她又说，"这是我的猜想。何美眉来这里做我都觉得可惜，你来了以后，我曾经暗示你不要做了，你听出没有？"其实听出来又怎样？一个厂是好是坏，待几天就知道了。我是找不到好厂，才屈就于此。之前我还在猜测是不是一组拉长想让小姨子做仓管，到老板面前说三道四，看来是我误会了。

胖大姐说我离职这件事不知多少人羡慕。以前在松高厂，我也羡慕别人离厂，可是现在我不这样认为，离开只是暂时的解脱，接下来我还是得为生活奔波忙碌。

来到三组，我向拉长询问能不能帮忙联系工作。她马上打电话给方圆制衣厂，得知那里招跟单的。唐大姐说："那天我叫你请假你不请，那个厂的仓管招够了。明天你再打另外几个厂的电话，有一个厂有10多个组，五六个仓管坐一排，发挑针的只发挑针，发剪刀的只发剪刀。"这样轻松的工作，我当然求之不得。下班后我和唐大姐走在一起，我们站在天桥上，她说："我有一套煤气灶，还说搬到宿舍和你一起住，可以一起煮饭，没想到你要离开。陈仕彬还打算追你呢。"我说："你别听那个小伙子瞎说。"她说："是真的。你们年龄相当。你多大？"我说："24岁。"她说："你和他差不多大。"她买了一块西瓜给我吃，我买了烧烤给她吃，她再买一块西瓜给我吃。天下没有不散的筵席，打工的人工作时常得换，不稳定，总会有分别的那一天，许多情侣分手，也可能因为这个原因。我们像游向四面八方的鱼，很难重逢，缘分只能到此为止。也是因为这个，我一直寻觅不到自己的爱情。

第二天我去厂里，直接到办公室找李老板："老板，麻烦你把工资结算给我。"李老板听了，大声说："文员今天没空！"这时很多人看向我，直翻白眼。我到仓库写清单，李老板阴沉着一张脸说："交代清楚就快走，不要待在这里。"我向他吼过去："你以为我想待在你这里呀！"我们这些卑微的打工者，只有到了离开的时候才敢顶撞老板。我走出仓库，来到车间，看到江西大姐站在挂裙子的地方望着我笑，便说："我走了哦，"又转头对清洁阿姨说，"多保重！我先走了。"到办公室后，我对阿娇说："你把我的工资算准点儿，要不然我不会放过你！"

发工资的时候，我去银行一查，发的跟估算的不一致，不知被扣了多少。离开厂子两个月后，万宝就倒闭了，老板趁假期晚上偷偷变卖了电车，再以十五万元把厂子卖给了香港老板，厂名改为华宝制衣厂。

理想与现实

　　2007年11月中旬，结束了广州鲁迅文学院培训班的学习，我又开始找工作，经马总介绍，到宝安35区安华工业区的一家电子厂做物料员。一天下来，觉得不适应，于是告诉马总我想找份文员的工作。马总和老板沟通后，让我去做前台文员。

　　第二天，我来到前台。范经理跟前台文员不知说了些什么，前台文员便起身离开了。后来我才知道，因我的到来，让原前台文员被炒了鱿鱼。

　　范经理把前台文员的工作要求写在一张小纸片上，贴在电脑前。前任小谢简单跟我说了说文件存在哪个盘里，我就算正式接替了这份工作。范经理说不懂的可以问小谢，她经验丰富。

　　辗转多年，我终于成为一名文员。

　　才上班几天，就遇到了麻烦。厂里要求QQ一直在线，便于及时联系和发送文件。品质兼生产部黄经理让我加他QQ，这时，一个电话打到前台，对我说："进来。"我以为是黄经理让我加他QQ，忙说："好的。"过了一会儿，范经理板着脸从我左手边的采购部走出来，站在前台，说："我叫你进去，怎么无动于衷呢？"这件事其实不能完全怪我，我还分辨不清他们的声音。但一想，初来乍到，要学的东西很多，必须得忍让，便走进采购部向范经理赔礼道歉。

上了10天班后，范经理对我说："试用期是一个月，所以你要尽快学会，不要像前面那个文员……"我小声替他补充："谢美玉。"他接着说："她做了一个月，我就叫她离职了。"我说："我做不好你也可以让我离职。打工嘛，不是被老板炒，就是炒老板，有什么关系？即使到时走了，我仍感谢这一个月的试用期，让我学到了经验。有了经验，还怕找不到工作吗？"

一个月后，我顺利通过试用期。

这份工作总体来说挺清闲，每天必做的是接电话、收发传真，再就是招工、算工资、写工卡、打文件、扫描文件、接待客户，以及把前台、会议室的桌椅摆放好，把会议室黑板上的字擦掉。物料清单一个月最多发一次，由工程部给我，我盖上"受控文件"的章，再发给工程部、品质部、采购部、人事部、仓库部。有空闲时，我就上上网，聊QQ或写博客。

我和保洁员李阿姨关系不错。每天中午在饭堂吃完饭，我都会和李阿姨到前台旁边的办公室休息。这间办公室据说是厂长办公室，但自我来后就一直没人用，偶尔接待客户。中午下班后，这间办公室就是我们的休息室。李阿姨是个藏不住话的人，她把厂里很多秘密都说给我听。她说现在的范经理以前在另一个厂被炒了鱿鱼，因为和于总是小学同学，所以到这个厂做了经理。才做没多久，会计肖阿姨就看出他很有野心，善意地劝于总要注意范经理，于总对此不以为然："没事儿，他是我的同学。"过了一段时间，范经理带了生产主管王生（现在是物控员）、司机小余、电工提师傅和厨娘谢阿姨来，然后，他又带来了黄生。肖阿姨当时管人事，感觉他带一伙人来不对劲儿，就不让黄生填表，范经理到于总面前一说，黄生便顺利地填表当了总务。范经理对肖阿姨怀恨在心，便夺了肖阿姨管人事的权力，之后每天都去骂她。肖阿姨不堪忍受，辞工走了。而后范经理对工厂大肆整顿，把车间从二楼搬到三楼，二楼的以前车间租给了其他厂，还对上下两层楼进行全面装修，光装修费就花了10万元。他管理车间时，每一批货都返工，对员工极为严苛，员工上厕所必须得带离岗证，否则就罚款，员工私下叫他"厕所经理"。以前于总对李阿姨常说下午不用打卡，让李阿姨干完自己的活就可以回家了，可范经理来后，便要李阿姨上下班都得打卡，如果不打卡就罚款。于总的太太以前经常来厂里，前台的财神都由她带头拜，自从她看出范经理不是善良之辈后，多次让于总赶他走，可于总不答应，夫妻二人为此吵了不少架，于总的太太此后再也不来厂里了。这个厂由于总和罗总合开，自打罗总看出范经理那帮人的野心后，很快就撤了股，另起炉灶。之后，林总投资几十万和于总共同经营。李阿姨说于总知道范经理和总务黄生、电工提师傅都在背后搞他的钱，但林总可能还不知道，如果知道肯定也会撤股，以后说不定两位老总会翻脸，估计这厂子早晚得毁在范经理手里。

厂里有个小小的饭堂，只供职员吃饭，每餐3元。李阿姨说，厨娘谢阿姨买菜时也中饱私囊。菜由谢阿姨用盘子一份一份分好，饭在一个锅里打。供应给我们的菜很少，我每天又去得比较迟，好的、多的都被别人拿去了。有几次，谢阿姨看我盘子里空空的，问我是不是菜不够，我忙说够，实际上远远不够，每一餐的菜都只够吃一碗饭。只有一次，李阿姨因不喜欢吃肉，把她的排骨给了我，我这才吃了顿饱饭。谢阿姨是范经理带来的，我说不够，怕她到范经理面前说我坏话；我说够，以后她肯定还会这样做，真是让人为难！不久，每餐的价格增加了5角钱，可菜量还是那样。

厂里的招工广告贴到外面也不好招人，我只得让黄生搬张桌子，带着凳子到工业区门口，坐到外面招工。我们厂招生产拉长、丝印师傅、普工和临时工，但工资太低，试用期又是一个月，而且试用期内底薪每月750元，加班费每小时4元，全勤奖50元，住宿要扣70元，即使试用期过后每月工资也就780元，如此低的薪金，自然难以招工。物价上涨，其他厂的底薪都已经800元以上了。

有个叫杨宏发的江西男孩儿来应聘，我把他带到三楼，耐心地交代给他一些事情。他对我说："你是我找工作以来遇到的最好的人。"我问他："是不是你遇到的其他文员都是一副高高在上的样子？"他说："是。"我说："我们都是打工的，人人平等，没有谁比谁高级这回事。我以前做普工的时候，那些文员都很傲慢，有时故意为难员工。轮到我做文员，我就把自己和普工放在同等位置上，提醒自己要多为他们着想。"

还有一个男孩儿来应聘普工，他不会拿烙铁，用乞求的口吻对我说："你就收下我嘛，工作很难找。"这时，前一天填过表的两个男孩儿来报到，他们还带了个老乡过来。我带这位老乡去了三楼，想让黄经理面试，那男孩儿也跟着一起到三楼。我让这位老乡坐在饭堂门口，然后去车间找黄经理，黄经理说让他们先等一下，我下楼，男孩儿又跟着我下楼。看他也不容易，我决定给他一次机会，让他去三楼一起等。

我跟李阿姨说了这事，李阿姨就嘱咐男孩儿："你要珍惜机会，如果做一段时间就走，会让别人没面子。"男孩儿点点头。于是，我又进车间找黄经理，说："黄经理，外面有个男孩儿。"黄经理干脆利索地说："男孩子不要。"我只好走出去，无奈地说："经理说不要男孩儿。"李阿姨对男孩儿说："那就没办法喽，帮不上你的忙。"我和男孩儿一起下楼，见他一脸落寞，倒怕他再纠缠，谁知他却礼貌地对我说"谢谢！"我忙说："不客气。"转身的一刹那，我才想起应该跟他说"祝你好运"或"希望你早日找到工作"之类的话。我曾经也深深体会过找工作的艰辛。曾有一次，我应聘仓管，招聘人员因为没有经验而拒绝，我哀求他给我一次机会，说自己可以学，可是他仍摇头拒绝了。这男孩儿就像当时的我一样忧郁，从头至尾没见他笑一下。

过了一会儿，李阿姨对我说那个男孩儿好像要哭。这句话让我有些惊讶，回想起他老实巴交的样子，还有眼神里那化不开的哀愁，我的心情也变得沉重起来。

早在2004年，我和妹妹一起学电脑，准备找文员的工作，那时爸爸就对我们说过，要做好心理准备，当了文员一样也会受领导的气。在这里，我一次又一次地体会到了个中滋味。

厂里的财务室不允许外来人员进入。有一次我到财务室，一个供应商借机溜了进去。等我出来，于总说：“客人来了你就安排他坐下嘛，真不知道你这前台是怎么做的！”

有一天，林总让我给他发传真。过了一会儿，他说没发过去。本来发传真是把纸反过来，把头部放进去，可他却把脚部放进去了。我帮他重新发，他在一边看，说：“应该先把纸放进去，再拨号，”接着又不冷不热地来一句，“你不会发传真啊？”我懒得跟他理论，这一个多月的传真不是我发的，难道是鬼发的？这时采购部的龙小姐出来了，她讲义气，总为人打抱不平。她对林总说：“我们发传真都是先拨号，再放纸进去。”接着还大胆地调侃林总笨，林总听了，就没有说什么。

招了一大批临时工后，一天早上，蒋小林拿来工卡让我算工资。一看工卡，他只打了3天卡，我有些诧异。过了一会儿，又有几个临时工拿工卡让我算工资。后来我才弄明白，原来是厂里没货做，让他们走人。他们几个叹气、抱怨，似乎想把过错推到我身上，因为是我把他们招进来的。

黄经理来了，拿起李白杨的工卡说："这个人不是做正式工吗？你怎么弄成临时工了？你们行政部不知怎么做的，搞得乱七八糟。"我说："他说他做临时工。"黄经理说："我在入职档案上给他写的是员工。"李白杨在他后面连声说："我是做临时工的。"黄经理走后，我看了李白杨的入职档案，确实写着"员工"。李白杨说："我应聘的是拉长，他说不合适，我就做临时工，是他自作主张让我做员工。"至此，我才明白这又是黄经理使的阴招，之前他叫我把招聘广告上的底薪和加班费写高一点儿，先把员工骗来再说。有一个四川老乡做了一天就来跟我说，厂里要把正式工改为临时工，还问我为什么要骗他。真是冤枉，也不知道骗了他什么，招工的时候我也没夸大其词啊！

财务叫我跟临时工说下午再来领工资，临时工们不依不饶。"大舌头"王江说："下午来？我们来回要几元钱车费呢。"我说："你们跟我说也没用，我又不发工资。"好说歹说，他们才答应回去，四点钟再来。

到了下午，情况又有变动。财务说让临时工三天后再来拿工资。因为临时工不安排住宿，他们住在外面，有的比较远，我便问清楚是上午还是下午，以免他们跑冤枉路。我先打电话给银小锋说明此事，他生气地喊："有没有搞错？上午说下午，下午又说三天后，我们都没钱吃饭了。"被他一吼，我也有点儿生气，说："我是好心才通知你，说三天之后你就三天之后再来，今天来也没用。"挂了电话，我又通知另外两个留了电话号码的临时工。过了一会儿，又有两个上午上过班的临时工拿来工卡，我说三天后拿工资，他们爽快地答应了。

三天后，下午还不到4点，临时工全来了，其中还有一个人辞工几天都没领到工资。他们板着脸，把前台旁边的椅子、沙发全占满了，埋怨声四起。范经理经过前台时问我他们是干什么的，我说明情况，他说让临时工6点再来。临时工们说六点都已经下班了，大家都没有离开的意思。

电话铃声响起，我以为是客户的电话，忙拿起听筒接。范经理大声问道："邬霞，不是叫那几个临时工六点钟来吗？他们怎么还坐在那里？"我说："我跟他们说了。"范经理的声音陡然变大："你坐在那里怎么一点儿震慑力都没有？这么小的事情还要我一而再、再而三强调吗？"挂了电话，我大口喘气，想把所有的不快吐出去。之前杨宏发说我是他找工作时遇到的最好的人，我开心地向妹妹说起这事，妹妹替我分析，说我的工作性质决定了我的工作目的——不是要得到员工的承认，而是要得到上司的认可。也许，做到让员工满意，就不能使上司满意。我憋了一肚子气，几个临时工还不知道我挨骂的事，但事情因他们而起，我觉得不能再对他们客气了。于是，我第一次跟和我一样的打工兄弟们翻脸。一顿发泄后，脸颊发烫，到镜子前一照，果然满脸通红。

银小锋和王江出去了，另外几个人还坐着，过了几分钟，银小锋和王江俩又进来了。我心里像被什么东西堵住一样，快要喘不上气来。既然我这样说他们都不听，我决定了，等一下范经理再说我，我就让他把我辞掉，反正今天我一个月的试用期刚好到期。这时，坐在旁边的两个供应商问临时工是怎么回事，也许是想劝他们出去一会儿，银小锋便说了事情经过。

4点30的时候，财务拿着临时工的工卡和工资表出来，我这才知道他们不知何时又把时间改成了四点半。临时工们领了工资都非常开心，我心里的一块石头也落了地。

陈楚武和陈沙同是湖南人，可能还有亲戚关系，两人一起来厂里做临时工。突然有一天，他们被经理通知下午不能再上班，只得交了工卡，让我算工资。当时我遵照财务的吩咐，让他们3天后来拿，他们倒没多说什么。

二人来厂里领工资，我马上通知财务，财务说下午才能领。他们有点儿生气，但没有发火。经过劝慰，他们答应下午再来，可我担心别和前两天的临时工一样赖着不走，非要领到工资不可，然而他们的态度却大大出乎意料，大概是因为人的性格不同吧。

下午两点多，陈楚武和陈沙又来到厂里，我告诉他们财务一般要四五点钟才给工资。这个时候，即使再好脾气的人也难免生气，他们摇了摇头，表示不满。陈楚武问为什么要这么晚才能拿？我说这是厂里的规定。看得出来，他们多少也有点儿埋怨我。

不一会儿，另一个临时工杨宏发来了，他见工的那天就知道我的为人，所以乐意跟我聊天。他又说起我是好人的事，说我对人客气。

聊了一会儿天，杨宏发到车间找人去了。陈楚武可能是听到杨宏发对我的评价，又仔细想了想我的为人，也敞开了心扉。他说自己和陈沙昨天去找了个招临时工的厂，今天上班，但想到要来这里领工资，就说好下午去上班。今天上午来了没领到工资，他们就去那个厂说明天再上班，不料却被告知临时工已招满。他还说他的房租今天到期，如果不进厂就得回家了，是去是留都得在今天决定。我听后真替他惋惜。人生当中有的机会往往就是那么一两天的事，错过了就不再回来。

打工总免不了受气，关键要学会自我调解。在松高制衣厂打工时，员工经常被管理人员骂得狗血淋头。挨骂后，管理人员还站在旁边看着我们做事，大家敢怒不敢言，那种滋味到现在记忆犹新。在这里，不管老板和经理怎么说我，我都能承受，因为他们说完之后就会走开，剩下的时间和空间可以让我慢慢平复。

一天下午五点多，一个湖北男子来到前台，他是头天进的厂，来让我安排宿舍。我告诉他一个不幸的消息：行政部的黄生上午说，新员工需要上一天班，才能搬进宿舍。他有点儿生气，质问为什么昨天不说。接着还有更不幸的事儿发生在他身上。于总经过前台，看了看他，回来经过时又看了看，然后问我他是干什么的。我说是新员工，说完就低头不再说什么。于总碰了碰我的衣服，示意我去办公室。看着他的背影，我心里有了些许沉重感，不知他要说什么。于总回过头说："这么老的招来干什么？"我说他是1981年的，于总却坚决要求人事部将他辞退。

当我把这个消息告诉湖北男子时，他叹了一口气。还是那句话：昨天为什么不说呢？我无法回答。他说："早知这样，我就不出厂了，昨天才出来。"于总出去了，他仍坐在那儿。我说："你还是走吧，等一下老板看见你在这里，对我有影响。"他还是不动，一副想不通的样子。黄经理下来时看见他，让我过去。我跟黄经理说了于总的话，黄经理回答："不要就不要喽。"我又跟那男子说了一遍，他说："你给我解释一下，这种情况我还是第一次遇到。"我对他说，出来打工，什么事情都会遇到。他问我是哪里的，我没有回答。这时业务员李小睿让我过去一下。我过去后，她问那人怎么回事。我说了具体情况，她说："你就跟他说不招工了就行。"过了一会儿，李小睿又出来"赶"那个男子走，男子沉默着，叫他也不应。最后他说想和黄先生谈谈，就说几句话。他把行李放在门卫室，说希望黄先生跟门卫说一声，让他放到明天。

那我带他去三楼，让他跟黄经理说这件事。他说进不进这个厂无所谓，还是那句话，昨天为什么不说呢？说好今天住宿舍的，明明说好的事，怎么就又变了呢？他想不通，感觉被戏弄了，还反问我要是遇到这样的事会不会难受。我点了点头，表示理解。黄经理安慰他，小厂就是这样，对面有好多厂，明天就可以进。过了一会儿，我带他下楼，他掏出一支烟给黄经理，说："我会再来看你。"我和这个男子下楼，跟门卫撒了个小谎，说这是厂里的新员工，暂时没宿舍，行李放到明天。到厂门外，他说本还想着今晚能住进宿舍，洗澡，洗衣服。他的桶里泡着衣服，还没洗就拎过来了……去过这么多厂，还从来没人说过嫌他年龄大，难道这个厂都是漂亮的人？他问我老板是哪里人，看来他的气还没消，于是劝他算了。他愤愤不平地说："像这样的老板，我想找几个人打他。"我劝他别把事情闹大，消消气，明天再进个厂。能说的也就这么多，除了言语上的安慰，其他无能为力。

工厂陷入瘫痪状态。范经理让我贴了告示，住公司宿舍的办公室职员每人每月补助200元，宿舍其余的房租按人头分摊，或者职员可以搬出宿舍，用补的200元自行解决住宿问题。刚开始我还以为是住外面的补200元钱，直到黄经理打电话，我才醒悟过来。职员的工资拖欠着没发，厂里的电话费电信局一催再催，员工宿舍的房租也欠了好几个月，房东来找了一次又一次。于总死猪不怕开水烫地说让房东去起诉。职员的工资发一半留一半，还传出要裁员的消息。

我来时，老板说试用期工资是1000元，过了试用期涨到1200元，但试用期过后一分钱没涨，我从来没领到超过1000元钱。看这情形，加工资是没戏了！

过了几天，工程部裁掉一个结构工程师，车间裁掉一个拉长。另外几个职员都无心再工作：会计辞了工，工程经理还没等我把解雇书给他就离开了。后来工程经理告诉我，老板给不出高工资，他就让老板给他算工资，发完就走。

二楼办公的财务室、采购部和业务部都搬到了三楼，工作的人只剩下于总、范经理、我、总务黄生和3个业务员。三楼的卡钟从前门挪到了后门，前门每天都锁着。我们上三楼办事麻烦得要死，要下楼穿过院坝，再上三楼。后门关着，我们得叫保安打开，然后再穿过一道小门，经过仓库外面走进车间，再拐个弯才能到达三楼的新办公室。以往从二楼直接上去最多只要2分钟，现在至少要6分钟。我嫌打卡麻烦，凯叔自告奋勇帮忙打卡。我带验货的通过这种方式走进品管部，他们纷纷表示不解，不明白为什么搞得那么隐秘。过了几天我才知道，厂里是怕供应商来闹事，才出此下策。

在这之前，已经有一家供应商来闹过事。那天，两位老总和几个办公室人员都在三楼开会，有一个女孩儿来应聘会计，因为经理在开会，我安顿她坐下，让她稍等一会儿。不一会儿，一个戴太阳镜的女人带着几个男的气势汹汹地来到前台，要找于总。我说："不好意思，他在开会，你们先等一下。"她不同意："我不可能等他开完会，限你10分钟之内把他叫来。"我再次安抚他们，让他们先坐一下。她却用手指指着我："你最好给我找个管事的出来，不然你们别想在这儿做了。"我只能上楼去找于总，向他说明事情经过。从三楼下楼时碰到王生，只见他满脸通红，我猜那个女人肯定拿他开涮了。这时范经理下楼来，我跟他说有个应聘会计的女孩儿，他答应了一声，走进办公室。于总下来后，带那几个供应商去办公室协商，不久供应商就走了。这时，于总看见应聘会计的女孩儿，问我她是干什么的，没想到听到答复后他垮下脸，把矛头指向我，说："来应聘你要早说嘛，让人家等一个下午。"我委屈极了，这个女孩儿来应聘时他们都在开会，而且范经理一下来我就及时告诉了他，明明是范经理没有及时面试。回头想想，于总可能是被追款追得焦头烂额，心情不好，才会拿我当出气筒，也应该体谅他。不一会儿，李阿姨打听到那个供应商说要去起诉我们厂。我觉得做老板也不容易，气也就全消了。

一个星期五的下午，范经理让我用A4纸打印"明天休息"几个字，贴在门上，目的是给供应商看。于是，我们破天荒地有了双休。等到星期一上班，我发现前台鱼缸里的金鱼竟然浮在水面上，已经死掉了。这条鱼价值8000元钱，听人说有位客户出价10000元钱要买，于总都不卖。李阿姨猜想是供应商前两天来闹事，八成下了药，把鱼给毒死了。这似乎预示着"鱼死厂亡"。李阿姨站在前台旁，于总一边烧香一边对我们说："你们安心在这里做，不要受什么影响。"紧接着，提师傅把前台写着"×××数码视听有限公司"的招牌拆了下来，墙上的产品海报也被撕了下来，门上的厂名用刀片刮了下来。范经理让我接电话时只说"你好"，不用再说厂名。财务让我录电话留言，客户打电话过来就会听到我的语音提示。我这才知道，厂名已经改了。

几天后，王生和黄生拿了工资走人，采购部的龙小姐不敢来上班了，怕供应商找麻烦，她曾听说有一个女孩儿做采购，因为厂里欠供应商太多货款，供应商气得把那个女孩儿杀了。龙小姐不敢去找采购的工作，只得暂时去做普工。

又过了几天，二楼的几个业务员都没来上班，其中有一个女孩儿和龙小姐关系好，我以为她要和龙小姐一起走，才没来上班。哪成想，有一天范经理带来的业务员小余说业务部解散了，他们早拿完工资离开了。

有一天，厂里来了几个人高马大、虎背熊腰的男人，径直去于总的办公室喝茶、聊天。接着于总来了，没过多久，他们又一起出去了。第二天，于总没有来，范经理没有来，倒是前一天下午来的那几个男人来了，仍然是一来就往于总办公室走，俨然是这里的主人。到了下午，于总打电话来对我说，那几个人是他朋友，来了后让进他的办公室坐。我猜想是换老板了，前段时间就听他们说二楼要租给别的老板，我也看见林总曾带人来看厂。提师傅说那几个男人是老板请来处理事情的，等处理完了，于总再回来。

办公室里原来的电脑全搬到三楼了，换上几台老式电脑。供应商开始一个个找上门来要货款，最多的一天有二十几个人。会议室、前台、大办公室、老总办公室、经理办公室，到处都是人，热闹得不得了。这时，我又收到了一条消息：那几个男人不是于总的朋友，而是请来的帮派兄弟。厂里拿不出钱给供应商，就用仓库的货品抵债。那些产品都是积压货物，卖不出去，放了好久。有人挺聪明，说这是老板在玩花招。有人更直接，说那些货是以前卖不出去的。有人气愤难平，说如果老板宣布倒闭，他们大不了不要货款，但这样处理犯了诈骗罪，被起诉是会坐牢的。有人说挖地三尺也要把范经理找出来，这人心太黑，老是请他吃饭、发红包，前几天还说让他们过几天来拿货款就是了，谁知来了是这种情形。可能是怕供应商报复，范经理在车间做普工的姐姐没来上班，宿舍的东西都没来得及拿就溜了。范经理的女儿左手只有一根手指，还是"阴阳人"，很多人说是因为范经理坏事做多了，这是报应。

老板不在，供应商拿不到钱，心有不甘，看到什么东西好就拿什么，怕到头来连一点儿都捞不着。开始两天，供应商都用车来拉货。他们又有了怨言，说有一种音响市场价15元，抵货款算的是70元一个。厂里的办公室看上去挺气派，但空有一副漂亮架子，老板拿不出现金，供应商也只能妥协。办公室的电脑、前台的桌子、会议室的椅子，以及几个办公室的空调都被搬走了。值点儿钱的东西搬完后，那些供应商就开玩笑地说把我也搬走。有个老板坚持要拿现金，有天中午带着他厂里十几个员工来我们厂，他的一个手下动手打了帮派老大，老大也回击了。我跟李阿姨说打架了，她急忙进去劝架。那位老板经协商后，顺利地拿到了现金。另外一个供应商特别倒霉，那天他跟李阿姨随意聊天，才说了几句话，帮派人就来了。他们对供应商说："吵什么吵，再吵打死你！"接着有人二话不说就踢了供应商几脚，欠债的还欺压到讨债的头上了。清明节厂里连放3天假，但为了这事，我和财务、仓管、提师傅假期前两天的下午都得上班。

有供应商劝我和李阿姨别在这里上班，厂子要死不活的，员工像快蔫了的花一样，怎么浇水都没用。他还说，厂子随时可能会倒闭，我们还要受供应商的气，实在划不来。

我的确受了不少大大小小的气。那段时间，真正要找到的人都躲到幕后，我作为前台，却要直接面对。有供应商跟我说于总的电话已停机，问我知不知道他的新号码。我说不知道，他们生气地说：“你怎么会不知道？装什么装！”忍了几次，我终于忍无可忍，就回击道：“老板的号码怎么会随便告诉我呢？你们不要说得那么难听！”这样说了之后，他们也就不再说什么了。有一天，小谢来二楼拿东西，看到那几个人，问我他们是干什么的，知道后被吓了一跳。我觉得好笑，她只看一眼就吓到了，我得天天面对这些人和事。之前的前台文员，可没遇到如此惊险刺激的场面。

　　这个过程中，我也不是没动摇过。蓝紫姐给我介绍的工作是别墅区文员，但我没请到假，没机会去面试，只好作罢。我写了辞工书，一直放在抽屉里，没有交上去，我不忍心在老板需要的时候离开。

　　黄生在外面开了一个店，听说生意还不错。他在厂里时弄了不少钱。范经理本想在宝安区买房子，但厂里情况不好，他怕闲言碎语，只好把这事先放着。于总和范经理开始出入工厂，二楼办公室重新装修了一下，还买了新桌椅，又买了一条金鱼放在前台养着。范经理的姐姐又来上班了，范经理还让他老婆来做临时工，这事引来不少非议。李阿姨和员工都说老板没用，做老板做到这份儿上挺悲哀。听说供应商联合起来，不给我们厂供货，就算拿现金也买不到货。

　　一个黄昏，广州一家杂志社的主编给我打来电话，让我去他们杂志社做编辑，我喜出望外，做编辑可是我多年的梦想呢。我决定辞工，一个月后去广州。有人劝我早点儿辞，怕我失去机会。星期四的下午，林总宣布全厂放假，说下个星期一再上班。第二天，小谢打电话叫我去上班。我下午去，财务让我把员工工资算出来。才9号啊，还是月初呢，以往都是月底才算工资，我预感厂子要倒闭了。李阿姨说昨天很多员工找老板，要求保底，这10天他们两天班都没上足，这样下去饭都没得吃了。我更加肯定了财务叫我算工资是要把工资发下去，然后散伙。事情处理完了，我也可以心安理得地走了。我向林总表达了想走的意思，没想到他很爽快地答应了，工资一分钱也没扣。

一共做了5个月，我的前台文员生涯就这样结束了。

狼窝逃生记

　　在宝安35区安华工业区那家电子厂时，刚进厂不久，生产经理就经常在QQ上说要跟我出去走走，每当这个时候，我就装傻。他以为我已婚，我也顺着他的话承认已婚，目的是保护自己。谁知生产经理竟然时不时找麻烦，甚至到老板面前告状。

　　过完年第一天上班，保安带了个女孩儿来，说是顶替我，我以为被炒鱿鱼了，就像当初谢美玉被炒一样，一句话就搞定。我想反正要走了，就在QQ上对生产经理说了我没结婚，连男朋友都没有。结果，采购经理问过老板，说我误会了，老板没让我走。我这才知道是保安没表达清楚。我一下子呆住了，已经把真相说出，这下完了，说不定他又会来招惹我。果不其然，生产经理越来越肆无忌惮，竟然在QQ上问我一个人睡觉会不会觉得寂寞。

　　不久，厂里出事。老板欠下供应商不少货款，只好委托帮派的人来把事情摆平，老板和经理躲在一边，手机停了机。听说老板欠了100多万元货款，欠供应商多的高达十几万元，少的也有两三千元。有个做手板的供应商被欠款2000元，那段时间，上门要货款的供应商络绎不绝，他也由财务通知过来收货款。

早上9点多，刚上班一会儿，这个做手板的供应商第一个到了。我正在打开水，他在我背后说："哇！穿得这么漂亮，晚上有约会啊？"我转过身，认出他前两天来过。我当这是句很正常的话，没有放在心上，只回答财务不在，他说可以等一等，然后就站在前台边上，趴在台面上跟我聊天。我让他坐，他不坐，我说倒杯水给他喝，他说不渴。站了半天，他到前台的沙发坐下，问："你有没有18岁？"我大笑，刚烫了头发，应该显得很成熟才对。他又忽然冒出一句："你没有男朋友。"我微笑着问："你怎么知道？""你手上没有戒指。"他自顾自地说，"我以前给女朋友买了个钻戒。"通过谈话得知，他跟我同龄。财务一个上午都没来，我很佩服他的耐心，之前还没有哪个供应商能等这么久，都是一会儿就不耐烦了。他好像不着急的样子，也没有叫我打电话给财务。

到了中午，李阿姨在外面打了两份快餐，她到办公室里面的休息室去吃，我在前台吃。那供应商站在我前面看，我不习惯，也跑到里面去吃。他跟了进来，问我快餐多少钱一份，还看着我吃。我觉得他有些好笑。前前后后，我和李阿姨好几次叫他去吃午饭，他一会儿说不想吃，一会儿说没要到货款，没心情吃饭。我和李阿姨跟他聊了一会儿天，他说自己有一个谈了七八年的女朋友，两个妹妹已经结婚，他和女朋友每月的工资加起来有七八千。李阿姨叫他给我介绍一个男朋友，还说我写了一本书，他问我那本书是不是在心情不好的时候写的，我说是。他问我要找什么样的，还说我应该过两年，也就是30岁的时候再找个35岁左右的。李阿姨出去扔饭盒，他一屁股坐在李阿姨坐过的沙发上。李阿姨折回来见他占了自己的座位，便到前台边的沙发上坐着睡觉。我看了一会儿书也困了，丢下他，到前台趴在台面上睡觉。

我侧头趴着，忽然觉得这人有点儿意思，想到晚上回去跟家人有了谈资，嘴角不自觉地露出笑意，这时耳边响起他的声音："你睡觉都在笑。"我睁开眼，天啊！他的脸近在咫尺。我抬起头，他说："别睡了。"他在，我肯定是不能睡了，于是我正襟危坐。他绕到我身后，说："我给你按摩。"我说："不需要。"我忙甩开他的手，起身走到李阿姨身边坐着看她睡觉，他也看着。我怕吵到李阿姨，又坐回前台，他再次绕到我身后，又作势要给我按摩。我站起来，走到前台前面躲开他。

这时，他一把抱起我，快速跑向会议室。我知道他要干什么，慌张得不行，大叫起来："阿姨，阿姨。"他把我放下靠在墙上，低下头来要亲。我急得赶紧推开他，手里拿着圆珠笔真想捅他。他蹲下身，我吓坏了，怕他有进一步的举动，要是那样，窗外的人可什么都能看见。我刚想逃开，他又一把抱起我往洗手间走，我比刚才更惊慌，又一连叫了几声"阿姨"，可李阿姨像吃了迷魂药一样毫无反应。他把我抱进洗手间，我拼命挣扎，他说："别这样嘛！"见我宁死不从，他只得放开手。我冲他吼道："你变态啊！

神经病！"跑出洗手间，心里的那股气没法儿排解出来，于是又骂了好几句才罢休。

我走到前台靠里面的办公室，关上门，拿起书，心情却始终没法儿平静。过了好一会儿，他才走过来，不敢看我，低着头说："对不起！"我厌恶地看着他说："竟然还知道对不起！"他拿起包，不声不响地退了出去。

他刚走出去，李阿姨醒了。我跟她说了刚才的事，她骂了起来，说如果这人再来要货款，就说公司说他的货款没了，等帮派的人来了跟他们说这件事，让他们替你出气。第二天，他没有来。过了几天，李阿姨说他直接去三楼找财务，已把货款要到手。我心里堵得慌，总觉得太便宜他了。过了几天，我去三楼送东西，见他站在那儿，我正眼都没看他一下。我确定了一件事，他的货款要到手。老板为了不让供应商把值钱的东西搬走，早在准备藏身时就让二楼的办公室人员都到三楼办公，把电脑等物品也都搬了上去，二楼只剩下我一个人，因此才让这种人有可乘之机。

生产经理趁老板不在，中午吃了饭也爱往二楼跑。我刚烫了头发，他摸了摸说："这样的头发摸起来很舒服。"没有人在时，他会不管三七二十一地搂住我的肩膀。老板、经理不在，这段时间，电工管理全厂大大小小的事，他曾无意中看到生产经理搂我的肩膀，竟也色胆包天，学着生产经理的样子搂我的肩膀，甚至边问供应商怎样非礼我边扯我的裙子。有时，我在用电脑，这个电工招呼也不打，假装要用电脑，拿鼠标时手盖在我的手上，他做这些事装作无意识，但我清楚得很他有几根花花肠子。我从前以为只有漂亮的女孩子才会遇到这些事，想不到相貌平平的我也会遇到，真有点儿想不通。在QQ上我把遭遇告诉了曼姐，心烦意乱，也不管是不是在上班，忍不住哭了起来。

有一天，生产经理趴在前台台面说："听说你被人欺负了。"都大半个月了，他不可能才知道，接下来要说什么我已猜到八九分。他眼睛眯成一条缝，色眯眯地看着我说："所以你需要一个男人保护。"我感到恶心，对他说："我只要自己保护自己就行了。"生产经理问："如果他成功了，你怎么办？"我严肃认真地说："我会让他坐牢，让他得到应有的惩罚。"生产经理看我态度如此坚决，有点儿吃惊，也许这一刻他意识到我不是一个随随便便的女孩儿，他的计划要落空了。但他仍不甘心地说："万一他跑了怎么办？"我说："我会让他跑吗？我得早一点儿走，这里是狼窝。"生产经理自讨没趣地走开了。

就在我被供应商非礼后，李阿姨当着生产经理的面说我说过他想非礼我，但李阿姨并不知道，祸从口出。有一天，生产经理对李阿姨说有客户来，让她拖了好几次地，车间的员工看出这里面有问题。一天过去了，压根儿没见客户的身影，李阿姨知道生产经理是在整她。生产经理还傲慢地说："我这个经理难道连个阿姨都指挥不了？真是邪门！"过了两天，他甚至说："阿姨，我从来没见你拖过地。"以前有一次，他看见李阿姨的侄女，说好漂亮，叫阿姨把侄女介绍给他，而这段时间他见了阿姨不予理睬，像仇人一样。

李阿姨说楼上员工听说我被非礼的事后，说我穿的裙子有点儿短。其实我穿的裙子一点儿问题也没有，是齐膝裙。我要上班，不可能穿短裙。

月底，我该算员工的工资了。生产经理破天荒地来查工卡，看我算的上班工时和加班工时准不准，也许我运气不好，被抽出的第一张就少算了1个小时，他像抓住了兔子尾巴一样说："你看，我随便抽出一张就有问题。"然后他又拿起计算器算另外几张卡，我心里暗自紧张，怕故意找碴儿，检查没问题后才松了一口气。我心知生产经理的意图，于是讽刺他："怎么算工资也要劳烦你这个经理级的人物？"他笑嘻嘻地说："我看你的计算能力准不准。"估计他肯定会在老板面前告我的状。

李阿姨说她已把这些情况跟保安说了，保安是老板的亲戚，到时会传到老板耳朵里，生产经理告状告不准，让我放心。随后几天，李阿姨说质检员可能已被生产经理搞到手了，几天没来上班，生产经理打电话说不扣她的工资。车间里的人说，助拉曾小莉说生产经理每天晚上给她打电话，要请她吃夜宵。她的男朋友是一家工厂的技术人员，月薪几千元，她是不可能跟生产经理在一起的，所以问大姐们该怎么办。她曾辞过工，辞工书被生产经理撕掉了，然后她告诉我家里有急事，要急辞工，我信以为真，直到现在我才知道曾小莉是不堪忍受骚扰，丢了11天的工资逃掉了。以前的质检员也是无缘无故就丢工资走人了，说是去东莞她男朋友那里，现在真相大白，也是同样的原因不得不离开。有人说生产经理招惹了不少女孩儿，经常听到他跟女孩子打电话说下流话。以前很少人知道他好色，这段时间他老婆回家生孩子去了，本性一下子就暴露出来。

我被非礼的事情当天就通过李阿姨的嘴传遍全厂，很快老板也听说了，电工告诉我，老板听说这事很气愤，说要让那人给我个红包了事。我为遇到这样一个能为员工伸张正义的老板而庆幸。过了几天，财务给我打了个电话，让把非礼我的那人的电话号码存下来，把他叫过来，老板会帮我出气。

几天后，老板来了，已好多天没来的"帮派人士"也来了，他们在老板的办公室待了一下午。一个下午快过去后，财务拿来一张名片，叫我打个电话给名片上的人来拿货款。我一看就明白了，原来老板要帮我出头。我打了个电话给他，这时我才知道他叫王天佑，我跟他说财务在二楼，让他直接来二楼收货款，他一点儿也没怀疑，很快就来了。我进去通知老板，他跟了进去。出来后，他在门口站了一会儿就不见了踪影，估计是看出什么来了。帮派胖老大叫我一起去王天佑厂里，于是我坐上他们的车，直奔固戍村。去那里其实只要几分钟，但他们不知道他的厂具体位置，绕着走了几圈，一个小时后，才终于找到目的地。

在一栋只有三层楼的简陋厂房前，胖老大下车去询问保安，确定是这儿后，我们都下了车。胖老大上了楼，我正打算上楼，却见王天佑下来了，我说："上去。"王天佑说："不关厂里的事，找我就行。"同来的一个人走上来问我："他就是当事人？"我说："是。"几个人蜂拥而上，抓住王天佑往墙上撞，猛踢他的肚子。王天佑下意识地捂住肚子，求饶道："别打了，我没犯多大的事。"我气愤地说："你差点儿强暴我啊。"矮老大说："听见没有？做了什么事你自己最清楚！"他们几个人又上去揪住王天佑，对他拳打脚踢，我也跟着，随时准备反驳王天佑。王天佑吓得瑟瑟发抖，在我面前跪了下来，双手抱拳，哀求道："邬小姐，求求你放了我吧！"几个人又一把提起王天佑，让他写检讨，王天佑慌乱地跑进一间办公室问："有没有笔？"没有人应他，办公室里面的人一看这架势，生怕破坏他们的东西，忙说这里跟王天佑没关系。

王天佑的厂在三楼，他们让王天佑去三楼，王天佑死活不肯，说一切责任由他承担。同来的人押王天佑上车，保安在我后面喊："小姐，你饶了他吧！"车开了一段路程后停了下来，胖老大下了车，我不知他们去哪里，车里的一个手下说把那人送到派出所去，有他好受的。

两辆车回到我们厂里，老板还在等着。胖老大让我去老板的办公室，只见王天佑跪在地上，低着头，我感到很意外，以为已经把他送到派出所去了。他们说让王天佑写检讨书，要我拿纸过来，我拿了纸放在老板的桌上，退了出去。

一个高个子女孩儿来了，我一问才知道她是王天佑的女朋友，她要求进去见王天佑。老板坐在前台沙发上，叫她到会议室坐坐。胖老大出来，答应让她进去。一个成员对我说："等一下你要个五六千也不算多。"我这才知道他们要以赔钱的形式来处置王天佑。

王天佑的女朋友出来问我想怎样解决这件事，我说要钱。我们到门外去协商，看到她眼角还有残余的泪痕，我动了恻隐之心。我关心的不是赔多少钱，而是其他的。我问道："他平时对你好吗？"女孩儿说："挺好的。"我点了点头，女孩儿主动说："其实，我跟他在一起也挺矛盾的，在一起七八年，吃了不少苦，最近连房租都交不上了。"我问："他以前有没有做对不起你的事？"女孩儿说："我都不知道他是这样的人。"我还想了解更多情况，胖老大出来了，对女孩儿说："你看，她连男朋友都没有，也不想遇到这样的事，现在整个厂的人都知道了，你让她怎么在这里做？"

　　走进一间小办公室，我和女孩儿坐下来谈判。胖老大看着女孩儿说："你们两个互换一下角色，假如你是她，你不希望遇到这样的事；假如她是你，也不希望自己的男朋友做出这样的事。"女孩儿点头默认。胖老大继续说："假如把你男朋友送到派出所去，不是打他一下两下就能完事的，有可能打他一个晚上。"女孩儿说："是，我见过。"胖老大说："你们谈一下，看怎么处理。"女孩儿望着我说："我男朋友是怎么侵犯你的？如果你不好意思说就算了。"我鼓足勇气说："没有什么不能说的。"胖老大觉得他在场不好，慢慢地走了出去。女孩儿问："我男朋友有没有对你那个？"我摇摇头说："这倒没有，如果发生那样的事，我就不会跟你心平气和地坐在这里谈了。"女孩儿似乎放下心来，嘴角有了一丝笑意，说："我想，我男朋友对你也没造成多大的伤害。"我情绪激动起来："你别这样说，这样的事弄不好会给我造成一生的阴影。"女孩儿清了清嗓子问："那你要多少钱？"我说："5000元。"女孩儿说："5000元钱也不多，我可以接受。"这时胖老大非常合时宜地走了进来，问我们谈好了没有，女孩儿说："我现在手上没有钱，可不可以打一张欠条，过一段时间再给？"矮老大的手下一口回绝："不行，必须马上给，本来要的数目就不多。"女孩儿说："我让朋友送来。"

我回到前台，王天佑走了出来，小心翼翼地说："我出去一下。"我问："你出去干什么？"他说："去透透气，一会儿就回来。"我说："你去吧。"他说："真的很对不起！"我说："你以后千万不能做这样的事了。"他说："再也不了。"

在老板办公室里，女孩儿让我写个证明，她怕以后会被敲诈。我写完后，女孩儿拿出钱说："证明写了，我把钱给你，我们就两清了。"她拉了拉王天佑的衣袖说："再给邬小姐道个歉。"王天佑说："邬小姐，对你造成的伤害，我非常抱歉。"我说："如果你是诚心诚意地道歉，知道悔改，我就原谅你。"钱拿到手，胖老大他们拿了3000元，我拿了2000元，心里沉甸甸的，说不清是什么滋味。

我拿着2000元钱回家，爸妈和妹妹都很高兴，因为我从未一次性得到过这么多钱。当知道这钱的来历，他们不免担忧，怕王天佑报复，让我上下班路上多加小心。我上班时下了公交车要经过一座天桥才能进入工业区大门，那几天我走这段路都会东张西望，好在几天过去后无任何异常。

李阿姨说王天佑可能是听说我写了一本书，想把女朋友甩掉才对我这样。谁知他当时在想什么！

处理这事时，生产经理的老婆要生孩子了，他请假回家。电工倒是又恢复了老实，再也没有非分之举，希望生产经理回来后也别再骚扰我了。不知道生产经理有没有听说那件事，或者听了无动于衷，回来后仍是老样子。一天，我在QQ上跟一个朋友说生产经理的事，生产经理趁我去洗手间时偷看电脑，聊天内容全被看到了，他大概猜到是在说他，红着脸尴尬地问："你在说谁？"我说："你自己知道。"第二天吃饭时，生产经理伸手想碰我的头，我毫不客气地说："不要动手动脚，请自重。"之后，生产经理规矩了许多。下午下班时，我和李阿姨走在路上，李阿姨说生产经理跟财务说我上班很闲，明显是在想尽办法丑化我、整我，我听了很气愤。

一个月前，我就写好了辞工书，一直没有交上去，因为不想让老板说我忘恩负义。但是眼下，事情处理完了，我也能心安理得地走了。我向老板表达了想走的意愿，没想到老板爽快答应了，工资一分钱也没扣。走出工厂，我如释重负地抬头看了看蔚蓝的天空，它干净、纯粹，没有一丝瑕疵。

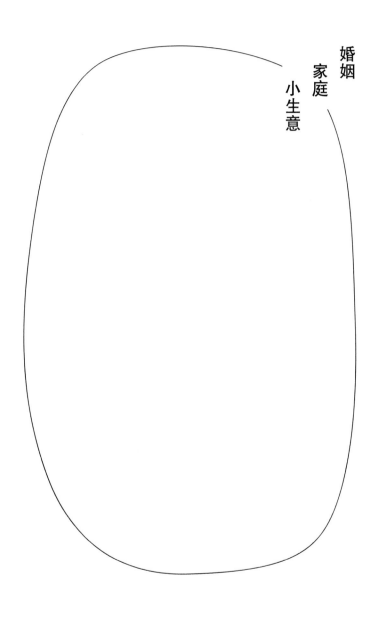

婚姻
家庭
小生意

妹妹

2000年来了，树枝吐出鲜绿的新芽，小鸟欢快地歌唱着春天的美好。

那天与往常没有任何不同，我一如既往平静地上班。妈妈跑来告诉我，妹妹随着堂哥小明和他女友琴琴从四川来深圳了。消息太过突然。下了班，我迫不及待地走出厂门，一眼就看到了妹妹。妹妹留着短发，个子比我高了，我穿平底拖鞋比她矮一截。我跑上去紧紧地抱住她，泪水立刻涌了出来，着急地问："你为什么要出来？为什么要出来？"父母只生了我和妹妹，自从我出来打工后，妹妹就是家里唯一的希望，我希望她能读大学，不要步我后尘，可还是放弃了学业。一想到她要跟我一样做苦工，瞬间觉得天塌地陷。

当晚，妹妹和琴琴到爸爸所在的伟德磁带厂去跟其他女孩子同住，但这不是长久之计。我们没有租房，住宿成了最大的问题。妈妈想到一个两全之策，让妹妹和琴琴到我们工厂对面的裁缝店学车位。80元钱可以学5天，一来解决了住宿难题，二来也可以学到手艺，等时机成熟就可以和我们一起工作了。店里的空间非常狭小，老板和其他两个学徒住在阁楼上，妹妹和琴琴住在一个楼梯间下面的空隙里。地方虽小，但好歹是容身之所。但是5天后，她们又该去哪儿呢？

小明带妹妹和琴琴一起去工厂见工，他认识的一个开磨刀店的山东小伙子知道一家不错的玻璃厂。琴琴生得漂亮，人见人夸，小明很有把握地说："琴琴没有问题，"又看了看妹妹说，"二妹把握不大。"结果，见工考试要考26个英文字母，琴琴写错了几个，妹妹本身英语就不错，26个英文字母小菜一碟。

妹妹第一次处于人生地不熟的环境中，又是第一次上班，一个人孤孤单单，加上厂子员工要做满两天才给安排宿舍，晚上还得回到爸爸厂里住，这一切令她无所适从。只做了一天，妹妹就出来了。几天后，妹妹和琴琴一起进了爸爸所在的那个厂做普工。这个厂实行计件制工资，多劳多得，员工必须一天到晚双手不停地忙活，否则工资少得可怜。

以前从未想到的是，妹妹一直是在父母之爱匮乏的境况中生存。她在镇上读初中，原以为可以安心上学，可事情没那么简单。爸爸离开家乡前，将妹妹交给干儿子的父母照顾。以前他们和爸爸关系很好，借过两千斤稻谷，可爸爸一走，他们的态度就全变了，两位长辈甚至不允许子女跟妹妹太过亲近。妹妹去他们家之前，他们一位亲戚的女儿也住在那里，长辈们对那女孩儿态度极不友善，不难想象，妹妹一个外人当然会遭受更无礼的待遇。

爸爸每月给妹妹寄生活费，但钱都捏在那家长辈手里，妹妹一分也得不到，每个周末回去，连块肉也吃不上；正在长身体，鞋子小了，他们也不给买，致使妹妹脚趾都烂了几个，痛得钻心，遭了不少罪。后来，妹妹只好每周末往县城三叔家里跑。那个时候，她孤苦无依，无处可去，经常一个人偷偷地哭，看到其他同学有父母时不时来看望，好生羡慕。初三下学期，班上很多同学没去上学，老师一家家上门去找，把那些同学都"抓"了回去，妹妹因为没待在自己家里，也没有家长，老师找不到，就成了漏网之鱼。妹妹当初没考上就读的那所中学，是多交学费才有学上。那所中学在全县教学质量最高，连县城的孩子都去那里读书，妹妹在那里成绩提高了不少，英语也很棒。当初我也想多花点儿钱去那里就读，可最终没向爸爸开口。妹妹舍弃了难得的学习机会，不能不说是人生一大遗憾，她还有一个学期就初中毕业了，也许可以顺利地读高中、上大学，拥有更美好的前程。

小时候，表哥征华和表嫂雪绣从深圳打工回来，带回一台大录音机。我跟妹妹每天用录音机听港台歌曲，如痴如醉。我俩有些音乐细胞，一般听几遍就能学得八九不离十，在令人沉醉的音乐中，少女们萌生了歌星梦。

妹妹在学校是个活跃的文艺爱好者，每次学校组织活动，班里的节目都由她编排，若有群舞必是领舞，没有录音机放歌，她就自己唱，现在来到工厂打工，不知道这种枯燥乏味的生活会不会抹杀她的艺术天赋。

和当初的我一样，妹妹原来并没有想过出来打工，因为从小酷爱音乐，我以前写信也提过来深圳可以学音乐，她就稀里糊涂地跟着小明和琴琴来了。刚来的那个晚上，妹妹在冲凉时听到爸妈商量让她进哪个厂，心里很反感，可是已经来了，没有办法，得生存啊，也只得乖乖去上班了。此时除了打工，她别无选择。妈妈曾跟我说林音表姐厂里有个女孩儿被选去当了歌星，我才写信跟妹妹说这边可以学习音乐，不料她因各种原因辍学，抱着一线希望来到深圳。然而我并不知道，她能否在这里实现音乐梦想。

后来爸爸在厂里受排挤，妹妹便和爸爸一起辞了工。妹妹花200元的介绍费，进了妈妈所在的松高厂包装部。在松高厂的半年合同到期，妹妹出来玩了一段时间，后来松高厂又招工，文员李素素再次把妹妹介绍了进去。妹妹在这个厂活泼不起来，有一次厂外的音响放歌曲，妹妹听得如痴如醉，但严格的管理制度令她遭到了指导工的责骂。和以前的我一样，妹妹总是守着妈妈哭。这样的生活跟想象中的相差太远，她渴望像百灵鸟一样尽情歌唱。

妹妹在松高厂的半年合同很快又到期了，她不顾爸妈反对，自作主张出了厂。妈妈很生气，家里条件不好，她不希望妹妹失业。因为李素素曾介绍妹妹进厂，为了表示感谢，妈妈有时会帮李素素和她的同居男友洗衣服。

这个时候，琴琴和妹妹一起去找厂，进了离出租屋不远的电子厂。妹妹在电子厂的流水线上贴标签，这份工作比较轻松，上班时间可以说说笑笑，好不快活。妹妹又活泼开朗起来，工友都喜欢和她玩。在这里，妹妹的特长也得以发挥，厂里要举办卡拉OK大赛，妹妹天天下班后反复练习。

比赛分为初赛和决赛。初赛时，一个湖南小伙子获得第一名，妹妹获第二名。妹妹说她唱完卓依婷的《免失志》，工友们强烈要求再来一首，她又唱了杨钰莹的《风含情水含笑》，大家还没听够，于是妹妹又唱了杨钰莹的《我不想说》，换来满场热烈掌声。决赛时，妹妹在里面唱，爸妈和我还有小明在厂门外听，妈妈泪流满面，她多么希望妹妹能成为歌星啊。比赛结束，妹妹拿到第一名。妹妹说唱杨钰莹的《茶山情歌》的时候，放碟的人还以为没有消除原唱，拼命按遥控器。听说第一名有500元钱的现金奖励，结果厂里只发了一支笔，小明原本等着拿到奖金喝酒，一听只发了一支笔，立马蔫了。

这个厂还有老员工周年晚会。在晚会上，妹妹不仅有独唱表演，还带领一帮人编了一支舞，自己领舞。妹妹能歌善舞，充满自信，业余时间到大新百货、益家商场、南城商场参加歌唱比赛，每次都能得前三名，拿到奖品。有时她没和我们在一起，我们就代她报名。每一次她上台我都很紧张，但她每一次都发挥稳定。妹妹原名邬丽萍，来到深圳后改为邬丽维拉，参加比赛时有主持人介绍她是少数民族。

在金骏厂，初赛时得第一名的湖南小伙子也酷爱唱歌，妹妹甚至想和他一起搞个组合。虽然向往更宽阔的舞台，可是天天在工厂打工，谁也不认识，根本不知道去哪里找学音乐的地方。

　　妹妹所在的拉上换了助拉，新助拉没前助拉温柔，加上妹妹当时特别想改变处境，于是就想着出厂学点什么。她问人事主管，如果急辞工会不会被扣工资，人事主管拍着胸脯说不会，等拿到工资，妹妹傻眼了，扣了400元钱。

　　2003年6月，妹妹和我一起去电脑培训班学习。我们希望学成后能找到一份文员的工作，至少看起来体面一点儿，因此学习的决心非常大。

　　过了一段时间，我俩的工作都还没着落。有一天，妹妹和我去固戍找同村的双胞胎姐妹大淑和小淑，大家聊着近况，小淑说她们厂三楼有个加工厂，文员已经辞工了，她可以帮忙介绍。

　　应聘那天，加工厂只简单地考了考妹妹的电脑操作，就录用了。至此，妹妹终于脱离流水线，坐进窗明几净的办公室。厂里只有30多人，工作很清闲，晚上不用加班，每个星期天都休息。在那里，妹妹找到了男朋友，并很快结婚生子。那个时候，妹妹甘愿为人妻，为人母，每天除了上班就是操持家务，唱歌的事暂时被抛之脑后。婚后，生活压力变大，妹妹决定为了儿子努力工作，可并没有丢掉唱歌的爱好，将儿子送回老家后，妹妹又到大新百货报名参赛，并顺利通过初赛。到东莞参加决赛时，却只获得了二等奖，说一等奖得主跟她都唱的是杨钰莹的《风含情水含笑》，但其实没她唱得好，因为评委是当地的，自然给了那边的人。

有一次，一家酒店搞歌唱比赛，妹妹交了30元报名费参赛，结果没有得到任何名次。不过酒店的音响比商场好，我欣赏到了妹妹更为美妙的歌声。

2006年5月，妹妹所在工厂倒闭。妹妹打电话叫爸爸在电子城附近找个两室一厅的出租屋，她和妹夫自己搞丝印，货源充足。厂里解散，老板把东西都给了他们，包括电脑。妹妹和妹夫每天生活没有规律，人家送货来，无论几点都得立即开工。虽然辛苦，但是为自己打工，乐此不疲。两个月后，由于供货商眼红妹妹家赚了钱，便将货给了他姐姐做。断了货源后，妹妹和妹夫只得重新找工作。

妹妹在银田一带看到一家电子厂招人事文员，便进去应聘。老板只简单问了几个问题，看了一下妹妹写的字，连电脑都没有考，便让第二天来上班。厂子有四五百人，这下，妹妹终于当上了大厂文员。厂子要给员工上社保，妹妹有不懂的地方便打电话向小淑咨询，很快就学会了。这儿的工作上手后也很清闲，至于员工的工资，两天就算完了。办公室的电脑没有网线，妹妹空闲的时候很无聊，多数时候会在办公室或到车间找人聊天。

我在报纸上看到区里即将举办第二届外来青工歌唱比赛，鼓励妹妹报名参加，她为此专门请了一天假。本来她的出场次序排在上午，结果无缘无故换到下午，好不容易等到下午，又是最后一个出场，才唱了两句，评委就匆匆喊停。这次失败对妹妹打击挺大。参赛前，我还准备送她一条演出裙，但要200多元，只好作罢。后来曾有人想介绍妹妹去歌舞厅唱歌，每天唱两个小时能拿到100元，一个月就是3000元，但妹妹觉得那种地方太乱，没有同意。

2008年底，由于金融危机，老板想减少办公室人员，便叫会计去做普工，由妹妹做人事兼会计。妹妹说老板比较信任她，觉得会计工作不太负责。结果，会计死赖着不走，老板便把妹妹的工作移交给会计，让妹妹去车间做品控，工资不变，上班时间不变，星期天也照常放假。老板告诉妹妹，倘若不想做，可以立即走人，补发一个月工资。妹妹明知去做品控不好，但她有顾虑：快过年了，一家三口要回婆家，婆家若知道她失业，不让把孩子带到深圳上学就麻烦了。过完年，妹妹还是去做了品控。这时，她在昔日新招进厂的人的手下工作，要看他们的脸色行事，还要忍受责骂。妹妹上班一不开心就发短信问我要不要离开，我说做得不开心，不要勉强自己。只做了一个月，妹妹实在不堪忍受，还是离开了那家工厂。出厂后，妹妹去人才市场投简历，到网上找工作，东奔西跑，一晃几个月过去了，工作还是没有着落，后来因为生活压力大，实在无路可走，只好去摆摊。

那段时间，妹妹被太阳晒得脸红红的，其他人摆半天就撤，妹妹却选择坚持，身上有股四川人吃苦耐劳的精神。摆摊时间长，辛苦，妹妹身上长了很多红疙瘩，到了晚上痒得难受，但她仍然不很退缩。原想通过做生意让生活好转，可一切并未尽如人意。妹夫看生意不好，就让妹妹带儿子回老家，妹妹没有同意，坚持留在深圳。

2009年8月的一天，妹妹看到人人乐斜对面一家商场有招商广告，每个柜台月租金1200元，另外还得交8000元入场费，签订3年合同。妹妹交了钱，签了合同，便开始张罗着做柜台、进货，一直等到元旦节前一天才正式开业。但这家商场的人流量实在少得可怜，两个月没到，就没法儿再做下去，几年来打工挣的血汗钱就这样全部亏掉了。

2010年春节过后，妹妹又踏上了寻工之路，在一家家工厂门外看招聘广告。原来她说生意做不下去就去打工，但没想到这么快就得接受命运的安排。妹妹说自己到了这个年龄，做其他的肯定没人要了，只能做普工。但说归说，她心里还是不肯屈服。

妹妹在招聘网站注册，投了简历，最后在某科技公司找到了行政助理的工作。这个公司待遇不错，环境也很好，妹妹挺满意，给生意失败后受挫的心灵带来了一丝安慰。

这些年，我也希望看到妹妹重新登台唱歌，可逢年过节，不见一个商场有比赛，可能是商场生意不好的缘故吧。在电视上看到别人比赛时，又早过了报名期。元旦爬完山后，妹夫决定请我们唱歌，这是全家第一次破费，妹妹兴致高昂。我们走了半个小时找到一家KTV，不料这家晚上没开门。大家白天爬山已很累，此时更是腰酸脚痛，可妹妹不甘心，我们便又走了十几分钟到另一家KTV。进去后，工作人员告诉我们已无包厢，我们又问了一些问题，可能因为生意火爆，工作人员不理不睬，我们只好退了出来，站在外面茫然地看着街上车水马龙，当时可真是"我为歌狂"啊！

在厂里，同事们都亲切地叫妹妹"拉拉"。《杜拉拉升职记》这本小说火得不行，没想到被人称呼为"拉拉"的妹妹也得到了升职的机会。几个月后，妹妹升任人事主管，还加了薪。

2010年，妹妹一手策划了所在公司的圣诞晚会，这令她特别自豪。晚会当天举办歌唱比赛，妹妹以一首江淑娜的《谈笑一生》获得二等奖，拿到300元奖金。这是妹妹结婚后第一次参加比赛得奖，她觉得自己重回18岁。

老板娘对妹妹的工作态度非常满意，说交代的每一件事都能按要求快速完成。谈起这些年的经历，妹妹非常庆幸当初的选择，要不是执意从制衣厂出来，要不是后来又从电子厂出来学电脑，也许现在还是一名流水线上的工人。一个喜欢唱歌、向往美好生活的人，绝不会屈服于命运，妹妹的人生舞台是五彩斑斓的。

妹妹虽然当上了人事主管，但也是在给别人打工，每天工作忙碌，从上班到下班没有一分钟空闲。妹妹渴望有一天能拥有自己的事业，成为城里人，但目前最渴望的还是儿子能上公立学校。

今年的春天又来了，木棉花如火如荼地开着，开了一年又一年；鸟儿们站在绿意盎然的树枝上欢唱，唱了一年又一年；妹妹在深圳已生活了整整十一个年头，就这么过了一年又一年。

妹妹是个从骨子里热爱唱歌的人，每每听我说某某打工妹当上了歌星，她就激动万分。没有当上歌星是她的遗憾，也是我的遗憾，因为她需要唱，我需要听。

远嫁

2011年，我的孩子快出生了，为了报销一部分费用，我和他得去办结婚证。在我的一再催促下，他决定带我回老家。

上了火车，听到的全是湖北口音，我有些不适应，好像自己成了故乡的叛徒。

妹妹不希望我跟着坐火车，但他没有钱，我只能忍受。我们到武汉下了火车，又坐3个小时的大巴，到达荆州，一路颠簸搞得我腰酸背痛。

第一眼看到婆婆，我有点儿惊讶，她走路一瘸一拐。这件事他并未向我提过。他家只有三间房，爸妈曾提过要来看看，他说来了没地方住。进入堂屋，一眼就能看到里面的简陋。屋里没有灶房，就在一进门的左手边煮饭炒菜；家里没有像样的家具，到处乱七八糟。隔壁养了许多鸭子，餐桌上苍蝇飞个不停，吃饭的时候得不停地挥手赶。房间很凌乱，沙发上堆满了衣服。婆婆天天忙地里的活儿到天黑，家里根本顾不上。他家没有洗澡的地方，只能隔几天在房间里用盆装点儿水快速浇洗。

他在老乡面前说自己输了十几万，一年挣的钱都输掉了。我跑到外面的马路上对着漆黑的夜空大声哭泣。我质问他，他说是在骗老乡，不然没面子，我却认为他是在骗我。

我没带多余的衣服，婆婆从衣柜里翻出一些，说是一个城里女孩儿不要的，让我穿上。和他去领结婚证那天，我穿的也是那个女孩儿的衣服，他带我去城墙边散步，我因为拉肚子没走多远。婆婆也把她自己的衣服给我穿，同村的女子过来上下打量我，我觉得有点儿不好意思，毕竟人家穿得那么时髦。

婆婆告诉我，他在外这么多年，只拿了极少一部分钱给弟弟上学，钱都输掉了，要不然早就可以买房。她摇头叹气，说以前想靠大儿子，后来发现根本靠不上，只能当没生这个儿子。婆婆还说他只是嘴巴乖，婆婆做手术，他说给5000元钱，可最终一分都没给。知道的信息越多，心里越寒，我为自己担忧，为自己的孩子担忧。妹妹说过他的眼睛老是眨，就是爱撒谎。

我本想办完结婚证就回深圳，哪知双腿内侧牵扯着痛，走不了路，去买火车票时，售票窗口已经没有下铺票了，买票得提前10天买，我只好在婆家生孩子。婆婆不让我洗碗，说："你们和我们那时候不一样。"她还说我比起她，是掉进了福窝。这话我并不认同，他们家这条件，我连一件新衣服都没有，哪来的福？怀孕被照顾一下是应该的，别的孕妇不知比我享福多少倍。

他跟我说过公公是个火暴脾气，小时候他们三兄弟都被公公打，我说那我不去你家，怕被打死，他说："怎么可能？我爸妈对你会比对我还好！"

公公对我没什么，说话挺和气，夸我字写得好，后来得知我喜欢写作，更加赞赏；又说我懂事，他们家这么穷，一进门我就叫他爸。婆婆说他对你说话客客气气，摊上这样的公公就不错了。听说公婆的三儿子带女朋友回来，公公从不给好脸色，她说杀只鸡来吃，公公没有同意。我去了，公公主动杀给我吃。

他快回东莞时，婆婆说："你走了，不怕邬霞受委屈？"他说："你要是敢对她不好，我以后永远不在这里住。"婆婆听了失望地说："连儿子都这样说，更别说儿媳了。"去村里别人家，他也叫大家有空来陪陪我。他家只有一个邻居，那家人我根本没接触过，天天就只在他家看电视、看书。

沿沿和玉玲婶子专门来看我，问婆婆是不是还在卖菜。沿沿说应该有个人在家守着，万一我要生了，别到时叫天天不应，叫地地不灵。她还说老公也应该在身边，这样胆子大些；婆婆腿有毛病，到时抱不稳孩子；公公不方便，刚生完孩子的女人在床上动也不能动，上厕所都要人扶。她要生的时候，老公找来很多女人陪着她，还放下工程，一个月没干活儿。其实这些天我也提心吊胆，怕小孩突然滑出来。即将临盆，每天只要感觉下体有点儿异样，就会想是不是要生了。之前去医院检查，孩子臀位，要剖宫产，我好怕出意外。

他11月25日从东莞赶回来，我28日早上准备去医院，因为主任交代过，早上要空腹做手术，我便想着7点起床，洗漱完毕去医院就行了。他有睡懒觉的习惯，我叫了几次也叫不起来，到了8点才起来，想坐公公的四轮车，可公公不知去哪儿了，电话也打不通。正好这时飘起毛毛雨，他便不打算去了。

他说等到有反应了再去医院，我说有反应小孩就滑出来了，不知道这种情况还能否做剖宫产。

29日是预产期，这天早上我起来就感觉腰部酸痛，上厕所发现纸巾上有血丝。我告诉正在炒菜的婆婆，她说："让小安送你去医院。"我喊他起床，他说吃了饭再去，这时我的肚子已疼得必须弯下腰来。我怪他都什么时候了，不赶紧去医院，还想着自己吃饭。婆婆赶紧把饭菜端来，我痛得不想吃，再说如果真的要生了，剖宫产前不能吃东西。

公公饭都没吃就到外面叫出租车，这时天空落下雨点。公公让四机厂保卫科的张叔帮忙叫车，路上张叔打张主任的电话，好久都无人接听。到医院已经2点了，得知张主任今天休息。

我去上厕所，本来想上了厕所后肚子可能就没那么痛了，哪知还是痛。来到医生办公室，接待的是一位姓马的戴着眼镜的女医生。他拿出在妇幼医院检查的结果给医生看，问能不能做B超，医生回答："不能。"他又问能不能验血，医生说："你要验就去吧。"我们去验血，走在走廊上，他和婆婆搀扶着我，我痛得没走几步就蹲下了。医生给我抽血，说应该提前几天做好检查。眼镜医生给了他一张纸，纸上写了满满一页注意事项，让他签字。他看到"如果生产过程中出了问题和孩子在医院丢失，医院概不负责"字样"，觉得不合理，不肯签，医生说在哪家医院都有这些条款。僵持半天，他才终于签了字。

到了产房，眼镜医生让我躺在小床上，我痛得不想动，她便让我不痛的时候再上去。肚子是痛一阵，停一阵，这就是阵痛。眼镜医生让我脱掉裤子，然后在肚子上抹东西，真希望她赶紧打麻药。矮个子医生又忙了一阵，叫他进来抱我进产房。我想："终于要结束这种疼痛了。"他问："是不是要动手术了？"矮个子医生回答说："动手术已经来不及了。"怪不得她一直在给下体抹药，看来是要我自己生。他伸手来抱我，我死死地瞪着他，满是埋怨，若不是他睡懒觉耽误了手术，我哪会受这份罪？他抱着我往产房走去，我开始自责，不听公婆的话，应该早点儿来住院，这下有好受的了。要知道，我可是难产啊，他就是难产而来，先下的脚，婆婆三天三夜才将他生下来。

他将我放在小床上出去后，张主任来了，和眼镜医生、矮个子医生说起我们的事。张主任说："昨天来动手术多安逸，今天来受罪。"矮个子医生说："她老公书生气，婆婆遇到什么事就六神无主了。"张主任说："她婆婆挺有主见的，这次不知怎么搞的。哎，产妇摊上了这样的家庭！"矮个子医生说："都什么时候了，他还说要做B超、验血，每家医院都有那些条条款款，他不签字。"张主任对我说："你挺坚强。"然后又转头对矮个子医生说："最近北京有个产妇因为难产死了。"

后来婆婆说我进产房后她真想打儿子，万一我有个三长两短可如何是好。他很严厉地打断了婆婆，说："就你爱多想！"医生也当面责怪了他们，婆婆只好推到我头上，我想她大概对医生说是我不愿早早来医院。我捡了一条命，要是因生子而死，他们这么会推卸责任，我爸妈就算找他们理论也无济于事。

婆婆不懂坐月子，她说她生孩子没坐过月子。有时我提醒她要买什么，她总是一副不情愿，说："你们就是这样坐月子的？"我叫她借银手镯，她没借到，给我买了一个。我告诉她，用鸡蛋、花椒和银手镯一起煮，然后滚我的太阳穴部位。用了的鸡蛋她舍不得扔，下次还是用那鸡蛋。我真的不好说什么，虽然知道这样滚了也不起作用。房间里没有厕所，要上厕所只能去外面，走进一个养畜生的房子内，再转入一个简陋的厕所。大冬天的，外面风大，我跟婆婆说了产妇不能去外面吹风，她还说公公二弟的媳妇坐月子都自己去外面解手。我知道她是嫌我多事，于是跟她解释那样老了会得病。

他临走前说："让妈一天到晚都陪着你。"可没过几天，婆婆就说她要去卖菜。毕竟不是我妈，我能说"不"吗？她说怕地里的菜烂了。后来她告诉我，她的妹妹给了钱，让她照顾好我，地里的菜烂了就烂了。可她还是天天去卖菜，早上，我吃她煮好的酒蛋；中午，在房间用电饭煲把早上没吃完的酒蛋热一下，如果没有吃的，就等她回来做，但她一般一两点才能到家做饭，我早就饿了。

她说她跟别人说自己去卖菜儿媳同意了，别人还夸我挺懂事，若是我不同意，那肯定就是"不懂事"。

孩子一天到晚都是我带。白天饿肚子，晚上睡不好，虽然婆婆睡在另一头，但都是我起来给孩子换尿布。听一个阿姨说小孩子不能穿纸尿裤，穿了以后腿会变形，所以我一天不知要换多少次尿布。婆婆走路一瘸一拐，是得了风湿性关节炎，已经很多年了；此外还有尿失禁的毛病，她做妇产科医生的弟弟说她落下的是月子病，全身上下很多病应该都是月子病。她如此痛苦，却不会想着让我不要受她受过的苦，果然不是女儿，自然不重视我。

有个女人来道喜，婆婆来我房间说："如果桂香做我儿媳，我很愿意。"当我的面故意这样说，意思就是她不认可我这个儿媳。婆婆出去了，那女人进我房间看孩子，对我说："你这样坐月子不饿吗？桂香在她婆家，她婆婆早上5点多就煮给她吃，8点还得再吃一次。"

有一天晚上，我梦见和婆婆闹矛盾，我告诉她这个梦，她呵呵地笑着说："遇到恶婆婆了。"没想到这个梦应验了。妈妈打电话给我说，要给孩子挤奶，不然以后胸部会变得很大。那天孩子哭得特别厉害，婆婆抱过孩子说："谁说要给孩子挤奶？"我说："我妈妈。"婆婆说："你妈说的，什么都是你妈说的，你妈是神仙。回你的四川去吧！"我的心仿佛被锤子猛击了一下，尤其是最后那一句，有极强的杀伤力。我知道坐月子不能哭，便没有还嘴，趁婆婆不注意，扯过被子擦了擦眼角滚出的一滴泪。梦里我想过要忍，现实中我也确实要忍。

　　我小心翼翼地跟婆婆说坐月子的时间长一些会比较好，我要坐满40天，她同意了。我打算坐完月子就回深圳，一是不想看婆婆脸色，二是这里没洗澡的条件，女儿出院后就没洗过澡。天气太冷，孩子承受不住。我天天守着女儿，给她洗尿布之类的，没有时间做饭，有一天我在用电热扇烤女儿的尿片，婆婆端碗过来叫我自己去盛饭，我怕把尿片烤煳，让她帮我看一下，她眼皮也不抬一下，不耐烦地说："快点儿！"我的心直往下沉。又有几次，婆婆也是私下给我脸色看。我觉得一天都待不下去了，简直度日如年。回到深圳，他不可能给我一分钱，孩子也要靠我一个人带，而我没有收入，还要连累父母，婆婆明知如此，却没有任何疼惜的举动。在从深圳准备回来领证时，我是坚决领完证就要回深圳生孩子的，最起码坐月子时妈妈能好好照顾我。爸爸和妹妹都希望我在婆家生，可能是想着他们可以承担责任吧。爸爸很担忧，怕公婆为难我。现在看来，爸爸一点儿也没多想，担忧是对的。

　　女儿快满月时，他从东莞赶回。我知道婆婆不希望我坐40天的月子。眼看一个月时限就要到了，我如履薄冰，生怕婆婆说什么不好听的话。他仍然天天睡懒觉，婆婆会大声问他怎么不去洗尿片之类的，在我听来那些话都是落在我身上的。为了身体着想，无论她说什么，我都不反驳，听着就是了。

　　女儿满月那天，有亲戚来，婆婆说："等下你上桌去吃，别管他们！"我明白了怎么回事。妹妹嫁到安陆，那儿不许女人和孩子上桌吃饭，都得在灶房里吃。我是四川人，当然不会依他们的风俗了。

婆婆在钱方面分得很清楚，说养小孩要很多钱。我生下女儿，婆婆的妹妹拿了钱让她照顾我坐月子，这钱公公收了；女儿满月收的钱，公公也揣了。婆婆要求把钱给我们，公公说："我还没死呢！"婆婆说如果有人把礼金放到她手里，她会拿来给我。

他又回了东莞，我也坐够了40天月子。

外面太冷，我都是去接一桶水提到房间兑开水来洗尿布。婆婆拿出小叔子以前的毛线裤给我穿，我出去提水，裤子直往下掉，走到半路就得放下桶提裤子。有时没洗完尿布，女儿又醒了哭起来，我只得赶紧回到床上陪她，这时老鼠就跑过来站在盆边上。房间里有捡来的沙发，上面堆满了捡来的衣服，那儿是老鼠的暖床。还没生女儿时，我就见小老鼠在墙壁上爬，有时爬到蚊帐上来。我对它们深恶痛绝，在深圳住农民房老鼠也多得要命。来到婆家，条件不好，仍然要与老鼠为伍。

婆婆得知我过了年就要走，说："留下来吧，我养你们。"他也说过让我留在这儿。他包工地，我以为他能在深圳买房，才决定和他在一起，从未想过要到他的老家生活。

这不是我的家乡，我始终喜欢不起来，不习惯。在深圳生活压力太大，如果他们能对我好点儿，也许我真的就留下了。我们住的房间是那年刚盖的，我来了后，他们又砌了一个房间，爸妈过年跟他一起来，才有了落脚的地方。婆婆天天去卖菜，公公也极少在家，爸妈做饭给大家吃。我被女儿闹得有时上午起得比较晚，妈妈说妹妹在婆家肯定没这么好的事儿。妹妹远嫁到安陆，那里一切事情婆婆说了算，早上得妹妹很早起床给大家做饭。

本来说好我们一起回深圳，他听说同学要走，就甩下我们，和同学一起回了深圳。对此妈妈颇有微词，认为他做得不对，是他把我爸妈带来，怎么说也应该一起走，路上照应一下。爸爸说照理有他们在，他应该表现一下，勤快一点儿，结果却还跟自己父母吵架。在和爸妈带着女儿回深圳的路上，我说不想和他在一起了，爸爸劝我说看他能不能改。后来妈妈说，她当时过来，看见我穿着要掉的裤子，真的特别想哭。

回到深圳后，爸妈表示我的公婆比妹妹的公婆心眼好，妹妹不屑一顾地说未必那么好，因为还没有产生矛盾。

2013年春节即将来临，他又要我跟他回去，我不想去他家受委屈。他说要回去，我没反对，他没钱，我把帮文友保管的征文奖金拿出来先给他订车票，等有钱再还。谁知道他拿去赌了，输了，我只得把我的奖金给了文友。如此一来，他就回不了家了。正好妹妹和妹夫在湖北的房子弄好了，爸妈干脆叫我们一起过去庆祝乔迁之喜。在妹夫家里，他叫我跟他回去，我自然不愿意，他来妹夫家的路费都是爸妈出的，红包也是爸妈帮送的，再说他妈妈对我的态度也不好，我去了不是自讨苦吃吗？他跟婆婆通电话，说我说他家没地方洗澡，我一听就生气了，这样一来，婆婆肯定会怪我，认为我嫌弃他家才不愿去过年，而他却绝口不提把车费输了这件事。

有一天出去玩，爸爸突然说去他家，妹夫调转车头便去了。我有点儿不高兴，爸爸明知我不愿去他家，还自作主张。晚上到了他家，我钻进灶房要切菜，他拿过菜刀表示他来切。他跟婆婆说："就别让邬霞做饭了，她在家都不做饭。"婆婆非常不满："哦，她妈不在家，她就不用吃饭了。"我是送上门来听这些难听话，真的心寒。如果婆婆说"你难得回来，不要你做"之类的话，我心里多少会舒坦一点儿。要知道，是爸爸想着他们想孙女，才好心跑过来。他没一分钱，妹夫又是个吝啬的主儿，连我们过来的油费都是爸妈出的。他是怕我在婆婆面前告他的状，想把我支开，才不让我做饭，并不是怕我受累。他那天打电话婆婆已经心生不满，因此才会一来就用那种语气说话。

我有满腹委屈无处诉说，他们一家人有谁体会过我的不易？有谁关心过我带孩子辛不辛苦？有没有钱用？

第二天一早，我们就离开了。

我和他带着女儿准备回深圳，到了火车站，看见火车里面塞满了人，我毅然决定不走。爸妈让我和女儿一起回四川给外婆过90大寿。阔别15年，第一次回到家乡，发现那里已发生翻天覆地的变化，早不是我印象中贫穷落后的样子。外婆家隔壁的房子是套间，有厨房，有洗澡间，家具齐全，跟城里人住的没什么两样。在他家里生活的那段时间，坝子边上有个很难拧的水龙头，可以一按开关就把厕所冲了，我觉得条件还可以。现在一对比，我觉得自己有点儿可笑。之前我怕嫁给同乡，因为家乡贫穷，我也只能在外打工，对不起孩子。然而现在，他连孩子的生活费都不给，指望他在深圳买房简直是天方夜谭，我将来该怎么办？自己家乡这么好，嫁那么远干什么？无法在深圳生活，难道以后要去他家？不敢想，太可怕了！

之后过年，我怎么都不肯再去他家了。

2015年，我离婚的念头越来越强烈，把他赶出去几次。他怀恨在心，不顾我的反对把大女儿带回了老家。

我希望尽快让大女儿回到身边，想着可以在孩子爷爷出门后把她抱出来，可他在家，我就只能趁他也出门进去抱。我多么希望能有个人开着车去他家把孩子抢过来，可哪会有人帮我？我很想一个人去他家，家人怕我去了挨公公打，还有他家隔壁有那么多大狗。面对这些问题，我一筹莫展。

我和爸妈订火车票到了荆州。下车时间只有3分钟，还要在另一节车厢下，我一人走在前面，妈妈抱着小女儿，因为有人上车，耽误了时间，我下去后，火车门关上了，只得眼睁睁地看着火车向前行驶。我身无分文，身份证在妈妈包里，好在出站时说明情况被放行了。我打了个电动车去婆家，琢磨要是能把大女儿带出来，坐这样的车走就好了。然而，我的到来让公公勃然大怒。公公说："你来，跟小安说了吗？"我听了不悦，回答道："没说。"公公说："你怎么不跟他说？跑来干什么？"看这态度，公公像变了一个人似的。大女儿来到我腿边让抱，但婆婆却睁眼说瞎话："我说孩子怎么不亲你呢？小安对她可好了，晚上都抱着她睡觉。"他父

119

母明显是在维护他啊。我对婆婆说："妈，我手机在我妈妈那里，你的手机借给我打一下。"我拿过她的手机，因为心慌，手在发抖，竟然拨错了号码，说话声音也变了。气氛有点儿压抑，我很讨厌这种感觉，孩子明明是我生的，却掌控在他们手里。

公公对我大吼大叫，问我为什么老是不接小安的电话。我知道他在公婆面前装委屈。我是不愿接他电话，因为他对我们母女三人不负责任，嫌弃两个女儿，只想要儿子。我说他结婚前就借我的钱用，公公冷笑道："别的女孩儿都是男人给钱，就你拿钱给男人。"这意思是说我傻？我说不想让孩子成为留守儿童，公公说："留守儿童怎么了？现在好多小孩都是爷爷奶奶带。"公公大男子主义，什么事都是他说了算，就像是大户人家一样，做儿媳的要低眉顺眼，一切顺从公婆。

我想找的是城市里生活的人，公婆穿得体体面面，干干净净，可现在的公婆穿得破破烂烂，皮肤黝黑。跟他结婚时，我没有在意这些。可就是这样的公婆，还给我气受。他们的态度让我像跌入冰窖一样寒心，他们以前还会说说他，现在竟然把矛头指向我。

爸妈来了后，公公又换了一副面孔。他带着商量的语气说现在给大女儿交了学费，半途而废不好，读到春节再让我们带回深圳。我同意了，当时竟然觉得公婆有点儿可怜，似乎应该让孩子陪伴他们一段时间。

第二天，我们趁大女儿上学时离开，怕她难过。前一天晚上，她还跟妈妈说："外婆，我怕我上学回来，你们就已经走了。"

回来后，我在网上查大女儿所在的幼儿园，网页上偶然出现一个女孩儿的生平简介和另一个女孩儿的纪念馆，她们都是留守儿童，都是在校车里被闷死的。想到公公说起留守儿童不以为意的样子，再看看这两个已经逝去的留守儿童。呵，他们哪会在乎这些？

一个朋友说是不是他家看你上了央视，对你不放心，才把孩子带回去。我说如果他们这样想，就会尊重我。他们才不管我上没上央视，我在他们面前如此卑微。

春节在回他家的大巴车上，我想着他出轨的事忍不住哭了，他说我吵到他睡觉，拼命扇我耳光，好久才停下，然后拉着我的一只手叫我起来。他如此疯狂，不知是不是想把我从车上扔下去，瞬间心生恐惧。全车乘客没有一个人吭声，只有跟车人可能怕出事，叫我们不要吵了。他放开了我，我摸到嘴巴肿了，皮破了，在流血，我现在唯一的念头就是带回大女儿。等到第二天，我发现左眼周围有一大团淤青、紫红，非常恐怖。到了他家里，每天我都提要带大女儿回深圳，他都不同意。过年那天，我们又起了争执，他把我按在床上，掐我脖子，当我下床站起来，他又狠狠地扇我右脸，我的右眼角也有了一块淤青。我就像电视里演的那样，又哭又笑，说："你再也没机会伤害我了。"那是一种凉到心底的绝望。我来是为了孩子，孩子带不走，我还被他如此伤害，实在不行就离婚吧。

我处在两难境地，不带走大女儿，我肯定会觉得亏欠，往后都会在痛苦中煎熬；把大女儿带到深圳，妈妈正在生病，不知何时会好，就算好了，带两个小孩也怕吃不消，还有即使我找到工作，养

121

两个女儿也有难度，还有女儿上不了公立学校等问题都让我崩溃。

我用他的手机拨通了他出轨的朱姓女人老公的电话，那男人说没想到老婆会做出这种事，还问我和他要不要离婚。公公拿砖头要打他，但并未打下去。公公对我说："你妈说他赌输了，可能把菲菲卖了，他可能卖自己的小孩吗？"我说他这么多年在我家从来不出生活费，公公说："哦，他在你家是做客，还要带生活费呀！"上次我一个人单枪匹马上门来，公公就说过这种话，这次又是这样，他的儿子即使杀人放火，他都维护。看来公公是恼我打了那个女人老公的电话，所以假装把火撒在他身上。他们走进房间，我说："我在你身上浪费了好几年时间。"他二弟还来一句："哥，你才是浪费了几年时间。"他的家人，每一个都因为他打麻将生气，但在面对我时，又一致把我当成敌人。

在我的坚持下，终于协议离婚了。因为我没有经济实力，不可能两个女儿都要，大女儿抚养权归他，小女儿抚养权归我。

正好是过年期间，我去村里他叔叔家，让别人看到我被打伤的眼睛，感到异常耻辱。他跟别人打牌，我坐在院坝里看着阳光一寸一寸地移走，心想："这一切忍耐只是为了大女儿。"

大女儿想跟我回深圳，她甚至拿出糖，说要带回深圳。我一想到不能把她带走，就心痛难忍，只有抱着她哭。

这次回来，从婆婆口中得知，他之所以把大女儿带回来，是因为公公想看孩子，他没办法。我不知这是婆婆为他开脱还是什么，如果真是公公的意思，就太可恶了，他为了自己的爸爸高兴，不惜让我们母女分离，不在乎我的想法就算了，一点儿也不顾及孩子的感受。带走孩子之前，因为赌博，我把他赶了出去，孩子成了他报复的工具。跟他说应该让两姐妹一起长大，让女儿在妈妈身边长大这些话，无异于对牛弹琴。

公公眼见我执意要和他儿子离婚，总是对我大吼大叫。有一天我认为公公要吃馒头，就没给公公盛饭，过了一会儿，女儿对公公说要小便，公公大声说："找你妈妈去。"公公这明显就是针对我，让我气不打一处来。

大女儿天天和隔壁的两个小姐姐玩，两个小姐姐又有堂姐一起玩。有一天，大女儿对她们生气地说："我不跟你们玩了。"然后对我说，"我想去外公外婆那里。"我想得把她带回深圳，人家有姐妹，和她不团结时她只有一个人。到了晚上，我说要把她带走，她在这里太孤单了，公公冲我吼："有我们在这里，她哪里孤单了？"我说我早就应该跟他离婚，公公说："那你咋不早点儿离？"我说这次来应该去住旅馆，公公说："那你咋不去？"我也管不了许多，大声吼道："你没看见你儿子把我打成什么样子吗？"如果不是他的二弟来安抚公公，我猜公公也会动手打我。

我体会到了孤立无援的感觉，妹妹在婆家就是这样，一吵架，自己单枪匹马，而其他人是一家人。他曾跟我说过他认识的一个女孩儿嫁到湖南，被一家人欺负，如今，他也和家人一起来欺负我。婆婆说："当初是你们要结婚。"我还没去过他家时，妹妹跟我说过，我挺个大肚子去，让人瞧不起。怪不得他们不给我彩礼，不办婚礼还没觉得对不起我，他们想着是你自己跑来的，又没人逼你。婆婆还说："当初的小安，别人给他介绍了多少好女孩儿他都没要。"她再次当面蔑视我、羞辱我。

桂香的爸爸和"大舌头"女孩儿的爸爸一样，都曾有把自己女儿嫁给他的意思，公公没同意。后来她们两个嫁的老公都比他勤快，这得感谢他的不娶之恩。

爸爸妈妈没要求他有房有车，只要他改掉赌博的恶习，如此好说话的一家人，不曾有半点儿为难他们。

婚离了，孩子又带不走，我实在受不了，背着包包就走。他拉了我一下，我挣脱了。经过隔壁的那户人家，看到大女儿正在里面玩——真的要丢下她吗？我泪如雨下。走到转弯处，我又停了下来，也许应该忍忍，争取把大女儿带走，同时又想这个男人都不留我，确实是不在意我。一会儿他骑了电动车过来，说是他爸叫他来的。为了大女儿，我跟着他回去了。

我希望婆婆说她不愿意带孩子，哪知婆婆说："你还是要带走啊？你就算是为了我也不能带走啊。"婆婆说自从把大女儿带回来后，公公几乎没打过她，希望大女儿留下来当她的"保护伞"。想着她的处境，我全然忘了她之前是如何对我的，心又软了下来。

我生大女儿时得知他家后面那个男的二婚娶了个头婚女子，那女的在上班，男的在外面玩，还打她；隔壁家也是女的拼命干活儿，男的不务正业；他的同学在深圳天天打牌，老婆在一工厂里累死累活。我对此真的不解，婆婆说："说句不好听的，我们这边都是女的干活儿，男的在外打牌。"我听了感到悲凉。没出来打工时，听妈妈说广东那边是女人干活儿男人闲着，没想到嫁到湖北也是这样。

同样没想到的是，学校那么快就开始报名，我心乱如麻，即使能把大女儿带回深圳，也不确定能不能报上名。到我们临走的前一天，公公还是没带大女儿去报名，我主动和公公说话，商量带走大女儿，他说要问下小安。他不同意，毕竟打过我，怕回到深圳我父母打他，把他赶出去。

我离开的那天，要给大女儿拍照，女儿很不高兴，眼泪快要涌出来，说不拍，还说要去深圳。公公说了软话："回去跟你爸妈说声对不起，我们生了这么个儿子。"

失去大女儿是我永远的痛。如他所说，等到读小学时再把女儿带来，可那时女儿根本就进不了公立学校，恐怕他又要以在老家读小学、初中不要钱，在深圳读私立学校要学费为由，拒绝把女儿带来了。除非我很有钱，才有可能让大女儿不做留守儿童。想起她，看着她的照片，我总忍不住落泪，我想要给女儿足够的爱，却没有机会；想要补偿她，也没有可能。在深圳时，我几乎不让她吃零食，而她在老家晚上八九点才能吃晚饭，饿了就吃零食；老家没有洗澡间，整个冬天都洗不了澡。不知道她每天在学校开不开心，吃不吃得饱，学了什么新知识，穿什么衣服，等等，这些细节逐一在我的脑海里闪现，我们缺失在彼此的生活里。我多想每天可以抱抱她，亲亲她，哪怕她很淘气。有多少次，我在心里说："女儿，只

125

要你能回到我身边，多苦多累我都不怕！"

　　我告诉自己，不要再被他伤害，我现在要顾好父母，毕竟他们老了，不知能活到几时。他仍然死皮赖脸，要往我这里跑。为了哪怕一点点带走大女儿的希望，我没有和他翻脸。我和他早已没有感情，争吵是难免的，每次争吵搞得两人都很痛苦。我总是哭着说："这就是我远嫁的下场！"

　　远嫁当然让我无比后悔。没结婚的时候，以为哪里都一样，经历这次婚姻，我才知外省的人不一样，风俗习惯也不一样。如果能重选一次，我绝对不会远嫁。

婚姻

　　一直以来，我对婚姻充满恐惧，看到周围人结了婚大都过得不好，就不想结，也讨厌女孩儿长大了就非要去一个陌生的家庭里生活。

　　我和他是通过文友畅介绍认识的，畅算媒人。畅说他人品好，跟自己一样在包工程，建议我可以认识看看，但也提到他喜欢打麻将。当时我在听邓丽君的《小城故事》，心花怒放。之前畅给我介绍过两个，我挺抗拒别人介绍的，总幻想着哪一天能遇到怦然心动的人。大淑以前给我介绍过一个家乡的男孩儿，说他喜欢打牌，我毫不犹豫就拒绝了，可现在我都27岁了，也想找一个可以依靠的人了。

　　我和他约在新安市场见面，当时天色暗，感觉他比较显老，当然那只是路灯让我产生的错觉。他曾经来过我家，有一次畅带他来用电脑，虽然没说介绍男朋友，但我感觉是这个意思。他们走后，我心中不悦，我的心气比一般打工妹要高，想找个有房有车的，而不是在工地上干活儿的人。我怎么也没想到，畅最后介绍的还是他。

既然畅把他说得那么好，我便与他开始交往了。他在包工地是没错，可是很穷。我想着找个穷男人，可以经历从无到有，从苦到甜，从失败到成功的过程，然后终会等到那一天：我们一起去看房，一起布置一个家，然后在这个城市快乐地生活下去。

后来，我发现自己怀孕了。我惊慌失措，也知道他可能给不了我想要的生活，便想分手。我说了这事，他说："你要分手就分嘛！"我惊讶于他竟然不在乎我怀了孩子，可仍然觉得自己伤害了他，忍不住流泪。

我们去医院，准备流产，但他又叫我把孩子生下来。我说要拍婚纱照，他说："不就是5000元钱吗？"我说："你有吗？说得轻松！"事实上，他身无分文，连流产的钱都要向他爸爸借。

文友聚会，畅也在，畅说他听说了还有人给我介绍男朋友，有点儿不开心。我想他是在乎我的，怕我去找别人。畅说，他都会给他弟弟钱，当然也会给你钱。

金凡也给我介绍男朋友，是他公司的部门经理，也许是觉得我肯定要求不低，先跟我说，那经理在老家县城买了一套房，深圳没有，但现在没有不代表以后没有。照片上，那男子戴着眼镜，穿着格子衬衫，皮肤白净，一看就是公司白领。我说那经理是大学生，就没想过找同等条件的女子一起奋斗吗？金凡对我说："你怎么总是小看自己？"那经理曾提到过想与我一起吃个饭，但我觉得配不上，就没有回应，最后便不了了之。

他来我们这里，天天都在楼下打麻将，难以想象以后将过什么日子。我打掉那个孩子就是坚决要分手，他却不想分，还是来找我，畅说他对我有感情了，叫我不要伤害他，我便心软了。英子也叫我再给他一次机会。

他在东莞包工地，我去那里住了十几天，他也不去看工地，只是天天打麻将，有时还假装去了工地，让我给他们做饭。我能够想象以后和他在一起会出现这样的画面：在一栋未竣工的楼房前，他和一桌人在打麻将，我要去那样的地方找他。

有一次参加活动，我和离过婚的林珍珍说他喜欢打麻将，她以过来人的经验劝我："那你要赶紧分手，现在都觉得不好，以后肯定不会好。"回去的路上，我跟畅说我想分手，畅松了口，说："你想分就分吧！"跟我们一起的还有另一文友哲，他们说想一起到我们住的地方去看看。过了一段时间，畅问我分了没有，他想把哲介绍给我。可我又怀孕了，这是我注定逃脱不了的命运。曼姐跟我说过，如果没有确定关系，不要怀孕，我不敢告诉她实情。

他说我们两个在一起，他主外，我主内。我跟他说好，以后孩子一定要带在身边，他答应了。他还说有房有车是不可能，只能保证有饭吃。我说我不喜欢结婚，结了婚会吵架。他回答："我们两个怎么可能吵架？我让着你就是。"

爸妈看他连像样的衣服都没有，拿布去外面做了5条裤子。他陆陆续续在我这里拿走七八千元钱，总说过段时间就还，却一直没还。

那时，爸妈已结束摆摊，跟着堂哥到全国各地搞展销会。我怀孕时，他没来照顾，也没给一分钱，我和孩子营养都有些跟不上。他很少来，只给我买了一箱牛奶，我看到他发给他二弟的信息才知道，买牛奶的钱也是来自他二弟给他的1500元。爸妈不在，我有孕期反应后在床上躺了一个月，想着他过来，就可以吃上新鲜饭菜了。有一次他上午来，一来就倒床而睡，我饿得不行，叫他去弄点儿吃的，却怎么也叫不起来，最后还是我自己哭着去热了冷菜冷饭吃。我肚子难受，让他帮我揉揉，他揉了两下就说："你怎么那么娇气！"有一次他来了几天，仍然是一天到晚去找同学玩，恰好"五一"放假，他要走，说妹妹和妹夫可以照顾我。那天妹妹一家三口去看电影，我中午就没吃饭，到下午三四点妹妹他们才回来，妹妹给了我一块菠萝，是妹夫买给她的。之后，每天中午我自己热头天晚上的饭菜，晚上就等妹妹下班后给我做饭吃。孕期犯恶心，我不想上桌吃，妹妹要给我端到房间吃，妹夫却有意见了。有一次，我心烦意乱，吃饭没有立即爬起来，妹妹发火了，叫我想一想她的处境，因为妹夫说应该让婆家来照顾我。

我受妹夫的气都是因为他的贫穷，妹夫一直瞧不起他，也瞧不起我。我就想得找个条件好的男人，让妹夫不敢小看我，哪知还是和他在一起，所以才有这样的局面。

我本不打算和他结婚，想以后自己养孩子。但生孩子要报销还需要结婚证，只得催他领证。他说借了人家1000元钱去赌，赢了7000元钱，这样才有钱回去。我平时只知他爱打麻将，没想到他会去赌，事情比想象中要严重。畅介绍他给我的时候说他喜欢打点儿小麻将，我以为是下班后偶尔打一打，不料是专门打麻将，压根不工作。

他说他30岁生日那天饿得有气无力，躺在床上，然后找了半天，翻出两元钱，拿去买了东西吃。之前说包工地没拿到钱才没饭吃，原来是打麻将输光了。

我和他回老家领结婚证，去广州坐火车前，和他三弟碰面，他三弟说："你再打麻将，以后没人理你。"看来他一家人都对此非常反感。

去了他家里，婆婆都说靠不了他，我又哪能指望他？

我在他家生女儿时，妹夫回老家开店，妹妹带着外甥在深圳再读半年书就回去。过年时，爸妈随妹夫一起到他家，年后我和爸妈带着我女儿回到深圳，我仍与爸妈和妹妹住在一起，很快爸妈又动身去外省，只有妹妹母子和我们母女留在深圳。我奶水不足，要靠猪蹄和花生下奶，妹妹给我做饭，我不好再叫她买这两样。

在他家的时候，女儿满月时除了公公拿走的礼金，我收的礼金和过年红包总共有5000元，本想给女儿存着，他说没钱花，拿走了3000元，我就只剩下2000元，此外除了收到1000多元稿费，没有其他收入。女儿没有牛奶喝，我也害怕毒奶粉，从没想过买奶粉给她吃，以致她饿得嗷嗷叫。有天晚上妹妹去外面买了一盒牛奶喂女儿，女儿喝得很满足，妹妹说可把小女孩儿给饿着了。我没钱给女儿买新衣服，都是拣别人穿剩的，有的变形，有的过大，女儿穿着直往下掉。

妹妹曾抱着我女儿哭，说那么可爱的女孩儿，可惜生错了人家。

我跟畅说他没给过我钱，畅不信，说不可能，总会给孩子吧，我说没有。从畅口中得知，他们一起出去吃饭，每次他都慷慨解囊。畅可能不明白，他认为那么好的男人怎么在我眼中这样不堪。他和孩子爷爷一样，在外人面前非常大方，获得好口碑，却对家人极为吝啬，让老婆、孩子苦不堪言。我跟他说我们才重要，朋友在他落难或生病时不会管他，他却置若罔闻。

英子说刚开始他们说起我们，畅都向着他，后来英子说了一番话，畅才有所动摇。后来我发现畅在他面前附和他说我的不是，在我面前又附和我说他的不是。

妹妹和外甥回湖北后，爸妈仍然在外面跑，只有我和女儿住在出租屋里。我曾想搬到他在东莞的出租屋去，把深圳租的房子退了，这样可以省一笔房租。我带着女儿过去，他租的老房子比我们在深圳的房子还要差，墙壁黑黑的，蚊子更多，女儿腿上全是包。他仍然每天出去玩。有一晚女儿在藤车里哭，我终于耗尽了耐心，拿了脸盆朝女儿扔去。脸盆从女儿的头边擦过，她吓得止住了哭声，我的眼泪簌簌而落。

我说："我想过高级一点儿的生活。"他轻蔑地问："你有什么才能？"

不过，他也曾主动说："你得管我，不然我就废了！"但是，当我真正管他，他又跟我吵架。

他连个烧水壶都没有，我只能用桶装水的冷水给女儿冲米粉，结果害女儿拉肚子，又得花钱给她买"妈咪爱"。

我听见给他干活儿的两个手下对他发火：你不是说你老婆来了她做饭，你就去干活儿吗？怎么还是不去？

才住了13天，他因交不起房租被房东赶，叫我赶紧回深圳。

工地亏了，一年到头都没钱，他说是运气不好。我们一年见不了几次面，他来了，我想好好珍惜好不容易在一起的时光，他却总是去外面打麻将，我和他见了面就吵架。他只有没钱的时候才会来我这里，有钱就去外面和狐朋狗友鬼混。看我不高兴，他会说："难道你要我一天到晚陪着你？人家说守着女人的男人最没出息。我要去挣大钱。"我说："那你去守着别人过日子吧，结婚干什么？"他如果待在家里，肯定是没钱了。即使待在家里，也只是一具躯壳，一天到晚躺在床上，叫他吃饭，他闭着眼睛答应，然后翻个身继续呼呼大睡，概本别想指望他干点儿什么。

哪怕晚饭后陪我们散步一会儿，他也会说"跟你们在一起不好玩"之类的话，没一会儿就找借口溜掉了，每天要么很晚才回，要么夜不归宿。以前知道阔太太会独守空房，怎料我嫁个穷人也会如此。他晚上回来睡到中午，一般吃了午饭就出去，或者饭也不吃就出去。有时我为了让他待在家里，看到网费到期就赶紧交网费，哪怕让他在家打游戏也好。可麻将才是他的命，能勾走魂，人家一叫，他立马飞奔而去。他一走我就不开心，晚上在阳台不知要看多少次，希望能看到他的身影。听到楼梯间的脚步声，多希望是他回来了，但每次都失望。有时他说还有半个小时就到，结果等了几个小时还不见人影儿。这样弄得我睡也不是，不睡也不是，一晚不知要打多少次电话，气得骂他，忍不住哭。刚开始他还会哄一哄，说错了下次不这样了，时间一久，他表现出厌烦、暴躁，跟我吵架。

有时他在家，我就做家务，让他帮忙看下女儿。眼见女儿爬到床边了，让他拦一下，他不理，我急得大吼，他还是不理，任由女儿摔在地上，哇哇大哭。他很奸诈，平时我们出去，妈妈抱着女儿，他从不主动去抱一下，我让妈妈把孩子交给他抱，妈妈不高兴地说："自觉的人会来抱，哪需要人喊？"我叫他去抱，他说妈妈抱得累了自然会给他。爸妈搞展销会，我们去看，他主动从我手里把女儿抱过去。他是心疼我了吗？并不是，他是见有一大堆货，怕搬得累，抱着孩子就不用干活儿了。妹妹一家三口还没回去时，我们去坐公交车，大家都站着，有人下车，他赶紧占了个座位坐下，我让他给外甥坐，他都不愿意。

爸妈不知找他谈过多少次，让他别再打牌，要以家庭为重，他都是低着头，一语不发。让爸妈生气的是，他从来不会有任何承诺。他有时说过两年就好了，我心想两年一晃就过去了，我等。他还安慰我爸妈，说他们过两年就有养老金了，日子就好过一点儿了，但就是不说自己如何打算。他还说爸妈有了养老金就不用问他要钱，仿佛我们一家人现在是他养着一样。

爸妈不指望他，只希望他能管好我们母女，但他连这点也办不到。

曼姐得知情况后，对我说："我本来希望你靠婚姻改变命运，没想到你结婚后比结婚前过得还要差。"我知道要找个懂我、支持我、帮助我的男人才会幸福，可这个男人不仅不能带来幸福，还把我拖进万丈深渊。

我想过离婚。当着畅和英子的面，我说起他忍不住哭，找个这样的男人注定要离婚。畅说孩子还在哺乳期，离婚肯定是判给你。想着女儿这么小就没有了爸爸，我又于心不忍，只能隐忍着，煎熬着。

我找他要钱，他说："要钱你自己挣去。"或者说："你钻进钱眼儿里了。"再就是说："要那么多钱干吗？"我说："我结婚是为了过得更好，现在过的什么日子？"他说："下辈子我也做女人，找个人把我养着。"我说："我并不需要你养，稿费可以养活我自己，可我现在带着女儿，根本写不了东西。即使你不管我，女儿你总该管吧。"他说："你如果将我管得太紧，我就离开你们娘儿俩。"我骂他不成材，他说："那你自己成材。"我让他交房租，他说："我是不会给你交房租的。"很多时候，他还说我身在福中不知福，我能把女儿带在身边，这是对我的恩赐，问他要钱就是不懂感恩。

有一天中午他要出去，我发火，他说："别人说的话没错，要你这样的婆娘有什么用？又不会挣钱！"我气得脸都绿了，问道："谁说的？"他却只是又说了一遍："别人说的话没错。"我没有力气再争辩什么，任他走了出去。那话肯定是他同学说的，想着他们在背后这样的评价，我更加气愤难平，他没养过我和女儿，自己不负责任，还来怪我挣不到钱。我爸妈在替他分担，他一点儿愧疚之心也没有。那一刻，我下定决心不再管他，换个房子，不要再见到他。

婚前我就知道，女人挣不到钱，会被男人嫌弃，这也是我不愿结婚的原因之一。没想到一个不顾家的男人也会这样嫌弃我，我哭了一次又一次。我们结婚只去办了结婚证，没有彩礼，没有婚礼，没有婚纱照，没有蜜月，这些结婚该有的我都没有。以前我怕结婚，妹妹觉得说不定能找一个对我好的。谁知晚婚找了个这样的人，早知就早点儿结婚，说不定还有得选。真是怕什么来什么。

以前我想，如果找个条件好的男人，只是能在相对舒适的环境里写作而已，没什么了不起，也许我在那样的环境里还写不出东西来呢。嫁个穷人，因为没钱，我会加倍努力，写出佳作也未可知。婚后，我才发觉自己的想法太可笑了，每天带孩子，根本无暇写作。要是嫁个条件好的，有人帮忙带孩子，还能写作，眼前的生活真让人抓狂。我本来希望找的老公可以养活我和孩子，我的稿费可以给爸妈。可如今呢，我和孩子竟然靠爸妈生活。未婚时，爸妈经常在家里的边边角角搜出我的几元钱，每次都会叫我把钱放好，不要乱扔，没钱的日子很难捱。跟他在一起，我真正体会到了贫贱夫妻百事哀，也体会到了无钱寸步难行的滋味。

我理想中的婚姻生活是有一套自己的房子，衣食无忧，他上班，我在家带孩子、干家务、写作，早上送他出门，晚上做好晚饭等他，周末一家人开着车出去游玩。但想象和现实有着天壤之别。

我跟他说到他父母，都称"爸妈"，他一直称"你爸你妈"，对我父母没有半点儿尊重。也是，他对我一点儿都不好，更不会孝敬我爸妈了。

我一人带着女儿，有时连做饭的时间都没有，晚上也睡不了好觉。买菜抱着女儿去，回来的时候还得提菜，累得半死，好羡慕别人有车，不用如此辛苦。回到家里，开了门首先要把女儿放在床上，再放下菜。洗澡都要把婴儿车推去，边用脚钩住车边洗……给他打电话，他也不会回来帮我。

有一回我在上厕所，女儿哭，我开门见她一直在往厕所方向爬，身上沾满了粪便，拖了一路。女儿好可怜，我的泪水顷刻奔涌而出。爸妈回来待了一段时间，临走时拿出以前我们摆摊钓鱼用的气垫，打好气放在客厅，我要去做事的时候可以把女儿放在里面，可这也不是长久之计，孩子长大一点儿会自己翻出来。

每天带着女儿出去，别人可能还以为我们是有老公养着，谁都想不到是靠爸妈在养着。以前我认为男人都会有责任心，可没想到，没责任心的男人偏偏被我遇到了。

好的婚姻让女人像花一样越开越艳，差的婚姻让女人像花一样渐渐枯萎。

过去所受的磨难还不算什么，这场婚姻才是我人生不幸的开端。

畅渐渐相信了我的话，说他还跟没结婚一样。畅劝我将女儿交给公婆养，自己去奋斗。公公十几年前出过车祸，腿断虽然接好了，但摘掉一只肾，只能站着干活儿，不能蹲。婆婆有高血压、胃病，有时大小便失禁，还有风湿性关节炎，走路一瘸一拐，这么多年没走超过500米以上的路。公婆在家以种菜为生，但主要劳力还是婆婆，她每天天不亮就起来，骑车拉菜去城里卖，下午一两点才回家做午饭。可想而知，女儿跟着他们会过什么样的日子。我曾是留守儿童，不愿女儿重蹈覆辙。

我和他的感情本来就不好，而我去他家生女儿时婆婆对我的态度让我更加寒心。结了婚，我却没得到一个真正的家。想到这一切，内心疼痛难忍。

每次爸妈出远门，我都会忍不住哭，是我不争气，才有今天的分离。别人的女儿能干，早让父母享福了，我嫁个不好的男人，不仅没为他们减轻一点儿负担，还拖累了他们。爸妈出门前想着我带着孩子不方便，会帮我买好生活用品，叮嘱想吃什么就买。爸妈对我的好，更加衬托出他对我的不好，他连一句关心和问候的话都没有。

怀女儿时，他说："要怀的是姑娘，你就自己养。"这一点，他倒是说到做到，真的让我自己养。他竟然有重男轻女的思想。我生下女儿那天，他就跟公公说过两年再生个男孩儿。

每天带着女儿，我还得想着写东西赚钱，女儿一会儿要吃一会儿要喝，时间少得可怜，一天到晚连个说知心话的人都没有，十分孤独。中秋节那晚，我抱女儿出去，想着我和爸妈、妹妹在不同的地方，难以团聚，对着月亮哭了起来。没时间带女儿出去玩，我也很抱歉，只有晚上才带她去社区广场看别人跳舞。曲终人散，我抱她回去，打开门，面对一片黑暗的出租屋，心里有说不出的悲凉。我小心翼翼地花着爸妈赚来的钱，深感愧疚，不敢乱花一分。一包绿豆长虫了，我晒一晒，煮着吃；女儿没有牛奶、水果，有时我会把煮米饭粘锅的那层加点水进去，给女儿煮稀饭吃。有时出去，别人会说女儿是营养不良的小孩。爸妈回来看到女儿瘦瘦的，说她好可怜，特别心疼。生了女儿后，我才明白，选择一个靠谱的男人，组建一个好家庭，何尝不是在给孩子选择一个好的出身？

结婚时，他说有房有车是不可能的，只能保证有饭吃。然而事实是，连吃饭也不能保证。他身上经常只有十几元钱，或者干脆一分都没有，吃了上顿没下顿。他有时候没钱了还会去翻我的包，翻到钱就拿走。我怀着女儿时跟他一起去要工程款，包里掉出几个硬币，他弯腰捡起就进揣自己口袋，这样的动作真让人鄙视。他一套衣服走遍天下，有几次牛仔裤或者衣服破了洞还穿着大摇大摆到处走。这样的人，别人一看就知道他的老婆、孩子过的是什么日子。我结婚后没买过一件衣服，没买过一件化妆品，不敢想打扮的事，一元钱都舍不得用。他拿钱去赌，输了眼睛都不眨一下，全然不管我们过得如何。跟着他，我吃尽了苦头，还看不到希望。

后来爸爸病倒了，住院期间，他的一个江西朋友送来1000元钱，说经常劝他不要打麻将，还说他不管父母，就不会管老婆、孩子。公婆，尤其婆婆，身体不好，特别辛苦，他也不心疼他们，不仅不能给钱，还经常问他们要钱。

偏在这时，我又怀孕了。爸爸叫他努力赚钱，他只是低着头，一言不发。他不同意生，是我舍不得打掉，坚持生下来，我说就当给爸爸冲喜。没有人同意我生，都知道婚姻不好不该生。爸爸说我在苦海中还没走出来，就又要生孩子。

做产检，他没陪我去过，因为得了妊娠期糖尿病，我三天两头要往医院跑，还得花钱，也没时间写作。爸妈不能出去做生意，又因为马上要多一个孩子，他们的压力更大了。以前我想着他没钱，没问他要过钱，现在希望他能真正承担一点儿责任。从医院出来，我打电话向他要钱，他还在睡觉，只说了一句"我没钱"，就挂了电话。有一天妈妈接到电话，我听到妈妈在说一个月房租要多少，还以为是他打来的，以为他终于肯关心我们了，过了一会儿才知道是妹妹打的。我有时睡觉想着他的我行我素，以及日后的艰难生活，眼泪就不自觉地滑落。

他说："你要是再生个姑娘，我就不要你了。"果然，我又生了个女儿。我生完后转到一个临时房间，他进来没有对我说一句体贴话，看都没看小女儿一眼。我叫他给他父母报喜，他说："有什么喜可报？"他出去后，妈妈说："他知道你已经生了，都没跟我说。"我被转到另一个房间后，妈妈又说："我让他打电话告诉小Q，他不打，再叫他打，他还不耐烦。他就是不满意你又生了个姑娘。"听到这儿，我的眼泪再一次滚出眼眶。

小女儿出生后得了黄疸，放在黄疸箱里照蓝光。几天后出院，医生说如果有症状还是得送到医院，结果小女儿仍然全身发黄，我让他送去医院，他说晒晒太阳就好。妈妈看事态严重，也说让他送去检查，他不愿意，说没有钱，救不了就送去某个地方。妈妈发了火，他这才把小女儿送医院，又找孩子爷爷要的钱。

小女儿住院了，医生下了病危通知书，说需要换血。他说认识一个医生，跟他说不用换，这些都是医院为赚钱搞出来的名头。我坐月子没跟去，也不知他说的是真是假，反正最后没换。他跟妈妈说要塞个红包给医生，妈妈给了他500元钱，也不知是不是为了骗妈妈的钱。小女儿即便治好了，他也不想要，跟英子说把小女儿送给她，以后生个儿子。

坐月子时，他每天用我的电脑打游戏，我叫他倒水他就说："你自己倒嘛！"妈妈说坐月子不能用力，我让他帮我端碗吃饭，他说："你自己端。"孩子出生是六月份，天很热，让他装个空调，他说没钱，不能吹空调，可以扇扇子。我让他给我扇扇子，他拿起扇子扇了两下，说："你去当老板娘吧！"我气得直哭，说他就知道玩游戏，他拿起我的电脑说："你再说我直接扔楼下去。"一个月的时间，我被他气得哭了好几次。别人叫他去上班，他说老婆要坐月子。他一没出钱，二没出力，完全是来享受的，以照顾我为名义，硬是待了40天才回去上班。

孩子要打预防针，我让他陪着去，他说："你自己去嘛！"我让他带孩子一起出去玩，他说："你带她们去嘛！"向他要钱时，他说："要钱你自己去挣嘛。"反正什么都让我自己承担，他跟没结婚一样洒脱，想去哪里玩就去哪里玩，只是我不知道，他还找了一个又一个女人。

跟他在一起，没有一次见面不吵架。我明确说过，如果他对我好，哪怕一辈子买不起房，只能租房，我也认了。我不去想什么房子、车子了，只想要一个可以陪伴、心疼我和孩子的男人，可这么简单的幸福也得不到。我叫他不要来了，他还总来，嬉皮笑脸，死皮赖脸。没办法，我只得把他赶出去还偷偷写了离婚协议书，也明确跟他说了要离婚。我想如果有人帮我找份好点儿的工作，我就搬走，不和他住一起。

当再一次把他赶出去后，我打了个电话告诉公公我要离婚的事，公公同意了。我抱过小女儿坐在床边，想到两个女儿就要没有父亲了，悲伤顿时涌上心头。谁也不愿走到这一步，但也无可奈何。我本来想找个人过一辈子，谁知道找了个这样的人，还落得个非离不可的结局。我知道离婚后会面对种种困难，但不离婚也得不到物质和精神层面的东西，反而让自己怄气，所以还是离婚好。并不是不离婚就能给女儿们一个完整的家，他不养她们，不带她们，大人总是吵架，对孩子成长也不利。

他跟同学回老家几天，让我也去，我没去，这为接下来发生的事埋下了伏笔。现在想想，我跟公公说了离婚一事，他们就开始谋划了。

我们跟亲戚去了恩平的林音表姐家，他跟我联系，说已经提前返回深圳。之后我们回到深圳，请亲戚吃饭的时候，一位亲戚问起他，妈妈是个直肠子，不会转弯，不知道随便编个理由打发掉，就像听到指令一样，马上打电话叫他来。我着急，不是已经把他赶出去了吗，干吗要叫他来？妹妹离婚叫人笑话，我不便再暴露出来，无奈之下只好同意他来了。

他来吃饭，神色一直不对劲儿，低着头，也不看我们。送亲戚走时，我们将木瓜从他们车上拿下来，我叫他提了两个，自己提一个。到岗亭处他提了带来的蛇皮袋，我说："你不用上去了。"他说："那你提上去。"我接过来，有点儿重，他说："还是我给你提吧。"回到家，他坐在椅子上，我说："快走。"可他哪里会听！

第二天，爸妈要跟妹妹和外甥去湖北就她离婚一事上法庭，带上爸妈是怕妹夫一家抢孩子。他们到站台上了公交车，大女儿跟着上去了，他将大女儿抱下来，大女儿哭，他说："她还在跟我拜拜。"

回来后，晚上我叫他给两个女儿洗澡，这还是他第一次给孩子们洗澡，虽然只是往大盆里放水，然后把她们往水里一扔，但总算破了例。一家四口难得单独待在一起，我倒有点儿希望爸妈晚些回来。可我哪知道，痛苦马上就要降临。

第三天，妹妹在QQ上留言："买的站票，回来了。今天开完庭他们要抢儿子，后来我报警就好了——"可能这条消息给了他灵感，让他如法炮制，也可能是他前两天回老家和公公商量好了要伺机带走大女儿——他拿鼠标往上翻，说问下几点到，我问了，妹妹说明天中午到广州，可能得下午到深圳。

晚饭后我们出去了一趟，但还是吵架，他说："你让我给你父母拿包，你要是真心疼他们，你去上个班呀！"往家走时，我叫他拿包走，不要进去了，但看他抱着小女儿转身往别处走，我的眼泪却掉了下来。

回到家里，我说："我要去上班。"他说："你要上班，孩子在这里没人带，把大女儿带回去给爷爷奶奶带一段时间，等我同学过来再一起回来。"我说："让你带回去我不放心。"他说："女儿回去，还可以去地里拔拔辣椒和茄子，又不是真干活儿，就当玩儿，还可以和隔壁的小孩子玩。"隔壁大周家的孩子，一男一女，脏兮兮的，于是我说："不要去，有狗。"他说："不会咬人。"我问："准备让大女儿在家待多久？"他说："待一段时间。我打电话给我爸了。"他打通，听那头"喂"了一声，他说："爸，我明天把李晓菲送回来，上午10点走，后天早上就到了。"

我不同意。他说："刚才还同意的，电话都打了。回去待一两个月，他们带不了再带过来，或者过年再带过来。"我忍受不了那么久，对大女儿说："宝贝，爸爸的意思是让你回去跟爷爷、奶奶生活，离开我们。"大女儿说："不行。"在他家，孩子爷爷代表绝对的权威，谁也不敢违抗。我哭起来，他说："你以写作为幌子，就是不想去上班。"其实要不是写作有稿费，我们一点儿生活费保障都没有。平时我希望他能帮忙带孩子，可以多点儿时间写作，他却说："你写了有个屁用！"嫁了个这样的人，还被贬得一无是处。

无论我怎样哭，他都不改变带走大女儿的想法，叫我收拾两件孩子的衣服。到客厅我又哭，大女儿说："妈妈，你哭什么？"他说："你妈妈爱哭。"我带两个女儿睡爸妈房间，一手搂一个，感觉很幸福。两个女儿睡着后，不免想起明天的事，也许早点儿起来将大女儿带出去就可以了。

谁知第二天一早我还没醒，他就来到床边，叫我收拾衣服，又说："不然来不及了。"他怕爸妈回来。大女儿起床了，他叫大女儿走，大女儿说："我不去。"我搂着小女儿坐床上说："妈妈不会让你离开。"他说："这次你说了不算，别搞得像生离死别。"我哭起来。他系鞋带，我拉大女儿进爸妈房间，关上了门，谁知他跟着推开门，问："你干吗？"紧接着抱起大女儿，"不然把小的也一起带走。"大女儿哭起来，大喊："我不去！妈妈，妈妈……"我要拉大女儿，左手的小女儿往下滑，他不管不顾地走向门口。我抓他的包，他挣脱下了楼梯，走到窗户那里，说："你去不去？"我没答。他说："过几天就带过来。"我关上门，回到房间哭，看到大女儿的凉鞋，意识到她是穿着拖鞋走的。他们这会儿可能正在外面吃饭，而大女儿正在一旁哭。

妈妈说想着我一人在家照顾两个孩子忙不过来，才打电话让他来，可我明明都把他赶出去了，又叫他回来，再说，他又不会照顾

145

小孩。妈妈非常自责，说当时大女儿上了车，把她带走就好了。妈妈又打电话给老家做公安的表姐夫，表姐夫说打不过骂不过，只能走法律程序，尽快写个申请。我们一家人以泪洗面，愁眉不展。我心口像有巨石压着，寝食难安，无论怎么费尽口舌，他都不愿意把大女儿带回来。回去的第三天，他就给孩子送去了幼儿园，还怪我之前不让上幼儿园。之所以一直没上幼儿园，是因为到时候可以直接读中班，不用现在去读小班。公公的态度也很蛮横，跟从前大不一样。

他发来信息："警告你，你所谓对女儿的爱，其实是你的自私造成了对两个女儿无法弥补的伤害，使她们姐妹分离，父母分离让她们缺少父爱、母爱，还会使她们让别人瞧不起，从小造成心理阴影，不能健康成长，这么可爱聪明的两个女孩儿被你害了！孩子很快会懂事，不用我说什么，她们长大了在心里会恨你一辈子。你没给她们的爸爸洗过一次衣服，总是欺负她们的爸爸，赶她们的爸爸出家门，使她们的爸爸伤心，心灰意冷，这是在逼她们的爸爸与你离婚。"

他竟然说我没给他洗过一次衣服！他想出去玩就出去玩，衣服泡在桶里也不洗。我反问他给我洗过吗？这样的人，我不给洗才是对的，错就错在我洗了，他还说我欺负他，究竟是谁一直在欺负谁？更为过分的是，他这次还动不动就骂我，看来是彻底想撕破脸了。他把一切过错推到我头上，好像自己是个痴情种，是我负了他。

我跟他在QQ上吵架，他铁了心不会把大女儿给我。母女连心，他一点儿也不顾及我的感受。我只得又开始起草离婚协议。

他从老家回来，住在同学家，说要来我这里用电脑。他在QQ

上和一个姓胡的女人聊天，以前他说过这个女人是别人介绍给他的女朋友，如果先认识，就和她结婚了。他说前几天和这个女人在一起，没有确定男女关系，我以为他在开玩笑。

我和爸妈瞒着他，带着小女儿直接来到他老家。公公说已经给大女儿交了学费，过年让我们带走，我也就应承下来。

我把他和所谓的女朋友的对话复制到文档里，搞不清是真是假，如果是真的，他不觉得对不起我吗？可他说过如果另外找一个，也要大女儿。这样的话，我要争取大女儿的抚养权就难了，上次去他家没把大女儿带走可能又是个错误。

我打电话给胡姓女人，她说是一时冲动，一个巴掌拍不响，自己有老公，不可能和他在一起。我倒不是怕他跟别的女人走了，是我接受不了出轨这件事，不想和我在一起，他可以等离婚后再找。他对我说把那个女人的手机号码删了。我让他把大女儿给我，我们离婚，他和那个女人结婚，他不同意。妈妈看我痛苦，向他下跪，哭着求他把大女儿给我，他仍然态度坚决，说是我不孝，让妈妈给他下跪。他起身走了，说要去贵州做事。

他在贵州时，一直在求我原谅，说会补偿我，但我已下定决心结束这段荒唐的婚姻。

他回来那天在睡觉，我看他手机，他在QQ上叫一个朱姓女人"亲爱的"，还约好在松岗桥底见面。我最恨花心男人，以我的骄傲和自尊，应该把他赶走，可一想到大女儿还在他身边，就只得忍气吞声。他问我要钱，我给了200元，他转手给了同学。我发现后质问他，他说同学没钱，我气得牙根痒："你觉得我有钱吗？我爸爸还在生病，我还要养孩子。"

这几年，妈妈由于照顾爸爸积劳成疾，加上看着他天天只知道睡觉，不知上进，跟着生气，身体一直不太舒服，去医院检查，医生说是冠心病。我也感觉自己病了，天天起床的时候胸口处像针扎一样疼，小肚子也难受。听一宝妈说过男人出轨，女人想不开容易得乳腺癌。我生怕自己有事，上有老下有小怎么办？我立即去医院检查，医生说我可能也有冠心病，需要支架，要先开药给我，我说没带多少钱，医生问我有多少，我说也就几十元钱。医生给我开了一小瓶急救药，我颤抖着问："需要终身服用吗？"得到的答案是肯定的。走出医院，我整个人懵了，到站台，终于忍不住流下伤心的泪水。当时感觉天都塌了，爸妈和孩子怎么办？

我感觉自己活不了多长时间，他出轨的事也变得无足轻重。后来我又做了详细检查，确认自己没病。但知道了没病，我又开始对他的事闹心，不停地争吵。更让我惊慌的是，我又怀孕了，一没钱二没感情，肯定不能再生了。如果再生，大女儿就绝对不能带来身边了。做手术的时候，医生说孩子的心脏都在跳了，不要再造孽了，我说希望以后再也不怀孕。这对我的身心都造成伤害，每次想起被我"杀"死的孩子，我都会流眼泪，觉得自己罪不可赦。

后来他吸毒，我对他更加失望，觉得真是没救了。如此，我反而释然了，反正都没救了，他出轨也不算什么事了。有人说过，越穷的男人越没有责任心，反正烂事做多了，也不怕再多一桩。

过年时，为了要回大女儿，我跟他回到老家，因出轨的事，我们在车上发生矛盾，他动手打了我。赌博、出轨、吸毒和家暴，犯一样我都应该和他离婚，更何况这几样他都犯齐了。

离婚证有了，可他仍像牛皮糖一样黏着我，因大女儿还在他手上，我还得继续忍受。令我难过的是，大女儿不在我身边，我却要让他在我们这儿白吃白住。

曾几何时，我的写作在他眼里一文不值，他说我不可能成为作家，写的东西乱七八糟。他说："你写诗？写屎！"看我参加活动，他讽刺道："你以为自己真的是明星了？"或者说："你不可能出名，也不可能有钱。"每次我出门，他都会辱骂说我去找男人，不要脸。我出去参加活动可以透口气，但他也不时打电话、发短信骚扰，用一些不堪入目的字眼羞辱我。我只能躲起来哭，跟这个男人在一起真是耻辱。人前笑，人后哭，我快要崩溃了。想到回家又会和他吵，我有些害怕，好希望逃到天边去。如果他能养家，我也不会为了一点点出场费抛头露面，每次一个人去机场想着自己形单影只，都有点儿难过。如果可以，我宁愿在家陪伴女儿。他没本事养家，没有一点儿歉疚，也不理解我的辛苦，甚至还骂得我狗血淋头。要是有个好老公，我可以经常参加活动应该是开心的事，他会跟我说"玩得开心一点儿"或"注意安全"等体贴话，而他不体谅我也就算了，还总是骂我，让我哭。因他自己在外与多名女子有染，就把我也想象成那样的女人。我是最不可能乱来的女人，最憎恶对爱情和婚姻不忠的人，如果我真是那种女人，早就有钱了，也不在乎他怎样说了。他如此不负责任，按理说我早就应该另外找一个，可我没有那么做，半点儿那样的想法都没有，才会被他的诬蔑气得七窍生烟。

离婚后，虽然他人在这里，但我对他毫不在意，他的一切已经与我无关了。可他总是和我吵，真是一个甩不掉的魔鬼。

要怪就怪我听别人的话给他机会，人生是自己对自己负责，毕竟是我和他一起生活，不是别人，自己觉得不行，就该当机立断。怪我太草率了，只听别人的一面之词就断定他是可托付终身之人，没有足够的了解。

大女儿不到一岁时，我就想离婚，不想她这么小就没有爸爸了，才一再隐忍。这种想法极其错误，发展到最后，还是离了婚。如果知道他出轨，我早就离婚了，更不会生下小女儿。我怪自己当初没把他甩掉，因为不忍心，导致他肆意伤害我。

我结婚后一直和爸妈住在一起，和他结婚，也只是有一张证而已，没有真正一起生活，这样一说，好像我根本没有过经历婚姻。

婚姻是女人的第二次投胎，投对了幸福一生，投错了毁灭一生。我很认同前面这句话，毕竟生活已经印证了。感情中受到的伤害已经让我无法再去相信男人，可是有时候我又会很矛盾。想到我还没有穿过婚纱，没有举办过婚礼，内心又会重燃起希望的火焰。我的未来究竟会是什么样子呢？我不知道，但是我仍然期待明天，期待别人看到我的光亮，也期待别人走入我的世界照亮我。

未来是什么样？嗨，谁知道呢！

团
聚

　　一直以来，妈妈都希望妹妹和妹夫能搬来与我们同住。当初带我来深圳的三姐和姐夫已经离婚，妈妈很羡慕三姐前夫一家十四口人在一套三居室的房子里共同租住。这份羡慕在去年和外孙团聚后愈发强烈，她巴不得天天看到女儿、女婿和外孙。在我和爸妈9年的租房生涯中，合租者换了一批又一批，矛盾时有发生，让人心力交瘁，但又无可奈何。谁都不想与人合租，但考虑经济问题，又不得不挤在同一个屋檐下。每当住得不顺心时，妈妈就说要是妹妹他们搬过来就好了，既可以省钱，又可以互相照顾，也不用和外人发生摩擦。

　　妹妹一家三口住在流塘，房子结构是一个单间加厨房卫生间，月租480元。这房子不但租金高，楼层也高，在七楼，我们去妹妹家得爬楼梯，每次上去都气喘吁吁。他们在家里一般没事儿不会出门，饭后也不散步，原因很简单，上下楼太麻烦。我和爸妈住在乐

151

群，房子两室一厅才548元，楼层合适在三楼，不高也不低。流塘那边消费高，合意的菜不容易买到，而我们这边，喜欢吃的鸡肉、排骨都很容易买，其他菜也相对便宜。细细算来，住乐群好处多多。

妹妹当然理解妈妈的心情，但她担心远香近臭的事情发生，而且流塘离妹夫上班的地方近一点儿，合租的事就一拖再拖。

2009年4月底，妈妈所在的日资企业搬到越南后，厂子就解散了。之后的几个月，妈妈先后做过电子厂的临时工、塑胶厂的员工和公寓的清洁工，她打工20年，早已厌倦看别人脸色行事，经过后面这几份工作，更是心生绝望，于是决定跟爸爸回老家。他们回去是跟着三叔做生意，背着床上用品下乡卖，所到之处皆是山区，因为那种地方交通不便，村民很少上街购物。20世纪80年代爸爸就干过这营生，这种生意全靠一张嘴，也要担风险。有时明明看到山上有房子，爬了半天上去，却连半个人影儿都看不到。有一次在贵州，爸爸过一座独木桥，桥上长满了青苔，脚下是湍急的河流，一不小心就会落入水中。到了天黑的时候，爸爸会因为没有住宿的地方而发愁，货物推销不出去时会心焦。一想到爸妈背着沉重的货物在烈日炎炎下爬山卖货，继而又想到他们两鬓斑白、黝黑憔悴的形象，我的心就疼痛难忍，想到即将面对的分离，总是泪流满面。

20年前，爸妈离开我和妹妹外出打工；20年后，他们又要离开我们回家去干老本行。这就是宿命的纠缠安排。爸爸曾说过不想回去，但是走投无路。有一天晚上，先后听到爸妈轻微的叹息，我很自责，出来打工十几年，一无是处，没有拼搏的勇气，没有去"充电"，找的工作月薪最多1000多元，根本无法改善生活。

　　6月底，与我们合租的两个小伙子搬走后，爸爸贴了招租广告，有两批人来看过，他们看广告误以为是单间，看过房子后都说不想与人合租。往年，我们这套房子走俏，广告一贴出去，每天能接到几个电话，甚至出现争夺的场面。2009年，由于附近的好厂子都搬走了，还因为有个片区修了几十栋新房子，都带电梯，我们的广告贴出去无人问津。当初住12个人的房子，这两个月却只有我和爸妈3个人住，有个房间一直空着。

　　爸妈确定了启程日期后，找来妹夫，向他交代一些事情。妹夫考虑如果我一个人住这套房子，每月房租水电就要600多元，实在太贵了；找人合租，又怕不安全；换个地方住单间吧，房租也要三四百，而且一个单身女子不安全，便主动提出到流塘重新找套房子，我和他们一家三口搬到一起去住，方便上班，也好有个照应。我和爸妈都说了搬到我们这边的种种好处，恰好前几天妹夫厂里给他配了个电瓶车，不用担心坐车不方便的问题，妹夫就答应了退掉流塘的房子。然后，他说如果搬过来，要把客厅的床拆掉，厨房的床也拆掉，恢复房间应有的功能，爸妈答应一切照他的意思做。妹夫回去后，就跟房东说了退房一事。

　　就在爸妈收拾好行李准备离开时，妹妹的一席话将他们留了下来。妹妹说爸妈回去没地方住，做生意等于从头再来，已过去那么多年，现在也没有任何经验。倒不怕人家笑话打了20年工最后还是回来干这个，最重要的是不划算，爸妈回到老家，总要走亲戚，

153

送礼是笔不小的开支，说不定那些钱都白花，还不如拿这笔钱去进点儿货到新安市场她的摊位上跟她的货搭配着卖。妈妈说她也舍不得，出于无奈才想回去试试。因为我和妹妹在新港湾租了柜台卖饰品，到时我和她要轮流去上班，外甥要上学，无论哪方面都需要人手，爸妈这时回去的确不妥。一番商议下来，爸妈同意留下，我们的心里都豁然开朗。只是，当初妹夫是因为爸妈要回去才让我跟他们同住，现在爸妈不走了，他肯搬过来吗？妹妹立即打电话询问，妹夫说就照原来说的办。虽然如此，我们仍是放不下心来，因为没看到妹夫的表情，不知他是勉强同意还是因为已跟房东说了退房一事而不得不答应。但仔细一想，如果不是诚心要搬，他完全没必要答应，如此，我们才放宽心。

接下来，我们一家人就开始收拾屋子。房子住久了总会旧，那间空房子的墙壁黑黑的，爸爸扛回一袋80斤重的石灰，还买了胶水，跟妹妹拿着刷子刷墙，经过一番修整，墙面终于恢复了干净洁白。我跟妈妈用刀片刮房间和窗户墙上的纸屑，厨房和客厅之间的几扇窗户都蒙上了厚厚的油，我们把毛巾放在放了洗衣粉的水里浸湿后给它们洗澡，洗完后完全变了样。爸妈住的厨房原封不动，做饭仍在阳台上。客厅的上下床拆掉后，一眼就可以看到阳台和外面。爸妈已经收拾好准备带回老家的衣物要重新整理，放回原来的位置，妈妈终于舍得清理掉一些不需要的衣物和鞋子，我的书也清理了一部分。我的房间沾了光，把原来做碗柜的书柜调整过来，用抹布擦干净，将床上那堆看了就心烦的书放在里面排列得整整齐齐，一切舒心多了。以前的席梦思床床板被外甥跳坏了，我们直接抬出去扔掉，换上木板床，只是这床更宽，我们不得不把原来跟床刚刚合适的电视柜与客厅的小电视柜调换一下。

两天下来，个个累得腰酸背痛，但还不能停歇，第三天，我们要到妹妹那边去打包。打完包，花了140元钱把东西从流塘的七楼搬到乐群的三楼，才算大功告成。当晚，我们特意每人喝了一点儿酒，庆祝大团圆。

这几天，妈妈每天都笑逐颜开，脸上绽放着光彩，从确定妹妹一家人搬来时，她就一直是这状态。妈妈结束那份清洁工工作后就病倒了，本以为像我在松高厂那次一样，只要在床上躺个四五天就没事儿了，不料一病就是一个多月，吃药也不见效，最后还是自然而然好起来的。刚康复几天，她梦寐以求的事就成真了，也算是人逢喜事精神爽。在去妹妹家打包的路上，她脚底生风，走得飞快，把我们父女三人远远甩在后面。

出租屋终于像模像样了。我们第一次买了鞋架，一进门，看到的不再是一地乱七八糟的鞋子；客厅里放了从妹妹家搬来的饮水机和茶几，还有几张靠背椅，以后喝水、泡茶方便多了，坐着看电视很舒服；阳台上摆放的几盆几个月前从妈妈所在的厂里"救"回来的绿色植物正伸枝展叶，苗壮成长，一种不知名的植物开出紫红色的花朵。这套租来的房子变得富有生活的气息，更像一个家了。

小生意

2009年3月，妹妹迫于无奈辞了工。一晃几个月过去，工作还是没有着落。这时，妈妈打了十几年工的工厂解散了，工人们得到一笔赔偿金后各奔东西。

爸妈受林音表姐的邀请到恩平玩了半个月，临走时表姐送了爸妈一套价值200多元钱的塑料气垫，是小孩们钓鱼的玩具。我们一家人在一个下午将气垫充好气，去了西乡公园，爸妈提前去公园管理处问了，我们可以先免费在这里摆摊一天，以后再来则需要和管理处商议价钱。我们先在厕所提了两桶水倒进气垫，再把塑料鱼倒进去，给小孩子钓着玩，3元一次，不限时间。鱼嘴和鱼饵都有磁铁，把鱼竿甩下去，就会钓到鱼，只要有动手能力的小孩都会。我们第一次做生意，等了半天只有人看，没有人玩。爸妈叹气，我看着也有点儿气馁，眼巴巴地看着小孩子，笑容变得有些不自在。有人非常不屑地说："还要3元一次啊。"他们都嫌贵。爸妈说这玩意儿在恩平生意很好，这边刚开始，没有人知道，再说这里都是打工者，什么都图便宜。好不容易等到一女子带着小孩子来玩，这才打开了局面。接下来陆陆续续有一些人来钓，甚至有一名女子带着双胞胎来，这自然再好不过了。天黑了，直到气垫彻底无人问津，我们才把水倒了，准备收工回家。走到大门对面，看到一拨又一拨人像鱼一样游进公园，我们又想这位置应该不错，想看看有无生意，便又把气垫摆开。我和妹妹火速跑到厕所抬了一桶水倒进去，这时，周围聚集了一大群人观看，我们卖力吆喝着："3元钱随意钓。"可仍是无人问津，我们只好自己钓着玩，以便"引诱"顾客。等了半天，还是老样子，围观的人群只是看稀奇而已。我说："回去吧，他们不来钓，就让他们想看都没得看。"家人闻听此言，忍俊不禁。

头一年妹妹有意到商场做饰品生意，和妈妈去广州拿了一些货。当时，妹妹想去的万骏汇商厦还没开业，货就一直放着。如今妹妹和妈妈相继失业，就想去销售这些货品。我们到新城广场的天桥上学人家摆地摊，天桥上卖各种物品的都有。其他人都拿了张桌子摆放货品，我们只在两张小胶凳上放一块纸板，再铺一块布，然后放上货品。来来往往的行人不断，可没人愿意停下来看一眼。我们右边的一对夫妻在卖耳麦，生意还不错，我们很羡慕。才过了半个小时，城管办的人就来了，一个个摊主开始收东西。妹妹将纸板的中缝一折，放进袋子里，摊位就算收好了。我们感到庆幸，但环顾四周才发现过于紧张了，城管办的人只是守着，不会没收东西，其他摊主都不慌不忙地收拾着。我们想等城管办的走了再继续摆，可他们一直靠栏杆站着。我们等得不耐烦了，只好打道回府。

妹妹希望有个安定的地点摆摊，不用担惊受怕，哪怕交点儿摊位费也行。我们将目光瞄准新安市场，那儿离我们家最近。我们去双龙花园物业管理公司询问，上到二楼，看到几间空房，里面的臭味将我们吓退。妈妈之前问过其他摊主，得知这市场上每天都有人来收费，便想等摆了再说，到时自然什么都明白了。

头次拿货太少，爸爸和妹妹便又去广州拿了一些，回来又去买帐篷、挂钩、镜子、衣架等物品，一切准备妥当，便正式在新安市场摆摊了。这里的摊位上午收15元摊位费，下午4点钟再收5元。第二天，爸爸看到另一个摊位只收5元，而我们的要收15元，生气了半天。

第三天早上，妈妈搬了帐篷去，收费的女人竟然垮着一张脸说："明天你们不用摆了，即使摆了，我也把你们撵走。"妈妈跟我们说了情况，大家都不高兴。没想到，在工厂里要受管理人员的气，出来做点儿小生意也要受气。

第四天，我们厚着脸皮再去摆摊，收费的女人没有来撵，只要交钱给她就行。这天有两个女孩儿先后来买了头花，但走了一段路后又倒回来要求退货，她们都是从收费女人那个方向走过来的，估计听那个女人说了些坏话。每次我们和那个女人碰面，她都不说一句话，傲气十足，左脚在后，右脚在前，左手叉腰，伸出右手，收完钱才"嗯"一声。

其他摊主只卖一样商品，我们的摊却可称为"百货摊"，以经营水晶饰品为主，附带衣服、裙子等。爸爸、妈妈还拿着表姐送的塑料气垫放在旁边，从出租屋里提两桶水倒进气垫，再把塑料鱼倒进去，用鱼竿给小孩子钓着玩。这种钓鱼的游戏很受欢迎，正是酷夏，小孩子喜欢玩水。第二天，爸爸找来一块小纸板，用大头笔写上"3元任钓"的字样，再给小纸板打个洞，穿上绳子，把小纸板挂在帐篷上。这之后，每天下午，我还没走到摊位上，便看到一大堆小孩子把气垫围满了，爸妈都在忙着整理鱼竿，看来生意不错。确实，这个钓鱼游戏天天都有几十元钱进账，长此以往，妈妈也不用去打工了，我很高兴。鱼竿上的线容易断，妈妈特意去鞋摊买线，以备后患。妈妈说没有什么比做这个花的时间更长，但做这个比上班更开心。爸爸说搞不了几天，我的想法则相反，这里的小孩子这么多，生意应该不会差。

　　爸爸毕竟是过来人，有先见之明。有一天，有个小孩的妈妈中途回去了，把小孩交给爸妈照看，爸妈一疏忽，小孩不见了，爸爸着急地寻找，等找到小孩回来时，爸爸手里捏着的20元钱不见了。爸爸一生从未掉过钱，这算是打破了历史纪录。过了一会儿我们捡到1元钱，但当天忙活下来仍然倒赔8元，对我们来说，这是个不好的预兆。

　　一个星期后，有天下午我过去时，气垫旁竟然空无一人。爸妈说上午只有两个小孩来玩，下午一个都没有。此时正值学生放学，有的小孩要玩，大人不让；有的大人带着小孩绕道而行。妈妈见此情形，说她又得去进厂了。接下来，我们每天都打不定主意要不要把气垫拿去，不拿去，又怕有生意；拿去了，又没人。幸好有个开餐馆的成都老乡让我们去她店里提水，不然从家里提两桶水去，要走好长的路。刚开始她说不要钱，爸爸过意不去，说每天给5角钱。

我跟爸爸到双龙幼儿园接外甥去打针，在门外等保安去叫孩子的时候，我说："钓鱼的摆在这里一天能赚几百。"爸爸说："那肯定的。"我们望着对面的喜洋洋小店，那里无疑最适合摆钓鱼的气垫。没想到没过几天，听爸爸说那个店主真的去搞了一个气垫，价格是2元一次，算是在跟我们抢生意。有个小孩经过我们这儿说："我想钓鱼。"他的父亲说："去那边钓。"之后，我们的气垫再也没拿出去过。如果气垫可以随意摆放，我们扛着气垫"打游击"，每天至少也能赚几十元钱。可深圳寸土寸金，爸爸曾用两手比了十来厘米的宽度说："这么宽的地方都没有我们的，我们只能路过，歇下气，如果想摆个什么，人家就会来过问。"

有时，我们家的生意稍微好点儿，就会引起旁边小贩眼红，故意找碴。我们的帐篷挨着另一个帐篷，帐篷的所有者是两个男的，之前看妹妹卖了套衣服，当妹妹把红布系在帐篷的两根柱子上遮阳时，其中一个男的说："这样的话，顾客进来好热。"妹妹只好把下半部分拆开，那男的说这样也热，妹妹索性不再依着他；而我们右边的女子则很聪明，有顾客来我们的帐篷，她会帮着说我们的货品好看。也有人不好相处，我们家帐篷对面的一个水果档有一块空地，一次妹妹在那放了一会儿东西，老板不让放，还撵她。

我们还是羡慕有店的人，他们不用忍受风吹日晒，生活安稳舒适。有的店还会在外面摆个灶卖油炸食物，还有摆台球桌的，生意很好，至少和我们之前钓鱼的收入差不多。跟我们的帐篷一路之隔的民昌商店，因为生意好，老板一天到晚只要坐在那里摇脚收钱就好。他坐在那里，你进去，他根本问都不问一句，更不会对你笑，有时你问他有没有某某货品，或者某某货品多少钱，他都不回答，也不看你一眼；小孩子在冰箱里拿东西够不着，他也不会起身相帮，只有你将所购之物放在柜台上，他才会开口报一下价格。然而我们摆摊，完全要凭嘴上功夫，把人家的钱说到自己腰包里。摆摊的人也要有一定的心理承受能力，有人看了半天，让摊主磨破了嘴皮，却不购买，一走了之。有人会说："哪里要这么贵？这个两元店就有。"或者说："这么一点儿东西还要十几元钱。"生意不好时，我们听到这些话，会觉得很刺耳。

　　从远处看，一个个帐篷很寒酸，顿时有种悲凉之感。刮风下雨时，帐篷被吹得向前移动，必须用手撑着。后来爸爸想了个办法，把一块石头装在蛇皮口袋里，再用一条绳子系好，另一头系在帐篷的中心位置。有时风也会吹得货品到处乱跑。小小的货物收时容易，摆出去要花不少时间，饰品要分类，还要摆得整整齐齐。我们每天都要搬帐篷、桌子、凳子等，十分麻烦，在搬来搬去的途中，水晶饰品损耗不少。很多时候，看着天气阴沉，就赶快收摊，等收回来了，乌云又散开了，懊恼自然避免不了。

　　有的摊位费需要一次性交清，称为固定摊位，在固定摊位摆摊的地板上用红漆写着"订位"二字。没有订位的摊位就是非固定摊位，大家都怕去晚了没有位置。刚开始摆摊时，晚上大家都收摊后，爸爸发现有人放一块石头在非固定摊位上占位，非常生气，后来我们也有样学样，但人家先去，就会把石头挪开。为了占个好位置，爸妈凌晨四五点就要起床。即使有位置，我们也必须早起，一般7点多，多数人都要到新安市场买菜，他们便是我们的顾客。

妹妹25岁生日这天早上，妈妈叫爸爸起来搬东西。过了一会儿，妹妹打电话来说城管办的不让摆，要来检查。妹妹回来后说："我只卖了一个头箍，搬那些东西麻烦，还不如就只拿个头箍出去。"这只能是说笑，如果东西不多，怎能称其为摊？又有谁肯来选购？既然干了这营生，再麻烦也不要怕。有时我想搬东西麻烦，如果能在外面打个广告，把人引来家里买就好了，但那只是痴人说梦！

因为金融危机，生意普遍不好做。往年也有人在新安市场卖饰品，每天能卖200多元，一年赚几万，比打工强。可我们今年摆摊，一天只能卖出十几元，有时守一天，也只够交摊位费的，甚至还倒赔。好多摊贩都是流动的，今天来这个市场，明天去那个市场。有人开着货车来，有人骑着三轮车来，他们到处走，生意倒也不错。妹妹看在这儿我们的货品总卖不动，也想到其他地方试试。她和妈妈去新城天桥上，半个小时后，有人来她的摊位上要买东西，妹妹正在和顾客讨价还价，城管办的来了。妹妹气呼呼地回家，要知道，去天桥要走差不多半个小时，还要拉货，结果没挣到一分钱，既耽误了时间，又浪费了人力，搁谁心里都不好受。

听说万家福商场那儿可以摆夜市，我们跃跃欲试。我和妹妹下午4点多过去，不知摆在哪里，就随便找了个地方，结果被其他摊主撵了两次。这儿挨着公路，人流量挺大，我们看了心里很激动。来这儿摆摊的多数拿铁架子摆一排衣服卖，一个晚上下来，左边的一个湖北女摊主只便宜卖出一条裙子，我们只卖出一个百变魔力碟。过路的人大多数连摊位看都不看一眼。我们大失所望，只好早早收摊，以后再也没到这儿来。

妹妹每天被太阳晒得满脸通红，她说生意靠守，坚持着生意也许会有所好转。于是，中午就只看到我们家的帐篷孤零零地耸立在那儿。中午太阳毒辣，我到帐篷里刚刚站定，就感觉灼热的气息袭来，更别说妹妹在这儿一待就是十几个小时。她能吃苦，我既为她的成熟感到高兴，又为她的辛苦而难过。每晚妹妹都会把钱数一数，如果算下来今天比昨天好一点点，就会开心地笑。她的身上长了很多红疙瘩，到了晚上痒得难受，睡着了也被痒醒，手一个劲儿地在身上挠。我见她如此痛苦，眼泪在黑夜里无声地流淌。

做这种小生意，可以说赚不到一分钱。每当我们赚了一点儿钱，货也减少了，就要补充新的货源，卖货的钱只好又拿去进货。去东莞或者广州，两个人来回就要200多元车费，不知卖多少天才能把车费挣回来。我们想找个近一些的地方进货，于是在网上查到一个地址，妹妹去了这个地方，却发现根本没有像样的批发部。后来听唐老师说沙井义乌小商品在电视里打广告，我们都挺高兴，到网

163

上去查，却发现这个广告是骗人的。让人惊喜的是，我们看到龙岗有义乌小商品。从我们家到龙岗，一个人来回车费才20元，路途也近，坐车只要一个小时。我和爸爸、妹妹带着外甥去龙岗进了一次货，后来为了省车费，去龙岗进货时，就由妹妹一个人去。

我印象最深刻的是，有一次跟妹妹、外甥去广州万菱广场进货，接二连三地发生了不愉快的事。批发商要么说看我们的穿着不像拿货的，要么用不耐烦的语气说话。看到一家批发部的手链和项链很漂亮，我们就挑了一部分，结果到楼上一看，同样的货，单件价格比我们买的价格少几元钱。去吃10元钱的快餐，饭菜少得可怜，根本填不饱肚子。扛着沉重的货物在阳光里穿行，又累又热又饿。坐公交和地铁，东转西转，疲惫不堪。一天的采购完毕，我们到了流花车站附近，想找吃的，却只看到卖油炸食品的摊，买完后想大快朵颐，却发现没有炸熟，只好搁起来，气得骂了几句。车站里面只有肯德基，买两个鸡翅和一杯可乐就花了10元钱，还只够外甥一个人吃。我们饿得要命，在回深圳的车上闻到人家嗑瓜子都觉得好香，我跟妹妹说了这种感受，她说从没想过瓜子那么香。

只要是我跟妹妹一起去进货，一般都是妹妹挑选，我把质量关，但货品的问题仍防不胜防。千色店的水晶饰品，水晶一律镶嵌在里面，而我们拿的水晶饰品，水晶是用胶水粘上去的，很容易掉落。我们拿的皇冠等物，可能是每天收摊时受到了挤压，还没来得及卖出去就"骨折"了。

有时摆摊卖得较好，我们自然心情很好，如果半天卖不出去，难免沮丧，毕竟不是闹着玩儿的，是要靠它维持生活。2008年，妹妹好不容易给外甥争取到来深圳的机会，她失业后，想通过做生意让生活好转，妹夫看生意不好，就让她带儿子回老家，所以有时半天没开张，她就会烦躁。做生意有赔有赚，虽说无论做什么事心态都要好一点儿，但在现实的压力下，一切大道理都是空谈。

其实我们摆摊都是靠自己摸索，进货时也不知什么货好卖，拿回来好卖的品种就会认为拿对了，不好卖的就会想不该拿这个。我挑选的一对耳环，上午妹妹还说这个不好卖，没想到下午就遇到一个女子特别喜欢，当即买下。爸爸说，只有背时的人，没有背时的货。

妈妈在这期间做了几份工作，都没干长久。进电子厂的时候，她发现自己的视力不行了。经过商量，爸妈以后每天都跟妹妹一起去摆摊。妈妈一直勤俭节约，边摆摊边捡垃圾，过一段时间就可以把可回收物卖十几元钱。

做生意，第一个生意很重要，不做不知道，一做才发现这种说法属实。只要有一个人干干脆脆地买了，那么接下来一个接一个的顾客就来了；如果第一个顾客不爽快，那么接下来也会卖不出去。

我们家做生意，有时候一忙就粗心了，别人会趁我们忙碌时顺手牵羊。有一次，我、妈妈和妹妹都在，我在看书，外甥缠着妈妈要回去。一名女子带着两三岁的女儿来买方便袋，她自己喜欢黑色的，女儿喜欢蓝色的，她还价10元钱，妹妹不肯卖，她把钱放在桌上就走了。当时也有其他人来看，妹妹看那名女子不想买的样子，就向另外一个人介绍方便袋，看到她放的钱，妹妹拿起来就放进包里。过了好大一会儿，妹妹才发现少了一个方便袋，恰巧记得刚才那女子看了什么颜色，断定是那女子拿了，怪不得她刚才不再还价，悄悄地放了钱就走了。妈妈和妹妹当时都觉得有点儿奇怪，却并未在意。现在想起，她是把两个方便袋一起挎在肩膀上走的。我们也记得她走后还到广西姐妹的摊上坐着玩了一会儿，可我们竟然没发现。广西女子跟妹妹说刚才挎了两个方便袋，当妹妹说那两个中有一个是偷的，广西女子马上改口说没看见。

从此以后，我们提高了警惕。有一次一个新疆女孩儿来到我们的摊位前，左看看，右摸摸，广西姐妹拼命使眼色，由于我和妹妹都是近视眼，看不真切，不知她们是否在使眼色，只得走过去，她们叫我们要注意那个女孩儿，有可能是小偷。我和妹妹就盯住那个新疆女孩儿，让她无可乘之机，看了一会儿便走了。当然，她也有可能只是来看看，没有偷窃之念，但作为卖家还是小心为妙。

偶尔，到了星期天，有人也想卖衣服，便到我们的帐篷来，各出一半摊位费，场面热闹极了。

中午过后的太阳特别毒辣，几个小时都没有路人。爸爸琢磨那几个小时纯属白白浪费时间，活受罪，便叫妹妹吃午饭时把帐篷和桌子留在原位，把货收起来，搬回出租屋，休息到4点再去。过了两天，爸爸说就把东西放在那里，自己收拾一下，没有人会拿。于是，每天中午，我们休息前把货收好，用布盖上，再用布条绑好，然后把帐篷收到一半。为保险起见，我们跟治安亭的保安打招呼，让他们帮忙看一下。

在新安市场摆摊令我们体会到了生存的艰难，这是有别于工厂生活的另一番辛酸。摆摊连基本的生活保障都难以维持，更别说打开创业局面了。自摆摊以来，最多的一次，我们一天赚了268元；最糟糕的一次，连张都没开。新安市场人流量太小，每天就那么几个人走来走去，而我们这些货物人家买回去能用很久，不像蔬菜得天天买，所以生意自然冷清。

妈妈告诉我们，营山老乡老史说可以到树底下摆摊，那儿不要摊位费。不要摊位费，便不安生。先前受嘱托帮忙照看帐篷的治安亭工作人员一天会来赶我们几次，但我们厚着脸皮摆，后来也就不赶了。之前每天摆摊差不多都在同一位置，斜对面是家炒粉店，江西人开的，师傅便是老史。有一天那个店面被二流子敲诈，开不下去，老史失业了。老史重操旧业，用三轮车卖甘蔗，摊位和我们的挨着。他跟一些小混混关系较好，我们跟他一起摆摊，胆子也大些。跟老史摆摊的好处有两个：一是天天有免费甘蔗吃，虽然给我们吃的都是不好卖的；二是他有三轮车，中午如果一起收摊，我们的货物能放到他车上，让他拉到楼下。由于我们和老史在树底下带头摆摊，其他人也来争夺地盘，妈妈只好又凌晨4点多就去占位置。

有一天，我们正在收摊，清洁工一边扫地一边垮着脸凶巴巴地说："收快点儿。"妹妹说："我们做这个，连清洁工也敢来欺负。"我说："要是在高级地方做生意，清洁工还会来巴结你。"妹妹说："那是当然。"不料过了两天，就发生了更严重的事。

那天，妹妹跟妈妈一起守摊，妈妈回来上厕所，一会儿接到妹妹的电话，说有人打她。爸妈连鞋都没穿稳，匆匆跑了出去，我在后面负责关好门。当我赶到时，看到一大群人在围观。爸爸、妈妈和妹妹正在跟一男一女理论，他们身边有辆白色轿车。以前总听别人说"有车一族"欺负人，不料我们也遇上了。我走过去，用尽力气说："有车了不起啊！"当时我紧张得双腿发抖。

男车主打电话搬来救兵，一名男子开车来，一下车就气势汹汹，一副想揍人的样子，爸爸吼道："关你什么事？"那人哑口无言，只得悻悻地开车走人。我紧张地打电话给幺舅，幺舅不慌不忙地说这种事应该报警。根据后来爸爸他们的叙述，我打电话的时候事态达到了高潮。男车主拿出榔头说："揍死你！"爸爸拖过老史削甘蔗的刀来应对。男车主怕了，态度顿时软下来。要不是妹妹把爸爸推走，也许真的会大打出手，甚至发生流血事件。因为我报了警，那开车的有些害怕，迫不及待地要开车逃跑。我们叫他们把东西捡起来，然后给赔偿，他们很傲慢，拒捡拒赔。妈妈在车后拦着，我也拦着，男车主在倒车，妹妹怕撞到我们，从背后搂住我的腰一把把我抱开了。车开走了一段，妈妈气不过，捡起一节甘蔗扔了过去，正好扔到车顶。车停下来，那名女子跳下来，气呼呼地走过来，我想这次一定会打起来，谁知她过来后只是开骂，毕竟心虚的是他们。

他们走后，妹妹描述了刚才发生的事。那对男女非说妹妹把桌子摆到他们车上了，二话不说就把桌子掀了，还爆粗口，并扬手要打她。老史红着脸挡住那男子，向他吼了过去，要不是老史的阻挡，妹妹铁定会挨打。我们摆摊的桌子和那对男女的车子明明隔着一段距离。妹妹还说本来那会儿想让我去照看摊位，如果我去了，妈妈回家上厕所，那就是我遇到这件事，我都没有手机通知家人，真不知事情会发展成什么样子。

老史说成都那人在，肯定不会放过他们，要一笔钱才能解决。"成都那人"是专吃敲诈这碗饭的，也是那两个嚣张人上运气好，当时老史打电话给"成都那人"，他正在家睡大觉。派出所工作人员赶来，没到现场，而是在新安市场门口停留，记了车牌，让我们第二天看见这辆车给他们打电话。妹妹打了电话给《宝安日报》，一个短发女记者来了，面无表情地看了看现场，问了两句话就说要去别处采访。我们只能自认倒霉，把东西捡起来，水晶摔掉不少，有的耳环只能找到一只。我们调侃说是小孩子调皮掀翻了桌子，庆幸没有因为冲动而造成人员伤亡。

摆摊，自然少不了跟城管办打交道，他们经常例行检查。有一天，之前在新安市场闹过跳楼的男子当着妈妈和老史的面对城管办的人说："快把他们赶走！"其中一个城管人员却说："他们做小生意也很辛苦。"稍微有点儿人性的人，看到摆小摊的，多少都会同情。现在的城管人员似乎更人性化了，不再强行没收东西。

有个骑三轮车卖花生、瓜子等零食的老乡说她在宝安日报社后面的小区摆摊，叫妈妈也一起去。第二天六点多，妈妈就搬了货跟女老乡一起去了。原来位置是在花园社区富盈门。只卖了半天就差不多收入200元，妈妈的心情一下子由阴转晴。她说如果天天如此，肯定比打工好，做这个自由。可第二天再去就不行了，遇到了竞争对手，有一对夫妻专门卖盘头发的发饰，男人用喇叭吆喝，女人负责销售。他们很有营销手段，男人卖一件货送一个教盘头发的光盘。妈妈败兴而归，寻思上午没赚到钱，下午还是去树底下吧。我们刚把货品都摆好，城管办的人就开着车来了，叫我们收摊。我们只好又收起来，往家里搬。

接下来几天，妈妈都是天蒙蒙亮就一个人拖着货品步行走40分钟到富盈门去。一连几天生意都不理想，城管办又查得严，妈妈认为跑得远也是白费工夫，只好再次回到树底下。可在这儿更不理想，最差的时候一天才卖2元钱。不料还有比我们更差的，有个人在公路边卖水果，结果一分钱都没赚到。水果很容易腐烂，每天要扔不少，搞得货主很发愁。

妈妈看别人卖毛衣不错，便决定去东莞一个老乡所在的针织厂进点儿货。妈妈跟妹妹去东莞大朗的那天中午，我接到妹妹用陌生号码打来的电话，说钱和手机都被抢了，说了几句就匆匆挂了电话。妈妈和妹妹下午3点30分回来，说她们看到毛衣不好，就打算返回，去找汽车站。说来也巧，经过大朗派出所时还念了牌子上的这几个字，可没想到几分钟后就进来了。她们原本看到汽车站想进里面吃口饭，正往那边走时一辆摩的过来，一把拽住妹妹的包，妈妈看到了，及时伸手去抓，却只抓到肩带，包被抢走了，妈妈追着摩托车跑了一段，到底还是追不上。很多人围拢过来，妹妹也在这时拿到一个老乡的手机给我打电话。有人说这地方是抢匪活动的频繁地带，好多人都曾遭遇抢劫。派出所的人来了，把妈妈和妹妹带过去。妹妹的手机是妹夫买的，她特别珍爱，每晚睡觉都要放在身边，一想到这儿，妹妹气得伤心大哭起来。妈妈也忍不住哭。派出所人员安慰过后，拿出100元钱给妈妈和妹妹各买了一份快餐，还送了一瓶矿泉水，剩下的钱则给妈妈和妹妹用作路费。

妹妹被抢了880元，手机价值1680元。妹妹说钱可以挣，但那部手机丢了就永远不会再有了，现在经济正困难，想再买一部一模一样的也不知等到何年何月。其实被抢的钱是妈妈这一个多月每天起早贪黑、东奔西走辛苦挣来的，头一天摆摊用的麻将桌腿断了，妈妈都舍不得买一张新桌子，用大透明胶把桌腿粘好。妹妹说这几个月舍不得花钱，早知这样，还不如自己花了。为这事，妈妈和妹妹好几天都食不下咽。前一天我们才看了妹妹手机里录的大家的视频，她说要拷出来，却还没来得及拷。因为这个，我也有些心痛，而妈妈深感内疚，她认为如果自己不让妹妹一起去东莞，就不会发生这种事。

妈妈很快在固戍找了一个厂，因为冬天来了，在外面卖东西很冷。那儿工资低，做得没劲儿，而且很累，妈妈只做了9天就出来了，继续摆摊。有一天，妹妹对我说："昨天妈妈还幽默了一下，城管办的来了，妈妈说知道你们要来我们就不摆出来。"有一天上午，妈妈去宝安日报社后面摆摊，一个店老板恶狠狠地说妈妈的摊子挡他的路了，上来就要掀翻，而实际上是他故意找碴。

妈妈去帮四哥搞展销会，差不多忙了一个月，回来后又忙着要去摆摊，我们让她休息了两天。她发现万家福那边可以摆，便决定白天在新安市场，晚上到万家福。我们家到万家福太远了，搬桌子不方便，妈妈花12元钱买了老史的一个推车，以后在新安市场摆摊也不再用桌子了。

几天后，妈妈去进货，就在新安市场对面的批发部拿脚垫，5.5元一个，以前在凤凰岗那边的批发部拿同样的货要6元。还不到一个月，脚垫就卖完了，我们这边的批发部没货，打电话到龙岗也没货，批发商老板只有二三十个，不发货。原来，因为经济低迷，厂家没有生产。妈妈说旁边卖香蕉的人把有点儿烂的拿给她吃，她把香蕉也卖了，2元钱一串，赚了8元钱。

新安市场对面就有不少批发部，有时摊子上没货了，妈妈也在这些批发部进些袜子、方便袋等。

我和妹妹在新港湾商场做生意失败后，妹妹准备"重操旧业"，去万家福摆摊。我和外甥跟着一起去，妹妹提货，我搬小桌子。我们来到妈妈的摊位前，挨着她摆。有几个女孩儿来看饰品，出的价格完全就是地摊货的价钱，我和妹妹摇头叹息，无法忍痛割爱。我和外甥待了一会儿就回家了，爸爸正在炒菜，我还感慨因为摆摊一家人难得在一起吃饭，不料妹夫接到电话，说不用留菜，她们已经回来了。妹夫跟外甥出去接妈妈和妹妹，我随后，妹夫取电单车，我牵外甥走在前面。在路上，我看到有个女孩儿拖着绑了编织袋的小拉车（显然是卖衣服的）与我们擦肩而过，理所当然是在往家里赶，我猜想出现了状况。到了路边，所有的摊位都已消失不见，妈妈和妹妹与我们走岔了。

　　我带着外甥回家，才走到楼梯间，妹妹的哭声就传进耳中。进门后，我看到妈妈在把蛇皮袋里的东西拿出来清理。妹妹说："一大群人来把东西推到地上，我叫他们不要推，他们根本不听。"妈妈说："城管办的直接把车开到我们摊位前，我们还没来得及收，他们就把桌上的东西全掀在地上。"听了之后，我们都很气愤，却无计可施。妈妈又说："乐群那边叫摆摊的去交费，那些人不交，交了也要被查，收费是一伙人，检查是城管办的事，昨晚有人把东西都推回家了，同样被没收。"妹妹气急败坏地说："我发誓再也不摆摊了。"妈妈叹口气："摆摊遇到这种事情是难免的。"人啊，在不同的境遇下生存，就会遇到不同的事。

　　之前妹妹寄希望于商场的饰品专柜，觉得如果做成功了就能改变一家人的生活，但之后的变故令我们措手不及。她希望在商场赚到钱后妈妈就不用摆地摊了，不料我们失败后，有的低档一点儿的货还要靠妈妈去推销，而那些货即使再好，摆在地摊上也降低了身价。刚开始能卖十元钱的头花，妹妹认为售价太便宜，不肯卖，后来也落入无人问津的境地。

很快，妹妹找到了人事助理的工作，我们家的小生意旅程宣告结束。

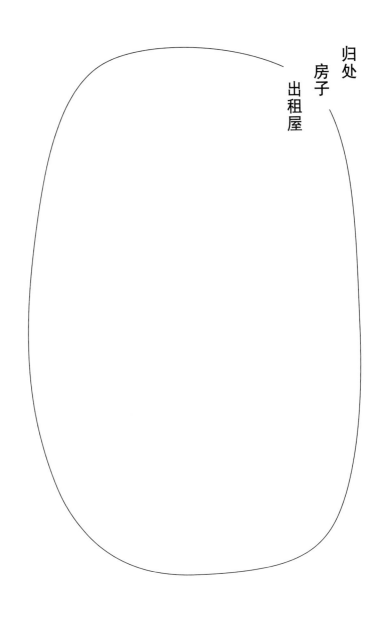

归处
房子
出租屋

我想有个窝

　　我对于房子的渴望，很小的时候就萌生了。

　　我有两个姑妈，大姑妈在县城做教师，学校分配了住房。11岁时，和爸爸、妹妹去大姑妈家玩，晚上，姑妈带我们去学校的一个老师家住，那位老师一家人都不在家。在楼下边走边聊天，我看着路边的一栋栋楼房，再望着窗户里透出的温暖灯光，心想："等我回去，一定要努力，好好读书，将来也做城里人，拥有一套属于自己的房子。"谁能料到，过了3年，我就辍学出外谋生了。

　　在别人的城市里，我在生活的夹缝里苟延残喘，每天辛苦劳作，一个月下来，微薄的薪水只够自己花销，买房成了遥不可及的梦想。我爱做梦，总相信通过自己的努力，想要的一切都唾手可得。那个时候，我做着歌星梦，对爸妈说，我当了歌星，到北京给你们买一套房。爸爸听了笑得不行，说我是异想天开。奇迹会降临在某些人身上，却不会降临在我身上。我连实现这个愿望的一丁点儿条件都没有，其他的就更不用谈了。

打工两年后，我有了另一个梦想，就是当作家。相对于歌星梦，我更有条件去追寻这个梦想，只要一支笔、一本稿纸，就仿佛展开了未来的蓝图。我住12人间的宿舍，睡的是上床，写作时背靠着墙，把稿纸放在膝盖上。上班时不能说话，管理人员不把我们当人看，在那样的情况下，我过得很苦恼。那个时候，我最渴望有一间属于自己的房子，可以在里面安心、自由地写作。宿舍楼每层都有两个通道，楼梯间各有一间小房子，板房人员居住在小房子里面，我羡慕她们可以一人一间。三楼有几间宿舍住着写字楼文员，一个宿舍只有4个人，我也很羡慕。

经过软磨硬泡，妈妈终于答应去外面租房，给我创造写作的条件。

我们第一次租的房子是一个学校的单间，房租每月200元。还没有住满一个月，为了省房租，妈妈在厂里找了老乡张裕明和王心梅来共住，从中间拉一道帘子，就算作是两家人。现实跟我的想象有太大出入，我一人一间写作房的梦想落空了。

半年后，学校的房子不出租了，我们到处找出租屋，终于找到个两房一厅，在翠景花园7栋301。房子变大了，房租变高了，我们就得找更多的人来住，除了张裕明和王心梅，还有朱龙昌和刘庄美。半年后，这套房子被人买了，我们搬到对面的302。我们一家人住的是大房间，郭坤和李素素住的是小房间，客厅很大，由张裕明和王心梅住。这套房子的房租是每月450元，我们一家人分摊房租200元。刚开始大家相处得很和睦，不分彼此，有时吃饭都在一起，就像一个大家庭。

我们一家人住的大房间放了两张铁架床和一台电视机，腾出一个地方，还可以再铺一张床。有个老乡替妈妈出主意，说可以多住一家人，能再节省一点儿房租。然后，我们家的大房间就多了罗建军、宋美容夫妇，他们每月分摊我们家120元的房租。我心里有点儿不舒服，我和妹妹两个女孩儿跟父母住在一起没什么，可还加上一对陌生的夫妻，总觉得别扭。很多打工者都说，住得下就可以了，毕竟在外面哪里都需要钱，能节约一分是一分。我们曾去过老乡的出租屋里，那里是深圳的老房子，阴暗、潮湿、简陋、狭窄，条件比我们艰苦多了。

如果早知道罗建军和宋美容的到来会给我们的生活带来怎样的影响，说什么也不会让他们来住，然而，这世界上没有如果。那段时间，爸爸失业在家，没事儿就看会儿电视。罗建军和宋美容认为水电费高，好像所有的水电都是我们家用的一样。有时他们下班回来，爸爸打招呼，他们也爱理不理，连正眼都不看一下。后来王心梅和宋美容经常一起出去买东西，也不再叫妈妈同去。妈妈看出其中的猫腻，说她俩总在一起说悄悄话，又老是用眼角瞟我们。

为了不让大家说闲话，待他们都睡觉后，我搬着一高一矮两条凳子到客厅门边，把稿纸在高凳子上摊开，自己坐在矮凳子上，借着楼梯间昏黄的灯光写作。半夜有一对中年夫妻上楼，可能他们那套房只住着他们俩；还有一个女孩儿说她的房子是公司包租的。我

179

很羡慕，尤其是那女孩儿，一个人住，还不用出房租。

范志毅和李荷花是热恋情侣，也是妈妈以前的同事。他们从老家来深圳找工作，正找房子，王心梅邀请他们一起来住客厅。于是，这套房子里就住了12个人。对于我来说，这跟住集体宿舍没什么两样，恼人的是，还多了那么多是非。

在这套出租屋住了一年多，房子又被别人买了，房东承诺给我们找套更好的。我们搬到了对面刚刚装修完毕的6栋302。我第一次看见空荡荡的一套房子，墙壁雪白，就像小孩子得到一块糖一样，兴奋地说："好漂亮啊！"等我们把原来出租屋的东西搬过来，乱七八糟的东西把房子塞得满满当当，没有谁家有套像样的家具，新房子就这样被糟蹋了。这套房比之前那套窄了一点儿，大家怕住不下，重新调整了房间分配。两个房间一样大，我们一家人住一间刚好合适，宋美容和罗建军、王心梅和张裕明住一间，李荷花和范志毅住客厅，李素素和郭珅住厨房。我们一家人的房租是150元，罗建军和宋美容、王心梅和张裕明这两对夫妻的房租各75元，李荷花和范志毅的房租是60元，李素素和郭珅的房租是90元。

如此一来，做饭就只能在阳台上。每天，我们的衣服上都有一股浓浓的油烟味儿。

不久，王心梅和张裕明要回老家生二胎，由刚刚从老家来的孙小勇和周仲元来住。乍一听到这个消息，我和妈妈不高兴，李荷花的脸则"唰"地红了。孙小勇以前做指导工时跟我有过节，她找妈妈借钱时，让我做配送这个比较轻松的活，而钱一还就翻了脸，让另一个女孩儿做配送；更过分的是，她到负责人面前无中生有告我的状，负责人来骂我，气得我忍不住在整个包装部的人面前大声痛哭。孙小勇和李荷花以前关系不错，有一次也闹翻了，孙小勇仗着有负责人维护她，大骂李荷花并把她骂哭了。很多人都知道，孙小勇人丑心也黑，浑身上下没有一点女人味儿。

我们总觉得孙小勇来者不善，她和老公跟宋美容和罗建军住一间房，宋美容和罗建军本来就对我们家心存芥蒂，他们要是混在一起，必将搅起一团浑水。如果孙小勇是善良之辈，那么宋美容和罗建军还是从前的样子，偶尔表现不悦，不会说出来，可惜她不是，她来后就乱套了，出租屋里暗潮汹涌。终于有一天，这暗潮像一头发怒的狮子，张开了血盆大口。

琴琴从老家来投靠我们，说要找工作。有一晚，我们在房间里聊天，琴琴和妹妹都等着上厕所，罗建军在冲凉房里洗澡。他出来后，妹妹让琴琴先去，琴琴出来后，坐回原位，我看她满脸通红，神色慌张，觉得好生奇怪。等妹妹上完厕所出来，罗建军又进了冲凉房。意想不到的情况发生了，宋美容下班后，听见罗建军说他冲凉后忘了把洗手台上的钱拿走，被人偷了50元。第二天，妈妈回来说，她上班时望着宋美容笑，宋美容把头扭向一边。妈妈还说我们一家人偷钱的事已经传遍了整个部门，有的人还在宋美容面前故意说给妈妈听："不是你们那套房子的人偷的还会有谁？就那么几个人。"

从这天开始，宋美容和罗建军彻底不跟我们家说话了，把我们当成了不共戴天的仇人。我和爸爸、妹妹都喜欢唱歌，到了周末喜欢哼几句，罗建军听了，总是把门关得"砰砰"响。

也不知孙小勇施了什么魔法，本来跟她是死对头的李荷花也被收买了，站在她那一边。以前，宋美容和罗建军挑拨王心梅和张裕明，现在来挑拨孙小勇和周仲元，孙小勇再挑拨李荷花和范志毅，他们便联手来对付我们家。但细想一下，也觉得正常，以前跟李荷花共事的时候，我就知道她是个嘴巴特别长、心地不善良的人。李素素和郭珅没有同流合污，我们一直知道李素素为人处世像个男人。以前我刚进妈妈在的那个厂时，包装部的员工被调到车位上去剪线头，每人分配了任务，必须剪够数才能下班。李素素和她姐姐完成了任务，又帮我剪。后来李素素靠跟翻译张小姐的关系进了写字楼，妹妹两次要去这家厂工作，都是李素素帮的忙；第一次分配在包装部，第二次考虑车位的工资比包装部高，李素素就把妹妹的工资调整为车位工资，妹妹上班仍在包装部。他们看那几家人这样对付我们，嘴上不好说什么，他们跟双方都是朋友，但心里都有杆秤。

出租屋大战一次又一次上演。一发生争吵，他们几家人站出来，气势上就压倒了我们家。有一次爸爸妈妈和妹妹都出去了，只剩下我一个人在家，他们以为我们都不在，李荷花和孙小勇就在李素素和郭珅面前说三道四，他们是想把李素素和郭珅也拉进他们的队伍。我听到他们恶劣的描述气得不行。等爸爸妈妈和妹妹回来后，我把听到的告诉他们，爸爸妈妈便找他们说理。他们哪会讲道理？直接破口大骂，争吵愈演愈烈，把楼下的治安办人员也吸引来了。治安办的人说我们的吵架声影响到周围住户休息，警告如果下次再吵，就各罚100元钱。

更可恶的是，每天晚上抢冲凉房，他们一个接一个地进去，我们等了又等。如果哪次不管我们家谁先进去，他们就在一旁小声地骂，好像我们得处处让着他们一样。有一天晚上，妹妹在里面冲凉，罗建军等不及了，骂骂咧咧地要去开厕所的门。那道门在我们搬来不久后门栓就坏了，如果他去推，轻轻一推就会开。还好爸爸在，他看见罗建军这个举动都快气爆了，大声喝斥罗建军，然后争吵的序幕又拉开了。有一天晚上罗建军回来，孙小勇刚冲完凉，她叫罗建军去冲，罗建军说他要下楼买包烟，孙小勇就在里面假装扫地，硬是占着位置，直到罗建军回来又拿了衣服进去，她才出来。

孙小勇把她的可恶形象进行到底。我们有一包东西放在阳台上他们的锅灶那头，没有挡着她，她却硬要拿过来放在我们这边。我们家有对半大不小的音响，孙小勇从堂兄那里搬了一对大音响来，每晚下了班，孙小勇就把音响打开，故意跟我们比拼，受她影响，其他人回来第一件事也把音响扭开。我们的小音响肯定拼不过大音响，他们放音乐时，我们只好把自己的关掉，强颜欢笑地说听大音响还舒服一点儿。李荷花呢，她早就知道我在写作，却故意说："一天到晚像做梦一样！"我真不明白，宋美容和罗建军认为我们偷了他们的钱可以不理我们，孙小勇和李荷花瞎掺和什么呢？和孙小勇之间的旧账我都没跟她算，这会儿又添新账了。我们跟李荷花无冤无仇，她和孙小勇才是死对头，本该冷落的是孙小勇才对，她凭什么这样对我们？

他们几家人每天总是聚在一起叽叽咕咕，有时故意大声说些难听的话来气我们，似乎把气别人当成了职业。有一晚，李荷花坐在宋美容床上说这说那，还故意大笑。我实在忍无可忍，像火山一样爆发了，质问她什么意思，她跳出来和我吵，然后破口大骂。我的火更大了，和她扭打在一块儿。我将她推到她音响那儿，又推到客厅中央。妈妈跑出房间拉开我们。李荷花还像个泼妇一样指着我骂，妈妈看不下去，和李荷花对吵。这一吵，声音越来越大，又惊动了治安办的人。其中一个江西男子一出现，李荷花马上蹲了下去，嘤嘤哭泣，一看她就是在演戏，我气急败坏地口不择言："看见你男人来了就装可怜，少来这套！"那个江西男子不分青红皂白，突然间也像跟我们有仇一样，恶狠狠地盯着爸爸，言语中带着教训的意味，明显是在袒护李荷花。结果，我们家和李荷花被叫去治安办，按上次所说，双方各罚款100元。

我自己都没料到，当时无心说的一句话竟然说中了。那个江西男子果然对李荷花有意，李荷花上班前去推自行车，那男的总要对她说几句话。李荷花不是傻瓜，当然知道对方意图，所以好好地利用了一把。

妈妈说当时李荷花说了一句"作家还骂人"，我真是又好气又好笑，谁说作家就不能骂人了？你都骂我了，我还不骂你？难道为妈妈所在部门的负责人张小艳也是四川人，她的泼辣全厂出了名，心肠特别硬。本来她对妈妈还不错，但宋美容把偷钱一事到处宣扬，再经过无数人的添油加醋，我们一家人在别人眼里成了十恶不赦的罪人。张小艳时不时找妈妈的麻烦，有时休息聊天说话也带刺，甚至开会说的话也明显落在妈妈的头上，说什么"都有外孙了还来打工"之类的；她知道我在写作，还说不是谁都可以当作家。她千方百计地要把妈妈撵出厂，有一年过春节快放年假时，张小艳听说在厂里做了10年以上的不再续签合同。对这个消息，她很有把握，幸灾乐祸地对妈妈说："这是你在这里吃的最后一顿夜宵了。"妈妈对我们说："过了年再看，谁先走还不一定。"开了年，妈妈没出厂。几年后，张小艳因偷厂里的衣服被老板炒了鱿鱼，走的那天一直在哭。其实，员工也勾心斗角。妈妈从不站队，年龄大了也是她在厂里受到排挤的一大原因，但若出了厂恐怕再也找不到合适的工作，只有委曲求全。我和妹妹想到妈妈的处境，时常替她难过。妈妈安慰我们说，那些整过她的人都会得到报应，这句话千真万确，凡是对妈妈不好的人都没有得到好下场。

余书琴和老公搬出我们的出租屋后，听人说她在我们这里住着时曾提着东西到张小艳那里去说我们家的坏话，让张小艳对妈妈差一点儿。爸妈终于痛下决心，客厅不出租，自己住，大不了每个月多出60元房租。

我在《湛江文学》上发表了一篇文章后，不少笔友写信给我。有一个笔友在离我们不远的花园社区里买了房。我第一次和他见面是在晚上，他指着那边的楼房说他的家在尖尖那儿。到了白天，我仔细看了看那个片区的房子，说实话，那是我平生第一次也是来深圳第一次看到那么漂亮的小区，不觉入了神。我好想看看房子里面是什么样子，这个想法一直纠缠着我，我希望笔友能邀我去他家做客。有天晚上，我大摇大摆地走进了那个小区。小区里面像花园一样，我把屁股小心翼翼地安置在花坛边，生怕别人看出我是个局外人，那样会令我难堪和心酸，虽然无法拥有，能看看也好啊。花坛边有个阿姨在带孙儿，我多么希望我的爸妈也不要再打工，专心带外孙，享受天伦之乐。我仰头看那一栋栋楼房里透出的温暖的橘黄色灯光，想象着客厅是什么样子，卧室是什么样子，厨房和洗手间是什么样子；阳台晾晒着衣服，那是谁的衣服呢？房子里面的人都在干什么呢？他们一定比我们幸福。当我第二次要走进那个小区时，却被保安叫住了，他问我找谁，我说出笔友的名字，他问我这个人住在哪里，我答不上来，于是保安说："不好意思，请离开！"我转身，眼泪掉了下来。此后，我每次都坐在外面，看那个小区的住户进进出出，我羡慕他们，也羡慕笔友，他才比我大两岁，却能住这么好的房子，而我们一家人租个房子都遇到这样那样的不顺，和那些人因为这个月比上个月多了几元钱的水电费撕破脸皮。

隔壁住着妹妹所在电子厂的经理，他的房租是厂里出，如果知道我们这套房子发生的故事，可能会笑死。

有一段时间，我特别喜欢深圳电视台一个介绍房地产的栏目，们一家人都不高兴。好长一段时间后，李向阳说他看出来我们当时脸色不好看，原来这些都没逃过他的眼。泉儿有个河南女朋友，天天在一起，李向阳也有女朋友，偶尔来一次。李向阳和他女朋友共同的另一个女性朋友来他这里也是和李向阳睡一张床。按照我们想象的，应该是李向阳那位女性朋友和泉儿的女朋友睡一张床，李向阳和泉儿睡一张床，可他们并不是，一样是一张床上睡一对男女。

小明和琴琴要回老家了，琴琴联系了厂里的老乡廖芸来住。廖芸说她哥哥嫂子要从家里来，她是为哥哥廖坪和嫂子刘玉蓉租房，如果还有一间，她和老公也要一间。刘玉蓉几天后和廖坪来住。客厅的两个女孩儿进了妹妹在的那个厂，搬到宿舍去住。这时廖芸却说他们只租一间。客厅空了下来，爸妈犯愁了，一时没找到人，只好自掏腰包出了客厅的房租。廖芸精打细算，他们两对夫妻只租一间房，好事却不耽误。有时廖芸的老公来了，廖坪就在建筑工地睡，刘玉蓉则在厂里跟同事挤一晚。人长了嘴巴都只会说别人，不会说自己。李向阳说他们这样做有点儿荒唐，他没想过，人家都是结了婚的，而且是兄妹，只是换着用一个房间，而他的房间呢，简直乱七八糟。

余书琴的到来，妹妹极不欢迎，甚至在妈妈面前哭过，说客厅不应该租出去。我和妹妹都在妈妈那个厂待过，知道那里好人太少。宋美容说我们家的事，余书琴不可能没听到，妹妹唯恐节外生枝，引起不必要的麻烦，因为我们都没有精力再去吵架了。另外，妹妹也觉得我们一家人挤在一间屋子里太可怜了，应该有个更大的空间。妈妈说妹妹大惊小怪，没有钱住那么宽的房子干什么？事实证明，妹妹的担心不是多余的。

和余书琴发生矛盾的那一天终于来了，似乎是迟早的事。余书琴本就不聪明，完全是因为受了宋美容的蛊惑才与我们争吵，骂的内容都和宋美容如出一辙。余书琴从来不打扫卫生，客厅都是爸妈扫。每晚冲凉，我们都让他们先冲。我们的电视机放在客厅里，谁都可以打开看。妹妹喜欢唱歌，有时到了周末就打开音响，余书琴和她老公在背后狠狠地瞪着她。泉儿的弟弟刚刚从农村来，有天晚上没有冲厕所，余书琴骂的话落在我身上："你个臭婆娘，故意不冲厕所来臭我们，你还心安理得。"这简直是极大的侮辱，我的忍耐到了极限，和她对吵，当然，我不会骂脏字，爸妈叫我不要和她一般见识，劝我算了。这女人真是个"半罐水"，每次和我们发生矛盾，妈妈都不再理她，她却总是跟妈妈啰唆。我们家平时吃好吃的都不忘给李向阳一点儿，但他不知什么时候也"叛变"了，凡事都向着余书琴，好像对那女人有意思，大献殷勤；他似乎也忘了，他同学的弟弟害我们挨骂一事。刘玉蓉他们也被蒙蔽了双眼，听见余书琴骂我们的冤枉话，可当看到我们吵架时比他们的人多一倍，却感觉像是我们有意欺负人一样。廖芸说："我们是不会甘愿被人欺负的，谁敢惹我们，拉一车人来。"平时我们家待他们两对夫妻也不薄，买了水果总会分给他们，听了此话，我们心中非常难受。

以前，我们家认为宋美容等人搬走了，恩怨就结束了。实际上，他们虽然搬走了，恩怨仍然在延续，并且紧紧地伴随着我们。

意不去，让我再写一部寄过去，她不信我不行，妹妹让妈妈不要给我太大压力，我也说心急吃不了热豆腐。我是如此心高气傲的一个人，希望家人能早日摆脱困境，我觉得没人有资格对我的写作冷嘲热讽。可是，现实如此残酷，我们一家人和那些我原本瞧不起的人捆绑在一个屋子里，忍受他们的嘲笑、风凉话，而我却无力改变这一切，身心承受着巨大的折磨。

偷钱的事，爸爸说是罗建军陷害我们，可我那天晚上明明看见琴琴不自在的表情，而且根据妹妹的回忆，她去上厕所时只看见洗手台上有几张零钱，没看见有50元钱。我敢肯定，钱确实是琴琴拿了。罗建军也没必要陷害我们。琴琴有一副漂亮的外表，16岁就跟着小明在社会上混。带妹妹来深圳之前，他们一起来深圳，租了个房子，两人都好吃懒做、游手好闲，几个月就借了我们7000多元，花了个精光后，现在都对"还"字绝口不提。当初小明来时，大姑在电话中叫爸爸不要管小明，爸爸太心善，不忍心，才会借钱给他。因此，才有了这一次琴琴跑来投靠我们。她来了就来了，可是又带来了麻烦，让我们替她背黑锅，当我们一家人跟别人吵得天翻地覆、焦头烂额时，她却在一边不闻不问，对我们内心所忍受的煎熬浑然不觉。

我心里想着和他们分开，眼不见为净，但想到出去单独找房，房租高，再说这个房子便宜，光线好，楼层不高也不矮，只得作罢。说来说去，就一个钱字！爸爸也说了，这房子是他和妈妈千辛万苦才找到的，不能让他们把我们赶出去。房东发话，说这样的情况，除非让一方搬出去。有一天，李荷花指着我们的房间对孙小勇说："要搬也是他们搬出去。"我们坚持不让，这房子是我们家找的，他们只是来同住，没有资格让我们搬出去。最后，我们获胜，他们乖乖地搬了。走的时候，罗建军还不忘放出一句话来："没有人再敢跟你们同住。"我本以为他们会搬到很远的地方，第二天才知道，他们的运气实在太好了，房东对面的那栋楼正好有家住户搬走，他们只不过换了一栋楼而已。我们家和他们几家住得这么近，有时难免会碰面，但没住在一起，就千恩万谢了。

王心梅回家生完孩子后，有一次背着一个背篓站在我们家楼下，爸妈看见她，和她打招呼，她说在等宋美容，给宋美容送腊肉。这分明是有意来气我们。张裕明困难时，帮他的不是罗建军他们，而是我们家。有一次张裕明出厂准备回家，但临时没住的地方，如果换作别人，根本不会让他进门，但爸爸、妈妈最见不得别人落难。张裕明在我们这里住了一个星期，我们还帮他出了水电费，当然，这个他并不知情。

我们又开始寻找合租者，小明和琴琴住厨房，另一个房间让爸爸以前的同事吴咸兵和他老婆住，客厅由刚刚从江苏过来的两个女老乡住。吴咸兵搬进来时说不喜欢搬家，打死也不再搬了，可没住多久就走了，妹妹又找了厂里的修理工李向阳来住。李向阳没住多久，突然有一天，他的房里多了一张席梦思床，把他的屋子塞得没有一丝缝隙。他之前说过有个同学泉儿在夜店工作。他和同学搬东西来那天，我猜到那个矮男子是李向阳在夜店工作的同学，因此我了"作家"这个头衔，我就任由你骂？

范志毅在市内上班，只有周末才来，有时厂里赶货几个星期都不回来。我跟李荷花打架后，范志毅来给同居女友撑腰。那晚，我们家又是只剩我一个人，房门没关严实，范志毅一脚狠狠地把门踢开，凶神恶煞地对我爆粗口，还扬言要找人来揍我们。爸妈和妹妹回来了，听完我描述，因为平时爸妈觉得范志毅人不错，妈妈希望能把他和李荷花分离开来，便跟他讲道理。妈妈对他说那晚李荷花怎样对我的，我摇头，跟他说有什么用？他不向着老婆难道向着外人？风波停止后，我们发现范志毅把门踢掉了一个角。

那个江西男子知道李荷花有男朋友后，意识到自己犯傻，见了我们有点儿不好意思。又有一次我们吵架后全体到治安办去，李荷花还把江西男子当傻瓜，殊不知这次她自己成了傻瓜。她当着江西男子的面数落着我们的不是，江西男子却只是低着头，一言不发。

大家生活在同一个屋檐下，不用想都知道那滋味儿有多难受。每天进出同一道门，却总是互相板着脸，大眼瞪小眼，眼神像放箭，腮帮子鼓鼓的。在这样的情况下，生活令人窒息。每一次吵架都使我们精疲力竭，白天上班得面对压力，晚上还要随时准备应战，有几个人能受得了？尽管处处让着他们，可他们总有意挑起事端。我和爸爸、妹妹还好，因为跟他们不在同一个厂，可以稍微避一避。妈妈的日子最难过，她上班时总听到同事们的议论。有时我们家任何一个人出门忘带钥匙，回到出租屋如果其他三个没回来，也不能敲门让别人开门，又没手机可以联系，只能在外面耐心等待。有一次我和爸妈外出回来，妹妹已经在楼梯间着急地哭了。

有时，妈妈想起这些难过的事就怪我，如果我不为了写作，吵着要来租房，就不会遇到这些事，她早料到跟人合租会因为水电费之类的事情闹矛盾。妈妈有时哭得缓不过气来，泪水流了满脸，用手捂着胸口，说回去连个狗窝都没有，在外面租个房子也要受别人的气。

爸爸一共4个兄弟，爸爸是老幺，最后一个成家，3个伯伯都另外建了房，爸爸从部队退伍后只能住阿公、阿婆的老房子，在那里结婚，生下我和妹妹，让我们在那里长大。在那个土坯房里，没有电灯、家具，墙上有裂缝，下雨天雨水从瓦片间隙漏进屋里。家中一贫如洗，摇摇欲坠。我们一家人都出来后，老房子像个风烛残年的老人，害着大病，无人照顾，很快走完了它的一生。我多想说："妈妈，我可以给你买一套房子。"可是我说不出来，这个梦想如水中月、镜中花，怕它一出口，会更伤妈妈的心。

这个时候，妈妈希望我写作成功的愿望非常强烈，她说："你拼命地写，等你写出来了，我们就不用和这些人住在一起了。"我写了一部小说寄到广州的一家出版社，希望命运能出现转机。一个月后，收到的是退稿信，我像被打入了十八层地狱。妈妈说："你再写一部。"我料到会是同样的结果，但为了妈妈能高兴一点儿，就又写了一部寄过去，结果命运跟前面那部小说一样，白白花了快递费。我气得哭了一次又一次，当初曾信誓旦旦地向家人保证，总有一天要写作成功，可是我令他们失望，也让自己失望。妈妈过也来了，他们是第一次来深圳，他姐姐笑着说没想到住的房子这么小，家里的房子有两层楼。阿彬和他姐姐不愧是一个妈所生，一样的开明，会察言观色。他们用电热丝烧了洗澡水，交房租时会主动说多交点儿钱。租房这么久，第一次找到如此合得来的人，我们都非常珍惜这份友谊。万万没想到，长发妹妹又来了，她又要租这间房，把阿彬两姐弟请走了。她带了个女孩儿来同住，然后每天那些男孩子又接连不断地来，又是吵又是闹。我们打心底里舍不得阿彬姐弟，再说之前就跟长发妹妹闹了不愉快，一时难以适应再住在一起。于是，我们委婉地表达了这间房要自己住的意思，她没说什么就离开了。

然后，爸爸以前厂里的同事兼老乡蒋德彬和王青青夫妇过来住。王青青说他们的煤气至少能烧两个多月，这话刘玉蓉说过，王金莲也说过，爸妈的耳朵都听得起茧了。他们的弦外之音是，别想打他们煤气的主意，煤气有多少心明如镜，如果谁动了，他们都知道。这话让我们非常气愤，难道偷烧他们的煤气可以发财吗？他们之前租个单间都是每月300多元钱，在这里房租少一半，却不知足。爸爸对他们好得就像一家人，做了好吃的一定会分给他们一点儿。有共同的同事来，我们两家人就一起吃饭。为了照顾王金莲和文卫国的情绪，如果碰上了，也会叫他们一起吃。王金莲有意和王青青亲近，本来我们3家都有电视机，蒋德彬不在时，她就跑到王青青那里去看电视、聊天。有的女人有事没事儿就以诋毁别人为乐。有一天晚上我们一家人出去逛街，回家后，王青青破天荒地没有打招呼，把我们当空气，一个人静悄悄地看电视。这太反常了，一点儿都不符合她的性格，她嘴巴闲不住，平时我们出去玩，回来后都会大声问我们去哪里了。我们一下子就猜到是王金莲跟王青青说了什么。虽反感王金莲的为人，但我们只能装作不知道。

如果我们是罗建军和宋美容之流，因为王金莲夫妇之前的表现，必定会和王青青夫妇联合起来对付他们，可我们顾这顾那的，她却耍手段和王青青套近乎说我们这不是、那不对。过了一段时间，房租又涨了50元，整套房的房租变成了每月550元钱。经过商量，大家决定50元由3家人分摊，当时大家都没有异议。可是之后王金莲夫妇的脸上又挂不住了，他们觉得我们家多了一个人，好像占了便宜。这个疙瘩一直在他们心里结着，像蜘蛛网一样越结越大。

这期间我得到去广州鲁迅文学院学习一个月的机会，暂且把出租屋的纷纷扰扰放在一边。到广州的当晚，全体学员到彩逸餐厅聚餐，结束后我随一文友和王顺健老师去拜访著名作家魏微。魏微的房子是一室一厅，简洁、温馨，从他们的聊天中我得知这是省作协分配的房子，隔壁住着盛可以，那个从深圳过来的女子和她享受着同样的待遇。我打量了一下，心想："我要是有这么一套房子多好，爸妈来了打地铺也不错。"魏微以写短篇小说成名，我一向话少，在几位高手面前更是不敢多言。从魏微家出来后，文友让我努力，争取赶上魏微，魏微得过鲁迅文学奖，是广东文学院从江苏引进的作家。他还告诉我，以前魏微跟我差不多，在南京租房写作，这下，王金莲看不惯了，她也是个吝啬的主儿，平时十分节约。每个星期有双休，她都做好午饭给老公文卫国送去。文卫国工作的厂子离我们的出租屋很远，要走40分钟，但不管多热的天，她都舍不得坐车，徒步走去，晚饭也不吃，一定要等文卫国晚上10点多下班再一起下面条。晚上她的房里很少开灯，都是借助客厅的灯光摸着做事。洗碗洗衣都只用一点点水，只弄湿就行了。她总是支着妈妈去跟两姐妹说不能用电烧水，一副恨恨的样子；可当着两姐妹的面，她却态度好得不得了，脸上笑得跟朵花儿似的。她还经常约姐姐出去玩，做饭忙不过来时也会互相给对方看着饭熟了没。王金莲故意这么做，明明对两姐妹心生不满，却假装友好，是想告诉我们：你们不说拉倒，要吃亏大家一起吃亏，反正你家人多。有时周末妹妹会来住一晚，王金莲生怕妹妹冲凉用水，总是不高兴的样子，等妹妹一走，她又阴转晴。有一次妹妹在这里吃过饭后，妈妈叫她住下，王金莲的脸一下子就沉了下来。妹妹住几天，我们就出几天的水电费，有一次交房租时，我们还多出了几元钱，王金莲假装说回娘屋还要出什么钱，脸上的笑容却久久挥之不去。以往每晚回来都是我们先跟她打招呼，她低着头往自己房里走，这之后有一段时间却是她一回来打开门就望着我们笑。她是众多租户中最古怪的一个，从来对爸爸没有称呼，以前那些人在闹矛盾之前都称爸爸为大哥。

那段时间，爸爸在我们楼下的治安办上夜班。贵州两姐妹带来的男孩子都有钥匙，把我们的出租屋当自己家一样，想来就来，想走就走。两姐妹不在的时候他们也来，而且关门的声音很大，说话的嗓门儿也大，放电视的声音更大，一天来的次数特别多，爸爸白天休息被吵得难以入睡。到了晚上，来的男孩子也是一样的行为，又会吵到妈妈睡觉。爸爸、妈妈住在客厅，受到干扰最多。爸爸好言好语地跟两姐妹说，让他们少来，以免影响大家休息。两姐妹听了，觉得受到委屈，脾气就上来了，见了我们不冷不热。我们去冲凉，她们等着上厕所，隔一会儿就来看，如果厕所门还关着，她们就把门关得"砰砰"响，一连看了几次，她们还去不成厕所，就低声咒骂。两姐妹有一个姐姐和一个哥哥，哥哥不成材，妈妈在几年前喝农药自杀了。也许是因为早早没了妈，姐姐对妈妈有时比较亲热，"阿姨，阿姨"地叫，有一次见妈妈头上有白发，她还主动帮忙拔。爸妈看她们可怜，即使严重影响休息，也不忍苛责。可是，泼辣的妹妹很不服气，自觉她高人一等，总是和我们对着干。她知道爸爸喜欢打扫，见不得哪里有脏东西，于是在厕所里洗菜时故意把菜叶扔在洗手台和地上；看见我们要去厕所，就总是横冲直撞去厕所占着。她的种种行为，让我们仅有的一点儿好感也荡然无存了。

春节到来，两姐妹被父亲"请"回去团聚，回去就不来了。她们的房间转给了老乡阿彬，阿彬的女朋友是广东人，他们同在酒店上班。他俩的到来让我们松了一口气，他们的素质比前面的人都高：阿彬拍蒜时，女朋友会提醒他声音不要太大；看电视时，他们也把声音开得极小。他们成熟、明事理。阿彬的姐姐和姐夫不久也不完全属于我，爸妈随时出入。申无锁和龚玉凤失去依靠，威风不起来了，彼此和睦相处，对于他们之前的所作所为，我们既往不咎。不久，他们也搬走了，刘玉蓉找了她拉上的一个湖北女人柳青娥过来。这下，她有伴了，又对妈妈爱理不理。康之琳他们在时，有一段时间上班都和妈妈一起出去，柳青娥来了以后，刘玉蓉早上起来连招呼都懒得打，总是妈妈主动跟她打招呼。

刘玉蓉所在厂生产的产品有毒气，几个女员工都流产过。刘玉蓉想生二胎，好不容易怀上后也流产了。好在没多久她又怀孕了，于是再也不敢在厂里多停留，很快就辞了工。回老家之前，她找了厂里的两个河南妹来租她那间房，那两个女孩儿在不远处租的房还没这间厨房大，房租却要200元。看到这个厨房，她们很满意。也就在同一天，妈妈的一个老乡问我们这里有没有空房，她有个老乡王金莲住在盐田，而且是顶层，很热，王金莲的老公在铁岗上班，住处离得太远，想换个近一点儿的地方。我们一家人都不愿意再找妈妈的同事来住了，那些长舌妇的闲言碎语太多，实在令人厌烦。但妈妈又心软了，答应下来。待妈妈回家，她才知道爸爸已答应了那两个河南妹的事。最后，爸爸只能愧疚地找了个借口打发了河南妹。

这时发生了一件又好笑又好气的事。本来刘玉蓉说她要等5天才回老家，我和爸妈去广州二姐家，翌日刘玉蓉就打来电话，说要回去了，让我们退她押金。爸爸在电话里跟她谈，总算把事情摆平了。等三天后我们回到深圳，刘玉蓉已经走了。柳青娥没了伴，也决定搬走。她告诉我们，刘玉蓉走的那天说我们一家人去广州是为了躲她，不想退押金她。我们早料到她有这种想法，但听后仍觉得可笑至极。她的押金才100元，而我们3个人去广州一趟的路费是150元。平时爸爸还说刘玉蓉挺聪明，这会儿她倒成了个地地道道的猪脑袋。柳青娥还告诉我们，刘玉蓉在她搬来时就告诫她每个月的房租收据要看清楚。因为从租房以来，每次交房租都是房东来了后爸爸通知他们出来交房租，再让房东按人数分摊水电费，刘玉蓉怕爸爸从中作梗，捞取利益。这就更加可笑了，房租是房东收，又不是我们收，她的疑心病实在太重了。

　　柳青娥搬走后，那间房空了出来。这时，我们的房租涨了50元。有一天，一个短发女孩儿和一个长发女孩儿搬东西进来，她们跟爸爸说四川话。爸爸说他写了一张招租广告出去，像招工一样，一下子就招到了。爸爸还说，以前人一走就发愁，怕找不到人来住，没人住就要自己垫钱，其实早就应该贴广告出去。这对姐妹花来自贵州，短发是姐姐，长发是妹妹。姐姐性格沉稳内敛，标准的贤妻良母型；妹妹性格张扬外放，走路抬头挺胸似乎有点儿过了，故意做得很有气质的样子，多少有些水性杨花的感觉。通常，姐姐会打扫厕所和客厅，妹妹却连扫把都懒得动一下。但我没想到，出生在贵州一个闭塞的小山村的两姐妹会如此开放，经常有三四个男孩子来她们的房间玩，守着一台小电视机看。那些男孩子有时在这里冲凉、住宿。姐妹俩不但不出那些男孩子的水电费，还偷偷弄水进去烧开水和洗澡水。

看那些漂亮的房子，可以过过眼瘾。

话题回到我们的出租屋里来。刘玉蓉很小的时候就父母双亡，由爷爷、奶奶一手带大，她很小气，一分一厘都看得很重。我们的电视机是大家一起看，每当交房租时，她都说水电费高。她还在吴咸兵面前挑拨离间。他们两家人每次交房租都拖拖拉拉，好像收他们房租的是我们一样。导致每次房东来，爸爸都得费力解释。刘玉蓉是个鬼精，嘴上不说什么，心里暗暗怨恨我们，在有些事情上她露出了不满的迹象。妈妈和她上班时间一样，每天早上她都比妈妈起得早，于是妈妈叫她早上起来叫自己一声，她答应得好好的，可从来没叫过。有天早上，妈妈睡过头，口没漱脸没洗就往厂里跑。到了晚上妈妈说起这事，刘玉蓉装模作样地说："我以为你已经起来了。"从这以后，妈妈再也不提让她早上叫一下的事了。她的煤气灶上用一根面条作记号，生怕别人烧她的煤气。有一次，面条或许是被老鼠吃了或被风吹走了，她就说有人烧了她的煤气。刘玉蓉不仅对外人小气，对自家人甚至自己也一样。她和廖坪还有我爸妈去买菜，卖菜的少找了5角钱，廖坪不要了，她狠狠地骂了廖坪半天；跟我们住在一起两年多，从没买过一件衣服，中午在外面吃1元钱的炒粉，下午吃5角钱的面条，晚上回到出租屋还是煮面条，人瘦得只剩皮包骨头；他们家连个高压锅都没有，一个锑锅煮粥、烧水全包了，简直是过分节约。廖坪不成材，总是背着她去打麻将，把一年挣的工钱输个精光，她经常被气哭。这么可怜的一个人，我们也不想跟她计较。廖芸说她嫂子有时说话很气人，这一点

193

我见识过无数次。廖坪也说他老婆把钱看得很紧，这一点他意见很大。家人都这样说她，我们无须再说什么。

爸爸到恩平去上班后，李向阳和他女朋友回家结婚了。我在恩威厂上班，只有周末才回出租屋，妈妈觉得租个房间空着实在浪费，不如腾出来租给别人。妈妈把我放在房间里的东西全搬到客厅，整个客厅被塞得水泄不通，然后又把我的铁架床安装在她的铁架床上面，接着把那两个房间租给了她厂里的两对夫妻康之琳和周小锋、龚玉凤和申无锁。我每个星期六回到出租屋睡的还是我的床，但改变了位置，增加了高度。第一次睡上去，看着床的两边空荡荡，我生怕掉下去，整个晚上都提心吊胆。

申无锁没有工作，周小锋也没有正当职业，两个大男人天天在家看电视。妈妈不像以前那些人，看他们在家就嫌水电费高，可刘玉蓉觉得高了，自作聪明地支使妈妈去说他们，但妈妈也不会那么傻。康之琳和余书琴是最好的朋友，所以让康之琳来住其实是个错误。刚开始大家相安无事，过了一段时间情况就发生了变化。妈妈每晚下班回来，怕吵到他们睡觉，吃饭都是在阳台上。弱者永远处于劣势，周小锋和申无锁遇到这么合得来的合租者不但不觉庆幸，反而蓄意把妈妈和刘玉蓉赶走。妈妈说她不在乎，反正一个人搬到厂里去住也没什么。刘玉蓉却唯恐站不稳脚，突然跟妈妈亲近起来，一个劲儿地诉说心里话。

康之琳和周小锋搬走后，那间房我们没再租出去，留下来自己住。这个时候，我才拥有了真正意义上的属于自己的房间，但其实年过去了，我们仍在打苦工，没有高收入，可怜的几个工钱除了用于衣食住行，所剩无几。没有钱，没有房，我们也就相当于无家可归。来到深圳这么多年，我没回过一次老家，婚事也就拖了下来。令爸妈略感欣慰的是，妹妹和妹夫在安陆买了一套房。按照妈妈的设想，我们一家人现在应该像姨妈和表姐他们那么幸福，一家人团团圆圆。妈妈说如果我有昆仑表姐那么有福气就好了，我对此一笑置之，她从小到大都没受过苦，也没打过工，在娘家受父母宠爱，在婆家被老公疼爱，现在成了有钱人，要什么有什么。无论如何，我都赶不上她，我受过的苦留下的烙印怎么也抹不去。现实把我的梦想击得粉碎，我已经不再是做白日梦的小女孩儿了。

汶川大地震震塌了那么多房屋，摧毁了那么多幸福的家庭，其惨状让我比看到自己的房子倒塌更心酸。对他们来说，有个帐篷遮风挡雨就很不错了。我觉得，我还是比他们幸运，应该更积极地面对人生，珍惜生活才是。

但是，有一个家还存在于我的想象中：干净的客厅，雪白的厨房和卫生间，宽敞的卧室，软软的席梦思床，明净的窗户和米白色落地窗帘。在那里，我无拘无束，自由自在，再也没有争吵、眼泪和担忧。

出
租
屋

　　不搬几次家，便不是深圳人。在住进现在这套房子前，我们也曾搬了几次家。

　　2000年10月，我们在学校租了间宿舍，不久与另外一对夫妇同住，中间用一条帘子将两家人隔开，做饭在走廊尽头的洗手间里。后来学校的房子不再出租，我们住进了翠景花园7栋301的两室一厅，先前一起住的老乡跟我们走，即使如此，还有空房，又另外找了人。这套房子竟然有两个阳台，非常难得。住了不到一年，房子被人买了，我们又搬到对面那套房子，也就是302。这套房子采光不好，白天都得开灯，我们本来心情就低落，住在这样的环境里更是抑郁。后来，这套房子又被人买了，我们于2001年元旦搬到了6栋302，也就是如今住的这套房子。

　　到这套房子后，我们一家人住一个房间，房间里放了两张铁架床，中间放一张吃饭的小桌子，过路都不方便。有客人来时，只感觉。怪不得深圳电视台第一现场的张天宇说我租住在西乡一个简陋的出租屋里，等见识到了豪华的房子，才知道什么是天壤之别。《深圳商报》的江记者来我们出租屋采访时说，我们这里的房子这么小还住这么多人，她一个人住的地方都比我们住的地方宽敞，有100多平方米。后来，我随郑记者去她家，果然她的房子比高老师的还大。

谁不想有套真正属于自己的房呢？有时看着租住的这套房，它虽然不大，但也希望能属于我们。天上飞的，地上爬的，水里游的，都有自己的窝，更何况人类！8年过去了，属于我们一家人的租房生涯还在继续，我的梦想成了肥皂泡泡，想在城里安家，似乎真的是痴心妄想。对父母，我心怀愧疚，他们本已到了安享晚年的时刻，却还在为生活奔波，住在客厅，挤在一张单人铁架床上，中年身体发福的他们，躺在上面翻个身都困难。宝安电视台的摄影记者来我房里摄影时，连站的地方都没有，只能站到我的床上去，他说："你这地方太小了。"然后他们说31区的作家王十月的房子比我们这里还窄，我以为他比我还可怜呢。我们一行人去了王十月的出租屋里看，才发现虽然东西放得比较紧凑，但条件比我们好，他是一家人单独租的一室一厅，收拾得干净、整洁，不像我们家要和别人拉拉扯扯。王十月成为作家后，彻底告别了租房生涯，买了一套价格不是很高的房子。我也想有那么一天，不用很多很多的钱，买一套不是很贵的房子。只有有了房子的家，才像个家。很多人奔波一生，就为了一套房，可见房子对于人的重要性。家是可以卸下疲惫、让心停靠的地方。当初我无论如何也想不到，租个房子会遇到一连串复杂的问题，更何况人的一生，要经历多少大风大浪呢，这个社会本来就繁杂多变。

站在城市的高楼大厦面前，我是多么渺小啊。

有时走在外面，看到本地人漂亮的房子，我会生出许多感慨：这里的人真是走了狗屎运，可能做梦都没想到有如此享福的一天。他们有几栋、几栋的房子，而我们连租一间房都感到吃力。这儿的人，有的去了香港，深圳的房子就闲置了。我想起那句话：人比人，气死人。几年前，我在商场见到一个女的，带着一个小孩，妈妈跟她打招呼。她叫配英，是本地人，也有几栋楼，以前她的一栋六层楼房刚刚建好，妈妈跟几个老乡替她打扫卫生，这样妈妈才有机会通过她的介绍进了现在的厂，一干就是十几年。关于配英的那栋楼，妈妈曾跟我们描述过无数次里面的摆设。配英长得一点儿也不好看，或许，这就叫丑人有丑福。

我们的亲戚在县城、省城都有房子。妈妈回了趟老家又返回深圳后，总爱在我们面前说他们的家里如何布置，生活怎么样，艳羡之情尽在言语中。爸爸让妈妈不要在他们面前表现出羡慕的样子，不然会小看我们，妈妈说："我才不羡慕呢！"但语气中很明显底气不足，心口不一。妈妈早就设想过，我们一家人打工10年后，在县城置一套房，然后彻底告别打工生活，我和妹妹各自结婚，一家人做点儿小生意，等我和妹妹有孩子后，她和爸爸就帮我们带孩子。可计划不如变化，妹妹早早地结了婚，嫁给外省人。然而十几时头脑一热，感觉还是跟老乡住好，就应承了。妹妹提醒我们，他有两个小孩子，到时会很吵，妈妈要上班受不了。下午那个单身汉把东西搬了过来，爸爸只得跟他连解释带赔罪。本来这事责任不全在我们，但我们总觉得对不起他，爸爸让他把东西放我们这里，可以暂时住，等找到房子为止。

我们真正让小伙子一家搬进来住，才知道其中的厉害。两个小孩一到晚上吵闹，特别是我们睡下的时候，吵得更欢。晚上感到两个小孩子很可恨，但白天看他们又觉得很可爱。我们被爱与恨折磨着，就像挠痒痒，既有快乐，又有说不出的苦。好在受折磨时间不长，还没到一个月，小伙子岳母那儿的合租者搬走了，他们一家人搬了过去。

么舅曾说过，我们不应该和那些人分摊房租，非要分摊的话，一个心甘，一个情愿，要住就住，不住拉倒。想想也是，以前那些人住在这里，房租便宜得要命，还不打扫卫生，遇到灯泡、水龙头坏了等问题都指望爸爸去解决，那时他们把爸爸当这套房的主心骨，可是遇到诸如水电费高了之类的事，就推到我们头上，和我们冷眼相对。我们总认为，大家来自五湖四海，能走到一起不容易，所以，要处得像一家人。可是别人并不这么想，生怕吃半点儿亏。爸妈做人一向以善为本，无论是我们的亲戚朋友，还是我的笔友来做客，他们都热情接待，拿出最好的食物招待，对待任何人都是一样的赤诚。可以这么说，调整房租也是被逼的。我们把我隔壁房间的房租由160元调到290元，厨房由110元钱调到190元钱。两个小伙子小赵和梁之江住那个房间时，干脆把房租调到了300元钱。阿英说那个房间大，她想进去住，但我们说那个房间房租更高，于是，她怀恨在心。阿英的弟弟结婚，阿英就回去了，有一天阿全说不租房了，要求退押金，他住了不到3个月，本来押金没得退，但爸爸从来都会把押金退给他们。算好了水电费，阿全不高兴了，在爸爸面前骂，说他在这里住是帮我们出水电费。最后，爸爸只得让他拿了全部押金才了结此事。

厨房里又来了一对老乡夫妻，男的当过兵，挺开朗，是个很好相处的人。小赵和梁之江买了电脑后，我们这套房的水电费创下了新纪录，比以前多了一倍。他们几个男孩子每天轮换着上网，一天到晚电脑没停过，其中有个男孩儿极不讲究卫生，每次上厕所都不冲，臭气熏天。每次爸妈都忍不住去冲掉了，我也冲过一次。有时晚上爸妈会被臭醒过来。爸妈跟小赵打过招呼后，把那男孩子赶了出去。总的来说，现在跟这两家人住得蛮顺心。我宁愿遇到用水、用电洒脱一点儿的，多出一点儿水电费也无所谓，他们用得多，自然也不会说我们用得多。事实上，我们很节约，是那些人故意找碴。最怕斤斤计较的人，你得处处小心，怕他们不高兴。

有个文友看着自己租的农民房说："这要是自己买的房子多好啊，就不用搬来搬去了。"去他朋友家做客，在路上他说："你去看看高老师的房子，那才叫家。"这是我第一次进入一个小区的房子里，虽然不是很大，但舒适、惬意，而且靠海，可以观赏海景。这让我想起了小时候去姑妈家，都是城里的家，有着相同的现在成名了什么都有了。

学习半个月后，妹妹打来电话，说王金莲夫妇搬走了，她安慰我，怕我听了这个消息心里难过，也怕我担心万一找不到人又要垫房租。当时我正在跟一大帮同学在餐厅吃饭，心情好得没话说，听妹妹说了这事，心又被拉回了深圳的出租屋里，想起了爸妈正在经受的煎熬。王金莲夫妇新租的房子房租是每月290元，而他们在我们这里的房租是每月110元，加上水电费，最多也不超过150元。

爸爸把招租广告贴出去后半个月都无人问津，大家都有点儿着急，没人住就只能我们自己垫房租。到我毕业回来的那天，却来了一对男女看房，还谈成功了，爸爸说这是我带来的好运。这两人的名字都具有明星风范，男的叫兰国荣，女的叫王蓉。兰国荣是广东人，王蓉是湖北人，他们靠打麻将为生。兰国荣有时还假装是一个公司的业务员。爸爸听楼下的人说他们不是一对儿，只是临时凑合在一块儿过日子。过年时，王蓉回湖北老家，我们以为她不会回来了，因为兰国荣每晚都带女人回来还开着音响放声高歌，他甚至带着其中一个女人回家过年。王蓉回来后，兰国荣就不带女人来了。这种不正经的人我们非常看不惯，好在他交房租时比较干脆，不像以前有的人磨磨蹭蹭，我们也就采取了事不关己的态度。兰国荣和王蓉经常在房里打架，王蓉总是大哭大闹。从他们吵架的内容中听出，王蓉吃那些女人的醋，我问爸爸他们这种不正当的关系有真感情吗，爸爸说再怎么也有点儿。是的，一对男女即使刚开始不是出于感情，久而久之，总会有一点儿感情，可悲的是，陷进去的总是女人。

王青青工作的厂搬到固戍去了，每天早上她天蒙蒙亮就要出门，夫妇二人找了处离厂较近的房子搬走了。兰国荣和王蓉说厨房太小了，搬进了王青青和蒋德彬住过的房间。招租广告贴出去，一对广东夫妻住了进来。女的叫阿英，男的叫阿全。才住几天，爸爸就看不惯阿英，说她鬼鬼祟祟。有一天，我们的洗衣粉放的位置变了，她以为爸爸发现了，不打自招。兰国荣和王蓉搬走后，一个单身汉来我们这里看了房，说要考虑两天，另外一个湖北女人也来看了，但没做决定。"五一"那天我们一家人在莲花山公园玩，电话一个接一个地打来，为了玩得尽兴，只好把手机关掉。第二天，一个小伙子过来，看了房后说他要去叫他妈来看看，爸妈以为那个湖北女人是他妈，就答应了。不一会儿，那个湖北女人和一个小男孩儿来了，细问之下才知刚才那个小伙子跟她一点儿关系也没有。那个小伙子带着他的妈妈（实际上是岳母）来了。湖北女人不高兴了，说东西都搬来了，爸爸说她之前没说一定要来住，她很不高兴："我又没跟你租房。"我们最终决定让小伙子住，湖北女人骂骂咧咧地走了。

小伙子是广东人，老婆是四川人。他老婆马上要带着两个儿子从老家来，他妈也来帮忙带孩子。岳母就在前面租房子，但他们那里的人相处得不错，不可能叫别人搬走。有意思的是，小伙子就是以前和他老婆租一套房子，才有机会相识、相爱。经过了以前那些人和事，我们也不是很喜欢老乡，也说过不跟老乡住一起，可是有我们住的出租屋其实叫农民房，想想真是滑稽，我们是农民，进城打工叫农民工，住的是农民房，无论如何也摆脱不了"农民"的身份。妹夫很想回老家去，他说在这里打工的钱每月都交房租了，回去将买的房子装修一番，至少省了房租。千千万万的人在别人的城市，替别人打工，住着别人的房子。有多少人像妹妹妹夫这样，在异乡买不起房，只能选择在老家买，而在外谋生，无法享受，房子要么空置，要么出租。去年年底，妹夫辞工回家学做艺术玻璃，让妹妹今年上半年再在深圳带外甥上半年学，他想着万一不行，再到广东来跟着我们堂哥学做门窗。妹夫一边学做艺术玻璃，一边装修房子，时不时用手机拍照片发给妹妹，每当这时，妹妹和外甥就将脑袋凑近电脑兴致勃勃地看。妹妹还高兴地说："我们有新家喽！再也不用住这个破房子了。"然后还一边拍手一边唱："我们有个新家，我们有个新家。"她告诉我，有个自己的家的感觉真好，把这里的东西搬回去后，就不用搬家了，除非以后买了更大的房子。

　　今年7月，妹妹和外甥回了老家，爸妈于8月底到北方搞展销会，这套出租屋就只剩下我和女儿了，守着空荡荡的房子，我倍感落寞和孤独。我们除了住的第一个出租屋在二楼，其余都在三楼，不高也不低。以前觉得住在三楼好，现在却觉得不方便。女儿的婴儿车、藤车我几乎不用，抱人带车上楼下楼太不方便，出去玩还可带藤车，如果买菜，就什么车也不带，去的时候轻松，回来负担可就重了。住在五楼六楼唯一的好处是房租更便宜，妈妈曾动过搬到

215

楼上的念头，但爸爸不同意。

放油盐酱醋和煤气灶的木桌、装鞋子的木柜等物件都是从外面捡来的，一家人一起住后，我们陆陆续续添了冰箱、吊扇、热水器。爸爸长期做饭，肺部吸入大量油烟，吐出的痰也是黑色的，我便拿钱给爸爸买了台抽油烟机。阳台是敞开的，刚开始那段时间还能看到抽油烟机的管子里喷出一股烟，后来似乎吸不了烟，到吹风的时候，烟雾仍然四处缭绕。

因为只是租来的房子，我们一盆花都没买过，阳台的几个花盆是2009年妈妈那个厂解散时搬回的别人的花盆。我们买了电视和冰箱这些大电器的箱子也不敢扔，因为搬家还得用，不得不把它们放在出租屋里占地。我不敢买书，一是因为怕搬家麻烦，二是怕蟑螂。书用袋子封得严严实实，放在电视柜的抽屉里，过一段时间打开来看，书页里全是蟑螂屎。爸妈给我买了个衣柜，因为太小，不能挂衣服，所以我都是把衣服叠得整整齐齐放在里面，要拿某件衣服时，一扯，就全乱了，当衣柜的门"残废"时，就把它抬出去扔了。如今我的床、衣柜、书柜都是别人送的，床板已塌陷，衣柜下面抽屉的板子已松动，书柜上面两层合用的两块玻璃也脱落了，我只得丢弃。今年我将垫了十年的褥子扔掉了，因为给女儿拍照后发现它太旧了，我想女儿应该享受好一点儿的。近段时间，我还希望能将商场里漂亮的床搬一张回来，女儿不能住好的房子，至少应该睡一张好床。

环境不好，就会滋生蟑螂、蚊子、老鼠，它们不用出房租，来亭，有保安专门看守。楼下成堆的垃圾不见了，到处都干干净净。楼下装了监控，安全指数也提高了。房门外电线漏电，工作人员买了电线，让电工把整栋楼的旧线拆除，换上新线。楼下的自行车、电瓶车、摩托车再也没被人盗过。以前楼下的门是通过按密码进入，谁家的亲戚或朋友来了，住户就在楼上告诉他们密码，这样密码极易泄露，从去年开始，楼下的门要登记过的身份证或居住证通过感应才能进入。楼梯间有人用黑笔在墙上写着："内有隐形监控，小偷止步，小心被抓。"不知是不是房东所写。

租了房子后，我们很少在外面吃饭，即使是在家里炒个青菜，也觉得爽滑可口。外面的食物不卫生，没有营养，吃完过不了多久就会饿。每次我们走到楼梯间就能闻到从屋里飘出的香味，于是加快了回家的脚步。

以前和人同住，从来不用电烧水、做饭。我们一家人住在一起后，才改用电饭煲做饭。以前用高压锅做饭，冷饭都在煤气灶上的锅里炒，又硬又多油，我很少吃饱饭，天天喊饿。自从有了电饭煲后，即使是热冷饭，也跟现煮的差不多，我不再用小碗吃饭，改用小铝盆盛饭，家人在我的带动下也用这种盆吃饭。我的饭舀少了，会笑着说："怎么这么少？"有时我也会说现在这么能吃，粮食要消耗不少。然而，实情并不如此，以前的饭多数是倒了，没有进入肚里，那才是真正的浪费。没过多久，我的身体就变好了，最明显的是膀子变圆了。很多时候，我都会说吃得太胀了。要是早一点儿有电饭煲，我就不会挨那么多饿，早就变胖了，每每说起，都难免一声唏嘘。

在这个出租屋里，我招待了多少客人，已经记不清了。以前来的笔友尤其多，他们来了，我要买菜招待，但他们来时不知招呼我爸妈，走时也不打招呼，来一次，就再也不和我联系了。为此我觉得没有再交往下去的必要，对交笔友再也提不起任何兴趣，交朋友也谨慎起来，值得交往的我才会往家里带。妹妹曾说过，外面的人不知底细，万一引狼入室呢？

我们家除了妈妈，都喜欢唱、跳，空闲时，就打开音响，开家庭舞会，乱蹦乱跳。妹妹的儿子也特爱跳，受我们的影响，音乐一响，他就开始扭动身体。有时心情低落，一跳舞，身心整个放松。亲戚来了，都说我们一家人过得好开心，可事实是他们的收入比我们高，我们一家人全是在穷开心。由此我得出感悟：宁愿在贫穷中欢笑，不愿在富贵中流泪。别人也只是看到我们高兴的一面，愁苦的一面要永远藏在背后。

我们搬进来之前，这套房子刚刚装修过，不过也只是用石灰粉刷过而已，衣服一不小心碰到墙，就沾染上白白的一片。如今，弊端显而易见。厨房与厕所之间那堵墙的正面，爸爸已用石灰补刷过好几次，可能是潮湿的缘故，石灰裂缝，一碰就掉。厕所里房顶的石灰不断剥落，时不时砸一块下来。其他的墙壁也有许多污渍。那次在商场，我拿着一个吸盘玩具，妹妹说："你买回去有地方挂吗？"其实我知道这种玩具只能贴在漂亮的房子里，现在没有购买的必要。

水龙头、灯等物件坏了后，房东会帮忙换，但都得我们掏钱买。

楼上的人喜欢往楼下乱扔东西，一袋垃圾扔下来，落地，发出"砰"的一声；烟灰倒下来，我的窗户、电视柜、床上都飘了一层，免不了一阵打扫；烟头、纸巾、扑克等扔到床上，我只得在手上套个胶袋去拿掉；猛地一杯水泼下来，如果运气不好，我正靠在窗边看书，就会被泼一脸水；有时甚至避孕套也会扔到电视柜上，我气不过，冲楼上喊："喂，把你的孩子扔下来了！"逗得爸爸妈妈和妹妹一阵大笑。

每晚，各种各样的声音充斥耳膜，楼下麻将店打麻将的声音，时而夹杂着争吵声；摩托车呜呜叫，四轮车咕咕叫，还有餐馆厨房里的轰轰声。凌晨4点，准时响起清洁工用扫帚"抚摸"地面的声音："哗……哗……"据说那个清洁工没有工资，在这儿扫地只因为允许他捡这一带的垃圾。

白天，外面有人骑着自行车喊："修电脑、手机，收旧手机……"也有人骑着自行车叫："哦哦，哦哦……"真不知道他叫的是什么，声音高高低低，像大人哄小孩睡觉一样，为此我开玩笑说那人爱带小孩。每次听到他的声音，我跟爸爸就会学，然后笑个半天。后来有一次到楼下一看，谜底终于揭开，原来他是卖馒头的。有时听到有人用榔头敲击铁棒，发出有节奏的声音"当当，当当……"，那准是我们隆昌人在卖麻糖。每当这种声音响起，我就会想起老家，记得当时年幼，听到声音会急匆匆地跑出去，而现在，年龄大了，人也迟钝了，懒洋洋的，不想动。

从来没见过谁的出租屋楼梯间像我们这里这样脏，房东一个月才来打扫一次，瓷砖是花的，上面扔着纸巾、果皮、瓜子和花生壳，还散发着尿臊味，有时甚至有一两砣便便。每当有客人来，我们都得向他们解释一遍，自己都脸红。房东一天到晚只顾四处游逛，可不管那么多。有时爸妈实在看不下去了，就提水将楼梯间冲一遍，可要不了半天，楼上的人上去下来，又弄得脏兮兮。如果你认为我们自己的住房也如此邋遢，那就错了，通常，客人们走进来，都会说一声："哇！好干净！"或者问："要不要脱鞋？"有的一走进来就脱掉鞋子，说太干净了。我们自己这套房子一天要打扫好几遍，房东都说我们这套房子是两栋出租屋里打扫得最干净的。我想，不打扫干净，还不如直接称"狗窝"得了。

我们这个片区的出租屋有个好听的名字：翠景花园。我开玩笑说，一朵花都看不见，却称之为花园，何来的花园？光听这名字，不知情者还以为我们住在高档小区呢。事实上，这一带的房子极其陈旧，至少有11年历史了，因为我们在此已处住了11年，这儿到底是什么时候建的房，我从来没问过。我们的房间，一间对着对面楼的厨房，一间对着对面楼的楼梯间，对着厨房的那间，人家可以看得见我们房间里面，所以必须经常要拉上窗帘，否则一不小心就让人家光明正大地"看"了。这儿的房子密集，其实还有更密集的，有的地方是典型的亲嘴楼。

2009年政府统一规划，我们这一带的房子在入口处设了个岗能在门边打个地铺，一间屋子被围得水泄不通。厨房用来住人，阳台变为厨房，我们自我安慰，在这儿做饭空气好。冬天在阳台上做饭，寒风习习，冷得人直发抖。夏天阳台上一做饭就热闹得要命，像快餐店的厨房，几个人几个锅炒得热火朝天。我们洗菜、切菜都在厕所的洗手台上完成，炒菜时想加点儿水就要跑到厕所里去，做一顿饭跑来跑去，搞得晕头转向，而且花的时间也较多。洗手台位置太窄，几家人都要做饭，就得轮流切菜。

人越多嘴越杂，当住的人越来越多，矛盾就产生了，上班不开心，下班不舒心。这个时候，人总是强烈渴望回家后可以远离那些噪音。当争吵升级到不可开交的地步，他们搬了出去。然而，为了节约房租，我们仍然要找人将空房填满。只不过这以后，我有了独立的房间，爸妈搬到客厅住。来来去去的人有几十个，发生了许许多多的故事，直到2009年9月，我们才实现了一家人居住一套房的愿望。

我们的门框上有一块蓝色的正方形牌子，上面用白字写着"出租屋302"。推门而入，便是客厅，左边两间并排的房间，右边两间并排的厨房和卫生间，客厅墙外是阳台。大约五六十平方米的两居室，一目了然。

房里灰尘很多，如果不及时清理，没过几天，电脑桌、电脑、床头柜、床……到处都铺满了灰，打扫时抹布立即变得黑黝黝。每天晚上用完电脑后，我都用胶袋把电脑套住，早上起来胶袋上也被灰尘占满。阳台上，装油盐酱醋的瓶子罐子、放置它们的木桌、锅盖等也都披上了一层灰。

四楼的空调滴水下来，打在窗户上端，嘀嘀嗒嗒。水滴会溅到电脑上，每当此时，我就很恼火，生怕将电脑搞坏了。乖乖，这台电脑可是一家物业公司赠予的，鼓励我写出好作品，宝贝着呢。

这房子不仅灰尘多，油烟也很浓重。5栋一楼有个湘菜馆，油烟天天裹挟着灰尘飘进房间，而我们阳台的油烟则飘到客厅里，客厅和阳台之间窗户上的油烟厚得要用刀片刮，关了窗，客厅的光线就很差。阳台上有几盆绿色植物，其中一盆富贵竹，吃多了油烟，叶子一片片变黄。还有厨房，也就是爸妈现在的房间，我曾经在厨房的窗台上用饮料瓶养一棵植物，它的叶子逐渐变黄。挂在阳台的衣服天天和油烟亲密接触，穿着它们就像掌过勺的大厨一样。妹妹在金骏电子厂上班时，工友闻到身上的油烟味，问她是不是做早餐了，她只得说是。每隔一段时间，衣架上就凝了一层黑黑的油烟，得放进盆里用刷子刷。

为了节约用水，我们买了个大白桶放到厕所里，把水龙头的水调到一条线那么细，据说这样水表不会转，我们亲自试过，果然如此。但也不知房东是否对水电表动了手脚，无论怎样节约，水电费都要一百多元，月月如此。等到我们一家人居住时，便没有再偷水，用大白桶装洗了衣服的水冲厕所。有时我们对房东说水电费太高了，他会说："那没办法，如果你们认为高了可以换个地方住。"他的话堵得我们哑口无言。如果能搬，我们早就搬了，其他地方的房租更贵。他就是觉得我们没实力搬家，才如此傲慢。

去自如，却给我们带来许多困扰，讨厌至极。

　　窗户下面二楼支出来一个平台，成了大家扔垃圾的黄金地，房东隔段时间就拿铲子把垃圾铲到地面上去，要不了多久，平台上又堆满了垃圾。成堆的垃圾滋生细菌，污染了空气。

　　在这套出租屋住了这么多年，从阳台望出去永远是同样的景色，周边也熟悉透了，想出去玩感觉无处可去，真的厌烦了，想换个环境。乱七八糟的东西太多，把狭窄的出租屋塞得满满当当，想清理一些东西吧，又好像每样都有用处。因为钱，因为东西太多，不敢动搬家的念头，搬家是件累人的事。

　　一文友曾带朋友来给我修电脑，他看到文档以我的名字命名，问是不是电视上报道过我。后来我无意中在一论坛发现他的一段文字提到我，说没想到我住在一个如此简陋的出租屋内。

　　我们搬进这套出租屋时房租是每月450元，前几年涨了几次，到今年是每月600元。从2009年开始每月交管理费30元，爸妈去搞展销会前，涨到90元。爸妈走后，房租涨了50元，9月水费由5元钱涨到6元，电费由1元涨到1.1元，房东告知，元旦过后房租又要涨50元，要我考虑好，如果觉得贵了，可以搬走。我紧张万分，像真的要被轰出去一样。如此一来，每个月不吃不喝光房租水电和管理费就要790元。这几个月，我又在偷水洗衣，每个月只用两方水，女儿洗澡我都不敢放太多水，买菜时也买不下手，省吃俭用抵不过房东的一个字：涨！我觉得快被逼疯了！

　　妹妹一家搬来后，我住一个房间，妹妹一家三口住一个房间，爸妈住厨房，仍然挤在一张单人床上，晚上睡觉时脚会伸到灶台下。上半年爸妈到北方搞展销会快回来时，妹妹替爸妈抹床，一边抹一边哭。现在妹妹一家三口回去了，眼看爸妈就要拥有一个房间，可以住得宽敞一些，说不定涨房租会逼我们搬到更便宜的地方去。上半年，爸妈曾因搬家的问题吵过架，妈妈要搬，爸爸不肯，他说到时我们母女俩住在这里，水电费要不了多少，妈妈说人多人少都差不多。我曾打算搬到老公那里去，妈妈也让我们过去，这儿的房租省下来够我们母女吃饭了。妹妹回老家时带爸妈一起去玩了一段时间，我便和女儿到老公那儿去住，他租的是老房子，脏兮兮、黑漆漆，不到半个月，老公就因无钱交房租被房东赶出来，他叫我快走，我只得又回到了深圳，因身无分文，老公又不给我们生活费，几个月前我和女儿就靠父母生活。本来我们的两室一厅在宝安城中心租金算较便宜，可因为没有经济来源，几百元也可能压垮我的精神。

改革开放后，深圳的本地居民洗脚上田，建几栋出租屋租给外来建设者，每月坐等收租是他们赚钱的手段之一。许多出租屋的格局是一层楼分成一个个单间，里面有厨房和卫生间，是为单身人士所准备；也有两室一厅三室一厅的套房，为一个个家庭所准备。我们的出租屋是一层楼两个套房。5栋和6栋是房东的房子，真正的房东我们未曾见过，只知道住在福田。经常见到的房东其实只是他请来管理这两栋楼的工作人员，算作二房东，二房东住在5栋四楼，不用出房租。

妹妹临走之前哭成了泪人，她说最恨分离，宁愿一家人住在这破房子里。外甥在深圳上的是公立学校，他们回去以后，外甥没有进到好学校，国庆节过后才进了一所教学质量不怎么高的学校重读小学一年级，而且在那学校不像在深圳要学英语，而妹妹一直想让儿子把英语学好。为此，妹妹说她失去了许多比房子更珍贵的东西，我认为她应该宁愿住在这出租屋里让儿子上好学校，她说："以前穷是穷，一家人还能聚在一起，如今，我们一家人分处三方，好不凄凉。"我没有收入还带个孩子住在这儿，房租涨了又涨，内心充满焦虑。朋友们来了都说我住得太宽了，应该找人来住，可以前跟合租者发生了太多矛盾，着实恐惧。

细算下来，这些年租房的房租、水电、管理费花了好几万元，相当于我们一家人几年的工资，在过去，都可以买一套房了。房价上涨，爸妈做生意也赚不到钱，租个房子都感觉吃力，更别谈买房。这套出租屋，它不漂亮，但我们早已把它当成了家，有时甚至希望它是我们的。可是，房子不能租一辈子，我们也渴望有一套真正属于自己的房子，一套没有蟑螂、蚊子、老鼠和灰尘，可以尽情布置的房子。

翠景花园 6 栋 302

　　关于这套烂房子，我已经写了一篇《出租屋》。可是，生活在继续，故事还在发生，我一直想为这套房子再写一篇文章，却迟迟没动。那日在网上看到一篇小说题目是什么街几栋几号，我也想用这个题目，没有比这更恰当的了，为此，我兴奋不已。

　　有人要给我寄信、寄快递、寄汇款单，肯定要写上深圳西乡乐群翠景花园6栋302。在这套房子里，我和妹妹先后出嫁，她有了儿子，我有了两个女儿。

　　妹妹带着儿子回湖北了，以为再也不用搬家，哪知道她还是得出来打工，又住进了这套房子。后来妹夫也来了深圳，因一个矛盾，导致他俩离婚，妹妹和她儿子与我们一样，得在这里长住。

　　早前和别人合租，都是烧水洗澡，秋天一般还在洗冷水澡，有时走进洗澡间，我就会想像有钱人洗热水澡那感觉是有多好。一家人住一起后，我们才陆续添置热水器、抽油烟机。这次妹妹来住，家里换了抽油烟机，又添了消毒柜。她一直想要一台洗衣机，妈妈说没地方放，洗衣机也是人先洗了才能放进去，洗衣机洗不干净。妹妹说一家人的衣服一起洗可以节省时间，天天要上班，回来还得洗衣服。她总是念叨有一台洗衣机就好了，后来实在没忍住，就跑去买了一台。

以前爸妈住厨房，妹妹回湖北后，爸妈住进了她的房间，这次妹妹回来了，爸妈只好让她住厨房。去年大舅舅到广州，爸妈买了张折叠床放在客厅，等着他来，可他怕晕车，没来。现在妹妹的儿子睡客厅，折叠床正好用上。厨房、客厅本来就不是住人的地方，加上比较潮湿，有时我们看着都担忧，怕对身体造成伤害。厨房里面有一个水龙头，以前刘玉蓉住时怕潮湿从来不用那水龙头，虽说有根管子直通下水道，水龙头下也放了个铝盆接水，但我们也尽量不去那里洗。如果确实因为洗手间有人要用，等不了，才会去洗。妹妹刚刚入住的时候在墙上钉了块绿布，可是厨房里面只容得下她的床和外甥的书桌，于是只好在空中拉了条绳子，把要穿的衣服都挂在上面，用一块布往上一搭，遮住所有衣服，就算是一个简易衣柜了。妹妹在4S店上班，升了经理，有时爸妈想着都好笑，当经理的住厨房。因为房子破旧，还住在厨房，妹妹不好意思带同事来。

因为外甥住在客厅，他的衣服便放在胶筐里，胶筐下面还放着妈妈的一些箱子。这些东西堆在靠近妹妹房间门口的地方和折叠床头缝里，看起来乱糟糟的。市总工会来人采访我，拍照时我说早知道会拍到那里，就把那里弄一下，他们说这样才有生活气息。

厕所门把手坏了，一直没有换。如果是冬天，一股风刮进来，厕所门一下子就会被吹开，我们连上个厕所都提心吊胆。后来想了个办法，用一桶水抵住门。有了女儿后，她们老爱推门，有时我忘了或者懒得用水桶抵门，她们一下子就推开了，有时即使是用水桶抵着，她们也可以慢慢推开。

有时忘了把房间钥匙拿出来，我、爸妈和妹妹的房间的锁都被强行撬烂，但也没有换锁，只有出入的木门和铁门才有锁。小女儿老要去妹妹房间捣乱，我也怕她爬到灶台上去，窗户可是大开着的。爸爸用一根绳子穿进锁孔，再穿进一个孔里，捆起来。但如果捆得不太紧的话，小女儿一推门，那条缝刚好够她钻进去。小女儿进去拿妹妹的化妆品学样抹在脸上，还拍拍脸，把妹妹的化妆品都搞坏了，妹妹打也不是，骂也不是，后来实在没办法，只好装了锁，爸妈的房间也顺便装了锁，我的锁孔一直用一块毛巾塞着。

外甥回湖北时得了结膜炎，发作时眼睛红。深圳的夏天太热，妹妹想着装空调，为了我们都能享受到，便买个大空调装在客厅。这下可麻烦了，厕所门要关着，阳台门也要关着，平时做饭、收衣晾衣要去阳台，上个厕所，都要开门、关门。阳台门下的缝关不严，漏风。为了让空调少耗电，我们在门框上钉了颗钉子，在门把手上挂根绳子可套在钉子上，这样也不太牢固，我便在外甥床栏上系根绳子挂在门把手上，为了不留一丝缝隙，得把绳子往床栏右边捋才能达到紧致的效果。

妹妹有时不由得埋怨，说这套鬼房子，这扇烂门，她看到都烦。厕所门全用黄胶纸贴过，门边上用红白胶纸贴过，我房间的门有段时间脱皮，一条一条的，女儿老去折，然后我将那些皮都弄掉了，一块门板1/3的颜色与另外2/3的颜色不同，阳台和客厅间的门完全脱了一层皮，总之难看至极。

厨房住人，在阳台做饭，洗手间切菜洗菜洗碗，地上难免油腻，一天到晚拖地好像都拖不干净。妈妈说就是因为没有真正的厨房，走来走去脏，还有厕所也是，不然就什么都倒厨房里面了。妈妈说那厕所有油，有钱人的房子哪像这个样子？我们的一切洗洗刷刷都在厕所里，有人上厕所，便什么也洗不了。洗手台用来刷衣刷鞋也用来洗菜切菜，条件所限，只好如此。

为了省水，我们从来都是用桶将洗衣水和洗菜水储存起来，夏天存一晚就臭气扑鼻，得戴个口罩来冲厕所才行。久而久之，脏水让桶上起了一层污垢，又得刷干净。两个女儿年幼，我没让她们用瓢舀水冲厕所，想着家中条件改善后，不让她们接触这些，只是对爸妈又一阵愧疚，怎么就没想过让他们不要接触呢？都怪自己无用。为了省水，拖地也用桶里装的洗衣水，拖了地后闻到一股臭味，我觉得这样对呼吸道肯定不好，建议妈妈用干净的水来拖地。

厕所里常常会看得见小蚯蚓在爬，有时就在洗手盆里，真怕要洗的菜在那里放久了它爬进去。连阳台也发现了蚯蚓。还有一种白色的，不仔细看，会以为是灯光反射到地面上的光，要看到它在爬，才确定是虫。我好怕这种虫有什么危害，有时桶放在厕所里，我得把桶收起来，怕它爬到桶上，再爬到衣服上，实在是怕它最后钻进身体里。

我们的桶多盆子多，我的桶只好放在客厅，妈妈在厕所里拉了绳子，搞了两个铁钩，用来挂桶，这是为了节省空间。

房间里到处是灰尘，几天不打扫，就铺一层灰。我会边擦边说好多灰，妈妈说有钱人住的地方就只需要擦玻璃。我们住在这儿不知吃了多少灰尘。

阳台顶上拉了一条绳子，妈妈却喜欢把衣服晾在围栏外面被太阳直晒，也省得水滴在阳台。后来妈妈又拉了一条绳子与原来的绳子并行，在外面晾晒脱了水的衣服可以挪到这里来。因四楼阳台有人浇花，老是滴水下来，妈妈只得在顶上铺一层纸，可还是无法杜绝那种情况。

有一次我们爬铁仔山，下来经过固戍，看到集装箱房子，有个人在二楼，房间小，就在走廊的水龙头前淘米。我们以前住工厂宿舍想出来租房，不料租房为了省房租也住那么多人，好不容易一家人自住后，还是不满足，嫌房子烂。妹妹说如果有钱了要找个拎包入住的房子，不买也行。我们好想有个宽敞明亮的家，虽说是一家人在一起就可以了，可也想一家人有个宽敞的家。

有时我看别人的博客，他们有大房子，儿女都有自己的房间，对比起来就感觉很悲哀。父母要给孩子创造好环境，我还让女儿住在这烂房子里。有时我看着看着，心被刺痛，只好赶紧关了，不去看别人的生活。

面对无边无际的大海，心胸会变得开阔，但回到狭小逼仄的出租屋，我又感觉透不过气来。出去参加文学活动，一般在文联、酒店，都是比较漂亮的场合，每次上楼梯，一想到租住的烂房子，就有种深深的失落感。看着这烂房子，又脏又乱，真想能发一笔横财，换一套好房子。有时要拍个照，却连个像样的地方都没有，如果有好房子，在哪个角落都能拍。

翠景花园，在楼下放眼望去，只有一两户的阳台上看得到花，由于房子老旧，墙上长了不少草，应该叫"翠景草园"。松高厂搬走时妈妈捡的几盆芦荟一直在，妹妹和妹夫在铁仔山上摘了栀子花插在花盆里，还弄了一根树枝种在花盆里。英子送了一盆明月草给我们，说它可以降血压。妈妈用明月草给爸爸煮了汤，我吃了一根，它的味道竟然和血皮菜的味道一样。爸爸妈妈都说那汤好喝。后来我们掐枝又种了几盆既可观赏又可食用的植物，自然喜爱有加。春节后爸妈抱回一个花盆，爸爸说是买的，我看是红菊，一看就是那些店面外摆的，不要了被爸妈捡回来。另外还多了两盆植物，一盆爸爸说是玉兰花，一盆我看像薄荷。我们在铁仔山扯了一棵含羞草种在花盆里，没事儿就去逗它玩，为生活增加一丝情趣。

拍纪录电影《我的诗篇》，导演吴飞跃特意问我喜欢什么花，我说玫瑰，他买了玫瑰和其他盆栽放在我的床头柜和窗台上，第二天还见一卖花者挑一担盆栽来我们家，他们又选购了一批花放在客厅窗台上。以前想着这烂房子放盆花也不是那么回事，经他们这样一打扮，我觉得这个想法错误至极。为了拍庆祝我出版散文集的镜头，他们还让爸妈和妹妹在家里拉了彩条，挂了气球，那一刻我觉得这烂房子打扮一下也漂亮了许多，有惊艳之感。

钟姐说门对门不好，爸妈的房间对着厨房，我的房间对着厕所，我的床头也没有顶着墙（也不知怎么设计的，墙角多出一个折形，床角被挡住，床头与墙壁留了至少10厘米的缝隙）。表哥也曾说过我们这房子设计得不好，他住在观澜，极力劝我们搬过去。2014年，表哥、表嫂和表嫂的姐姐来到我们家，表嫂说我们不上班，应该搬到他们那边去，可以互相照顾，还说换个环境对爸爸的病情有利。表嫂的姐姐说我们住的房子对着下梯坎，财都下去了，人要往高处走，还说厕所门对着房间的门不好。我说去年妹妹就说我们运气不好，可能与这房子有关，表哥也说是。表嫂的姐姐说看到有房子跟我们说，妈妈说好，反正这个月房租还没交。我却还有顾虑。

妹妹说我们住这里没有运气，不过，这里出了个"名人"。纪录电影《我的诗篇》、央视的《工人诗篇》、梨视频《中国女孩儿：深圳姐妹的故事》、微电影《亲爱的南方》等都是在这套烂房子里拍摄的，《人物》杂志和《中国青年报》《南方周末》《三联生活周刊》等媒体的记者和老家就业局局长一行人都曾踏入翠景花园6栋302的门槛。好长一段时间后，我还是感叹运气没到，要不怎会有好几次好运将至，最后都成了泡影？

两年前拍摄《我的诗篇》时，灯光师说我以后不用住这房子了，他可能以为我会改变命运，可惜没有。

有一年打工文学论坛问我要了照片，做了个大大的宣传展板，与其他多位打工者的照片一起挂在会场，我没有被邀请参加。后来我有事去了会场，顺便将那展板拿回家了。我回来后把照片贴在客厅，从外面一进门就可以看见。本来只是自己一家人看，没想到后来拍摄《我的诗篇》《工人诗篇》，他们都给了特写，深圳工会来拍照片也专门拍了它。当时见我要把它拿回家，陈再见觉得好笑，没想到它确实有用。

这儿离机场不远，随时可听到飞机"轰隆隆"的声音，到阳台抬头就能看见飞机。女儿们不像我和妹妹小时候看到飞机那么兴奋，她们已经见怪不怪了。

在这房子里住得越久，我的失败感就越强。有本事有能力的人早已搬入更好的房子，隔壁那一套都不知换了几拨人。楼梯间又脏又臭，从前隔壁的一个女子一上楼梯就说好臭，捂着鼻子，不久就搬走了。502的小范是英子的朋友，她第一次来我们的出租屋，我看外貌感觉她不应该住这种农民房，聊天得知她和老公在科技园同一家公司上班。我们去她的出租屋，东西很少，很整洁，他们那套房子是粉刷过的，比我们的要新。她老公的奶奶来玩，也经常光临我们的寒舍。我还看到他们有一辆红色轿车，妈妈说他们天天都开车去上班。她奶奶告诉我们，小范老公工资一个月1万多元，小范的工资也有七八千，小范的工资拿来开支，她老公的存来买房。他们在科技园那边买的房子价值两百多万，在这里住了没两年就搬走了。

我们还在继续忍受，与蚊子、蟑螂、老鼠同吃同住。从前害怕蚊子的嗡嗡声吵得不能入睡，我们都是开灯睡觉，后来得知这样对身体不好，却不知怎么办，关了灯被蚊子吵得睡不着也是在熬夜啊。妈妈有时一两点还起来到客厅给外孙打蚊子。蟑螂到处爬，一打开书柜门，就看到好多它们的便便，用文件袋装好的书上都有便便，更别说那些摆在书柜里的书了，那是它们随意大小便的场所。我的刷牙杯子放在书柜最上层，它们也经常爬到牙刷上去，或许是因为上面有甜味。

老鼠吱吱叫，晚上总能听到爸爸妈妈在"嘘……嘘……"地赶老鼠，凌晨两点多还听见爸爸在赶，我听着都难受，觉得耽误他们睡觉。妈妈说两点多被老鼠吵醒就没再睡，后来一晚整都没睡着，爸爸叫她睡她的，管那么多干吗？哪知第二天晚上爸爸也因为老鼠一夜未眠。我们马上去买了粘鼠板。粘鼠板发挥了威力，爸妈高兴地说房间里没有老鼠了。老鼠们一只只中招，家里总算清静了。可没过几天，老鼠们又来打架、跑动。女儿的玩具掉落在地，我晚上必定要捡起来，生怕老鼠去爬。妹妹睡在床上，老鼠就爬到床上去。妹妹的"衣柜"是敞开式的，老鼠将衣服的帽子都咬破了。

孩子她爸将大女儿抢回去后，我们想另外搬房。去蟠龙居看，里面绿化很好，爸爸说房子好高级。这里不用说都是居住的好环境，多数是别人买的，要租的话可能至少也要三四千一套，我们只能看看而已。妹妹说在网上找房，不用这种古老的方式，可还是没有合适的。当我们又打算亲自出去找，爸爸说没找到还是先住这里吧，好麻烦，还比现在住的更贵，妹妹也说她现在没钱。

妈妈从老家归来，说看到这房子觉得好窄，老家的人的房子都宽得很，他们还在城里买房。我们在这儿住得是有点儿悲哀啊。

妹妹手下的一个女孩儿租的电梯房房租是1800元一个月。今年元旦我们的房租又涨了300元，现在每月房租为1400元。每次听到

"涨"字，我的心就收紧。虽然如此，妹妹仍拿她手下女孩儿的房租来比较，说我们这儿还算便宜。

天气冷了，我都是在床上用电脑。房子四处漏风，冬天很冷，到了天暖和时，我便坐在桌前打字。

爸妈房间的床与窗平行，小女儿爱趴在窗户边伸头看外面，这样极其危险，万一大意一头栽下去怎么办？虽然二楼有个平台，有可能会掉在那里，但谁知道会有何种结果！每次我在她身边都先抓住再呵斥，她充耳不闻，我打几下屁股，她还是不理，我便往后拽，朝她吼："你不知道这样有多危险吗？你没看到很高吗？"对于大女儿，我倒没有担心过。小女儿实在调皮，加上窗户关不紧，一推就开，这可不得了！为了安全着想，爸妈买来一块铁网，让二房东装上，将窗户整个罩了起来，只留一个小框可伸手开关窗。我的房间现在也危险，爸妈也让我去买铁网装上。有一次我走向客厅，听到响动，心想是不是小女儿从窗口掉下去了？急忙进房间，看她还站在电脑桌上，我上床抱着她按在枕头上，感到无比庆幸和激动，说："菡儿要听妈妈的话。"

孩子她爸的同学回家了，我们搬来了他的床，把原来的床拿出去扔，发现床下有杂乱的纸，可能是老鼠所为。我们还搬来了两个衣柜、一个大冰箱和茶几，衣柜爸妈一个我一个。爸妈房间里多加一个衣柜，看起来没那么凌乱了。我要换的衣柜因螺丝装在一个小箱子里被人偷了，只能把板子堆在客厅。只看到一张弄好的床，妹妹的儿子就进来"哦哟"了一声，妹妹说："你这里搞好了就数你的房间最高档。"

我花了100元请店里的人来组装衣柜，爸爸和妈妈将衣柜里的衣服、玩具拿出来扔床上，衣柜顶上的小东西用个袋子装好，妈妈和师傅将旧衣柜搬出去扔掉，把新衣柜放在旧衣柜的位置，我将堆在床上的衣服、帽子、围巾、被单床单枕头套分类放好、挂好。妈妈捡了个矮柜，将我用了十年的床头柜换了，这矮柜前面有两扇门，东西放在里面后可以关上。妈妈还将我门后的一箱衣服放了衣柜和墙的缝隙里，把我的包挂在了墙钉上。妈妈和妹妹来我房间参观，我笑说："我像个新娘子，置办全套家具，应该再弄个红床单红被子。"妈妈说："这才像个家，换了床和衣柜，那个书柜也要换。"

我们租房一直是用一张小方桌吃饭，妹妹一家三口搬过来后，买了一张大方桌。每天的吃饭时间，我们都把饭桌拉到客厅的床边，就可以坐着吃饭。今年妹妹打算买一套桌椅，正巧妈妈帮一小伙子搬家，那小伙子把他的一套桌椅送给了妈妈。

没几个月，妈妈等来了捡书柜的机会。妹妹进来"嗯"了一声，想是看着书柜觉得还可以。妹妹说："全是旧家具，现在就你的房间最豪华。"我和妈妈笑，妹妹说："我的房间脚都打不直，儿子也在埋怨，又脏又吵，我什么时候能有自己的房子，可以把脚打直。"我们只能回以沉默。妹妹又说："又有个书柜，别人不要，认为不实用，遇到一个作家，作家的妈看到了，这叫天时地利人和。"这句化开了心里的愁云，我们的笑容又重返脸上。妹妹说："豪华衣柜豪华书柜。"妈妈说："现在不会钻蟑螂了。"玻

230

璃门关上，我的书们总算有了一个舒适安全的家。当晚，我看见蟑螂在书柜外面爬，还气得飞来飞去。

我曾看到有人把租来的简陋房子装扮一番，房子里面焕然一新，他们说房子是租来的，生活不是租来的。借用爸爸在央视采访时说的那句：你不管是租的还是买的，反正是一个家嘛！结合拍纪录电影时的感想，我想我们或许也可以把这套房子弄得更好看一点儿，比如花花的墙面上可以贴墙纸，窗边可以挂一道珠帘。但想着只能打开一扇窗，本来就不是很明亮，珠帘一挡，估计房间会更加黯淡，只得作罢。

如果有一天我们离开这套房子，不会是搬进豪宅吧？我们是为了发展搬到深圳的其他区或者外地，还是有了自己的房子？当然，也有一种可能，是这里拆迁了，我们不得不搬离。我曾梦见要搬走，内心有些不舍，还想着不能再在这周围玩了，心有点儿痛。

租别人的房子，自然是要交房租。妈妈说："一年房租都不得了，一月少20元，一年就少240元。"爸爸说："要交管理费。"妈妈说："不想交，哪跑得脱？"爸爸说："哪个依你想不想交。"

以前管理处对我们来说形同虚设，我们觉得管理费简直是在白交。妹妹笑着说锦程的自行车在下面，他们可以看着。

有时洗澡，想着煤气放在妹妹房间，不免隐隐担忧。妈妈说："煤气在响，妹妹睡在里面危险，晚了你们都不要洗澡了。"外甥睡在客厅，我们洗了澡洗完衣服后出来会把客厅地板弄得更湿，生怕对他身体不好。他在客厅有时睡不着，说害怕，还要外婆陪着。女儿晚上要吵，他上学得早睡，难免受到干扰。妹妹说她要是有钱，就应该带儿子单独去住，对儿子学习更有利。他快上初中了，作业会更多，连个写作业的地方都没有。妹妹说到这些就觉得对孩子亏欠得很，她想租个单间，可以放两张床。她还说我们一家人应该要五室一厅才住得下，爸妈一个房间，她一个房间，我一个房间，她儿子一个房间，我的两个女儿一个房间。当然，这些都只能是憧憬。我也希望两个女儿都有真正做作业的地方，大女儿也快上小学了。

和文友聊天，我说在这里住了十几年，他说对这儿有感情了，我说其实只有厌恶，老鼠蟑螂蚊子多，他说这些对小孩不好。

怀二胎时我说这个房子那么差，不然让他们帮我尽量找个在宝安的工作，就不用搬家，方便些，可这房子太差了，得病也跟环境有关，还是应该早点儿搬走。如今小女儿都快三岁了，我们还是住这儿。

我发现大女儿晚上很难入睡，催她，她说："我睡不着啊。"我说："别滚来滚去。"她说："如果屋里干净点儿还差不多。"我说："为什么不干净？"她说："你看，那么乱。"我说："你听话，妈妈多赚钱，我们可以换个干净的地方住。"

想着爸妈和女儿也同样住着这样一套房子，我心中满是愧疚。

2014年7月，每单位电费涨了两角，后来又涨了两角。宝安被划为关内，我其实不希望这里被划为市区，如此一来，房租肯定又要涨，而我们的生活一如从前，收入不会提高。妈妈说就是关内的人来关外租房，房子就贵了，市内的房子好贵，现在坐地铁又方便。

想搬走，又怕搬走，这就是无钱人的心理吧。

深圳搬家记

一

虽然近两年我一直有预感要搬家，然而真正来临时，还是有些猝不及防。

这两年，深圳的农民房在慢慢改造成公寓，我们所住的翠景花园也不例外。当别的楼房通知住户搬走时，我们就心怀忐忑，说不定哪一天也会轮到我们。这里的工厂搬迁了，农民工也都走了，已不需要农民房。

房东说老板要搞装修，让我们先找房子，因为爸爸生病，所以他提前告诉我们，好早点儿找房子。我们口中的房东，其实是帮老板看房子的，我们一直和此人打交道，后来若不是小孩读书要办租赁合同，我们可能一辈子都见不到老板的真面目。

很快，妈妈说我们真的要搬走，老板都来量过房子了。没儿天，楼下门上贴了张红纸，通知搬家的事，让我们5月20日之前搬出去。通知一出来，搬走就是铁板钉钉的事了。

我曾想过假如有一天我们要离开这里，会是什么原因搬家呢？千想万想也想不到，竟是老板要装修。我们在这住了很多年没有动过，以为老板不会动它。以前若哪套房有人搬出去，老板会粉刷一下，前年我们这套房子也要弄，由于东西太多，二楼搞装修的老乡都不愿意来。

这套房子墙皮脱落，连门板都脱了一层皮，实在是太破旧，也确实该装修了。我们希望装修后不再住得如此寒酸，没想到因为装修要把我们给彻底清理出去。

去年别的楼房要清理租户，妈妈见了房东就问我们这里会不会搞装修。这房子住得压抑，我们也想搬个环境好点儿的地方，但是没钱，所以搬家只能停留在想象层面。这房子算是附近最便宜的了，因为没钱搬家，我们只好蜗居在此，甚至害怕搬走。这房子旧是旧了点儿，面积还算可以，采光也可以，楼层在三楼，不高不低，若是再找，房子是新的，但面积小，楼层不一定合适，房租还高出不少。

以前的5栋301是爸妈费了九牛二虎之力才找到的，他们深知找到合适租房不易，所以不敢轻举妄动。

我们不想搬家，一来是因为没钱，二来是因为东西太多。我们的租房生涯已有20多年，乱七八糟的东西堆积得越来越多，特别是妈妈要捡垃圾补贴家用之后，家里更是拥挤不堪。有些东西不扔看着烦人，扔了又有些舍不得，觉得可用。

我们第一次租房是在智园小学的宿舍楼里，后来学校要开班，我们搬到翠景花园5栋301；房子被人买了后，我们搬到同一栋的302；不久这套房子又被人买了，我们只好搬到了6栋302，如果不是遇到老板装修赶人，我们还不知会住到什么时候。

二

这已经是我们第四次搬家了。

在深圳，如果买不起房，我们只能接受一次又一次搬家的命运。有些人买房之前也搬了好多次家，有房之后就安定下来，而像我们这种，永远买不起房，只能搬来搬去。

说起房子，这是我们家的隐痛。以前妈妈想在老家花两三万买二手房，爸爸不同意，他觉得没有儿子，没必要买，两个女儿反正要嫁人，以后租房住就行。一个人的眼界和思想决定了他的命运，不料一语成谶，他就真的只能一辈子租房。

正常的人，没有谁不想要属于自己的房子。爸爸后来被查出患有抑郁症，我们才知他为何想法不一样。即使没有儿子，他和妈妈也应该有自己的房子，而且自己的女儿有可能婚姻不好。治疗一段时间后，他说如果自己有个儿子，还能在这里买套房子，一家人其乐融融多好。

妈妈曾经的一个工友在双龙花园卖二手房，多年前叫妈妈买房子，要十几万，妈妈当时一下子拿不出这么多钱，就没买，她不知道房子是可以贷款还月供的。这几年，我认识的许多人都在深圳买了房，安居乐业，我们对没有在深圳买房感到万分遗憾。妈妈说如果买了房，坐着都有吃的，别人会夸我们能干，对两个娃儿也好。如果在深圳有房子，也有户口，爸妈的养老金更高，会有更好的待遇，我的两个女儿也可以上公立学校。

没买房子呢，我们就要为租房行业做贡献。每个月大把的钱给房东，看着都心痛。每次房东拿了钱喜笑颜开，我们痛苦不堪。

翠景花园5栋301、302都是别人花七八万买到手的，这么多年，我们交的房租可能都超过了这个数。别人高瞻远瞩，我们却想着说不定哪天就回去了，从没有买房的想法。等到爱上这个城市，想要扎根，房价却节节上涨，贵得离谱，想买房比登天还难。这疯狂的房价，谁能料到？它让多少人为之疯狂。有好些人，也没多大本事，就是靠炒房发了财。

对于买房，很多人持观望态度，结果房价一涨，多数人只有目瞪口呆的份儿。那些买房的，个个都发了，睡着也能笑醒；没买房的，仍然还在租房，肠子快要悔青。

爸爸不得抑郁症，我们不可能落得个没有一套房的结局。那些有房子的人，有了第一套，就容易有第二套。没有房子，我们的生活受了多大影响呢？不仅爸妈，连我和妹妹也没想到我们的婚姻会如此糟糕。我结婚离婚从来没离开过父母，一直和他们住在一起。妹妹和妹夫回湖北生活，他们早买了房子，妹妹本来说以后再也不用搬家了，不料离婚后还是得来跟我们一起住。她以前的房间爸妈在住，她只得住厨房，儿子住客厅。这两年她和儿子搬出去住，又开始了搬来搬去的日子。爸妈每个月老家发的一点儿养老金除了交房租后，其余的就是给爸爸拿药。我找不到像样的工作，做兼职挣不了几个钱，发表的作品也少，赚点儿稿费像是从石缝里挤水。两个女儿读私立学校，要学费，又隔得远。妈妈这一年多每晚捡垃圾，常常捡通宵，她坐车不要车费，为了省钱，让我别去接送女儿，她有时回来睡一个多小时或不睡，就去送两个女儿坐公交车上学，然后再回来补觉，到了下午，又去接她们。

妹妹多次表示没在深圳买房的遗憾，这次听说要搬家，说早先房子弄到了，就不会受这种苦，有双龙那个房子，在老家也有房子。我听了这话，满心凄惶。

别人一问我来深圳多少年，得到回复后，就会问我是不是买了房子，我惭愧得都想挖个地洞钻进去。我来到深圳，从一无所有奋斗到负债累累，别说买房，租个房都租不起了。没有买过房，就没有经历看房、逛家装市场和装修的过程，那种幸福我没有体会过。

有时看着偌大的城市，密密麻麻的高楼，我想，为什么就没有一扇窗户是我们家的呢？连个容身之处都没有！

在异乡，有房子才有归属感，不然心永远在流浪。

三

沉浸在没买房的遗憾和悔恨中无济于事，眼前最要紧的是找房，不然将无处可安身。

前不久因蚊子多咬得一晚睡不着，我还在想搬个环境好点儿的地方，不料这么快就要实现了。

爸爸一直喜欢翠景花园，我们多次劝说要搬走，他都不同意。现在搬家成了事实，他气得骂人。妈妈想了一下，说："怎么办？还要交管理费，请人搬家也要花钱，搬走了还要装网线。"我听得心惊肉跳，妈妈不提，我还没想过这些问题。

妈妈去找房子，对爸爸说："有个房租两千元的在四楼，我们东西多，你上下又不方便，肯定找不到合适的房子。"爸爸说："反正这里住那么多人呢，不用管房东的通知。"妈妈说："你住的是别人的房子，不管是别人的权利。别人喊你搬，你就得搬。"

我想起要搬家心情也很不好，还有一个月要考信息处理，我还打算上上课，可这一耽误，哪有时间上课？上回我第一次带两个女儿去西乡图书馆，还想着以后要多去，万一住远了也不方便去了。

现在我们的房租是每月1980元，想找这个价位面积还差不多的挺难。因孩子要上学，找的房子不能离学校太远，还得考虑以后孩子上初中的事，得看能否办租赁合同。

妈妈知道14栋的二楼有个两室一厅要出租，我们一起去看了，这房子跟我们现在住的面积差不多大，就是楼层间距有点儿窄，看房间的门框，如果高一点儿的人进去恐怕得低头弯腰，还有个缺点是没有阳台。那里和我们住的楼只隔了一栋楼。妈妈去问了，看房的小伙子说二楼要滴水到一楼，所以没租出去，要等包工头来弄，需要三四天时间。妈妈特意强调，那个二楼好，进去凉快，二十年都不用再搞装修，如果搬到其他旧房子去，万一要不了多久又要装修，就麻烦了！没阳台可以去楼上晒东西，楼梯走一下可以歇一下，只有五层。

我让妈妈和那个小伙子商量一下，告诉他我们家没有人帮忙搬家，可不可以这段时间慢慢搬东西过去，哪知他一定要弄了水管才租。我们不能等，得另外找房。妈妈一边找房一边清理东西，她说搬家要钱，到处都要钱，不搬就是交点儿房租。

妈妈叫我去看房子。接下来这套房子窄得可怜，连住都住不下，更别说放东西。一室一厅的便宜，但不让有小孩子的住。妈妈忍不住哭，说不知道去哪里找房子。我说找两室一厅的，钱的事我想办法。

二楼的老乡在新乐村找了个在二楼的两室两厅，给妈妈介绍了一个四楼的两室两厅。结果四楼的两室两厅被隔壁抢了去。妈妈说那天隔壁的说不要，但看她去看房就心急了，用手机交了钱。要是我有钱，直接交了，就不会被人抢走了。新乐村和我们现在住的地方就隔了一条路，住在那里和住在乐群村没有区别。这附近有许多批发部，还守着宝安文具批发市场，买东西很方便。这下好了，我们不知要搬去哪里，住惯了要离开还有些不舍。

又找了几天，妈妈崩溃地哭了，说这附近能找的地方都找了，还能到哪里去找？

终于有一天，妈妈回来说："小会，明天去看一下。"我问：

"哪里？"妈妈说在榕树那边："走站台比这边远一点儿，现在两千多元，以前要3000多元，我忘了问办不办得到租赁合同，在大益广场坐车还更容易坐到座位，住那里可以把衣柜都搬过去，那是个瓦房，两层，围墙围起来，两千八百元，住两家人好得很。"

我们去了，看到一栋小小的房子，缩在一个平房和一栋楼中间。透过门看不到里面，妈妈试着推了推门，竟然推开了。走进去看是个破败的小院子，透过窗户看到一个小小的客厅里摆着一个黑沙发，右边有道楼梯通楼上。右边拐个弯，可以看到院子是不规则的，不是我们平常看到的本地人房前那种四四方方的院子。如果有那么好，租金不会如此便宜。透过窗户能看到厕所，还有热水器。再走到左边客厅外，我把手机伸进去录像，看到左边有个卧室，客厅有个柜子，可做书柜。那院子摆了几盆盆栽，女儿们在这里写作业光线好。出去到小巷里看，楼上只有小小的一间，前面还有露台也能种花。妈妈说可以再找一家人同住，我说应该不可以住两家人，这种肯定办不到租赁合同。

妈妈本来很中意这个房子，过后又犹豫了，说两千八百元加上水电，一个月要3000多元，她拿不定主意。我不敢接话，我要是有钱，就把那两层楼订下，除了它，再也找不到那么宽敞的了。我们现在住的房子只有两个房间，妈妈和大女儿、我和小女儿各住一个房间，爸爸住客厅，两个女儿那么大了，也该有自己的房间，只有搬到那两层楼，这个想法才有可能实现。大女儿经常问我们什么时候搬家，说这房子太破了，甚至还画了一幅画，画中我们住在宽敞的房子里。

　　我们又继续找。爸爸对妈妈说："喊小会跟你一起去，别人看到年轻人更愿意租。"妈妈说根本没有房。我跟妈妈一起去了河西村，妹妹住的港隆城就在斜对面。妹妹为了下班来家里吃饭，决定搬到我们那边去，在翠景花园旁边找了房子，已交了订金。房东要是早点儿通知我们搬家，妹妹可以等我们搬了家后再搬到我们旁边。真是搞笑，如果我们真来河西租房，就是我们往妹妹这边搬，妹妹往我们那边搬。之后又看了一套房子，我觉得不够大，妈妈觉得离我女儿们的学校近，也有直达车，有意要租，我考虑到小女儿在那边学舞蹈、大女儿在那边学美术不方便，当然，她们上课也可以坐车去，但以后万一我有点儿钱了，让小女儿继续学钢琴，那需要天天练，过去就太不方便了。

　　我们还去了河西二坊，房租价格跟现在住的差不多，可以办租赁合同，但孩子没地方玩，去学校坐车也不方便。都是一样的价格，但是要搬这么远，我真是有点儿烦。

　　金源村的房子不大，要办租赁合同还得一次性交四千元。

　　找来找去找不到合适的，主要是我们人多，那些房子窄，厨房小得连放菜的地方都没有，厕所也只能容下一个人，看到都气人。

　　路上，妈妈说时间浪费在找房子上，我说离考试只有一个月了，我的时间也全浪费在找房子上了。妈妈说："我真的不想走了，脚都走痛了。"别人找房子都是骑车去，我们不会骑车，妈妈全靠自己的两条腿，只有在和别人一起去看房子的时候可以搭他们的车，大多数时候要单独行动。

虽然跟楼上楼下的人很少打招呼，但突然要分开，还是有些不舍。听妈妈跟爸爸说搬到哪里去都没这里好，因为在这里习惯了。

房子难找，搬家还得花钱，我头都大了。因为我们没钱，房子才不好找。要不然三千多元租个三室一厅的农民房或者公寓，拎包入住，带衣服和日用品就行。妈妈说在外面不要讲住得好，只要住得下就行，人家月薪几万元钱的都找两千元的住处。

我们家没劳力，也没钱请人搬家，又没找到房子。别人很快找到房子，几下子就搬走，妈妈见了更加焦急。

这一带墙上的红纸都是中介贴的，找来找去都是那一伙人，他们都是用电动车把我们带去看。我们找中介看了几套房，都太小了。妈妈说："要不就那个房，我们去看有没有人，找管理处拿钥匙。"

到了那天看的独栋楼房，妈妈从窗外看楼下的房间，铁门能打开，还是只能透过窗外看里面。妈妈看门口有招租广告，便打了电话。妈妈一边通话一边从一个桶里拿出钥匙开门。一眼就看到客厅，客厅的左边是房间，有空调和衣柜，还有两张一样大并排放的席梦思床，客厅进去过道左边是厨房，右边是洗衣机，还装了热水器，最里面是洗手间。顺着过道上两级楼梯往左走楼梯通向楼上，是一个大大的房间，怪不得老乡说二楼可以放几张床。出去看露台，这儿太阳充足的时候晒东西倒挺好。妈妈说家具我们要用的话要给2500元。

妈妈说如果有钱，这个房子住起来挺安逸。我说外表不好看，里头还可以。妈妈又打了前租客小王的电话，说："押金要两个月？能不能一个月？我们现在手头没钱。"妈妈算了一下，这里住进去要交七八千，押金以后房东会退给我们，小王去南山上班后就搬走了，房租要打到房东账上，就不像以前可以拖延。

　　经过安业花园，妈妈说那房子还可以，就上前询问。看完这个，联系上的中介又载我们一起去共乐看了两个一室一厅，房子小得可怜，又不干净。我们刚刚看了那装修得焕然一新的独栋房子，这些都看不上了，就像看了帅哥之后，对丑男不屑一顾。

　　妹妹和我们一起去看带院子的独栋楼房。推开铁门看到院子，再进去看到里面，妹妹惊喜地说："这里还有院子！"妈妈拿钥匙开了门，妹妹看到客厅就说可以，这才像个家。然后我们看了房间，又看厨房，再去楼上看，妹妹也惊叹这么大的一个房间。妈妈说前租客小王租了8个月，要一年才能退押金，我们把房租交给他，当他在租，他把租金给房东，这里的家具两千多元转给我们。

　　妹妹去上班了，她发语音说："姐姐，那我们就决定租下来哦。"我"嗯"了一声，她感慨道："哎呀，这种时候其实好希望自己有能力，有本事给爸爸妈妈买个房子，买个漂漂亮亮的房子，他们这把年纪心情该多好。看到爸爸脚上的黑点点，我们都很担心，所以特别希望这些事情能够早点儿完成，能够给他们购房搬个新家。"

　　妹妹要养儿子，我要养两个女儿，全都入不敷出，负债累累，除非天上掉下个金元宝，否则这个想法真是在做白日梦。

妈妈说我们最好早点儿搬过去，在这里多住一天要60多元钱。是啊，早过去一天可以省一天的菜钱。

四

妹妹让我们把东西收拾好，她叫车来搬。妈妈说小巷不好进，妹妹说有拖车。妈妈想把东西先收拾一些拖过去，到时请人搬也少花点儿钱。她去交了管理费，不交管理费估计不能让搬。

妈妈说我们10日前要搬走，不然又要交一个月的管理费。她用卖垃圾的小拉车一趟趟地拉东西到新租屋。那车特别不好拉，不听使唤，我也试着拉过，很吃力，驾驭不了，重量也承受不起。我们拉着车还不能走直线，因为小路不好走，得绕个圈子走大路。妈妈说衣柜里的衣服带衣架一起放袋子里拉走，到时衣柜拿去装好，直接挂起来。我开始收拾，感到手越来越没力气。

想到以前怕搬家，其实搬了就搬了，又一想出力的是妈妈，我没出什么力当然可以这么想。妈妈拼命地拉车，恨不得一口气拉完，隔段时间去她房间里看，又少了不少东西，我有点儿佩服她。

五楼的阿英说楼上的搬家花了1200元，妈妈问："那我们是不是要几千元？"妈妈又自言自语说他们是七楼搬到七楼，要贵一些，自己花时间搬能少花点儿钱，捡垃圾又捡不了多少钱。

妈妈一边收拾一边说："不搬家哪有这些事？到时要走了再

弄，得把我累死。"她又跟爸爸说，"你自己拿下药，我都累得要死了！"我其实很理解妈妈，光把衣柜里女儿们的秋衣收拾好就累得不想动了。我这样都受不了，更别说妈妈。我特别想睡，又想着妈妈看了会不高兴，她那么累都在坚持。后来我实在没力气了，倒在床上睡着了，还做了梦。

妈妈拆了床和衣柜，又叫人来拆空调，让工人拿去新租屋安装。妈妈把我和女儿的衣服、被子拉走了一部分，床上堆满了东西，我说没地方睡，妈妈说在地上垫块布就可以。每间房的地上都是垃圾，妈妈和两个女儿就在那块布上睡了，完全是睡在垃圾堆里。

房间里的东西太多了，想起来就发愁。我主要清理书和衣服，扔了许多，将剩下的书装进麻袋，诗集都扔掉，以后还是多读小说吧，最主要也是为了减轻负担。其实我想把每一本书的书名都拍张照，这些书都不要，到时我去图书馆找来看，以免搬家太累，可是又想图书馆的看了得还，还是觉得在自己手里好些。

妈妈洗了厕所里的脏桶，准备拿到新居栽花。那边的钥匙掉了，换锁又花了170元。爸爸说他还想在这里住，妈妈发火说："多住一天就多出一天的钱！"爸爸也吼："出一天就出一天！"妈妈说："你在这里住得稳啊，租房都这样，喊你走就得走，过了10号就要交90元管理费，工作人员都在那儿盯着呢。"爸爸于是不再说话。

5月9日晚上，我们终于搬进了新居。

五

　　翌日，我帮着搬些小东西到新租屋，才总算出了一份力。太阳很大，我戴一顶帽子，既为了方便带走，也是为了遮阳。

　　首要任务是牵网线和换煤气。我管牵网线，妈妈联系煤气，手机号码也要换。

　　妈妈说这个房子是一棵树倒下来砸坏后国家帮助修的。以前二楼的老乡帮这个房东搞装修，他们现在住的也是这个房东的房子，房东有一百多栋房。房子这么多的人国家还帮他修房，叫我们一套房也没有的人情何以堪啊。

　　刚刚搬过来，天就热得要命。在外面看小屋，被太阳直晒，只有两层楼，我又在二楼，不热才怪！不过我只有第一个晚上开空调睡觉，后来再也没打开过。二楼通楼梯间，上面又是瓦，肯定有缝隙，开空调太耗电了。爸妈房间有两张床，爸妈睡一张，我和两个女儿挤在一张很窄的床上，共用空调，省点儿电。这之后，二楼我们就很少上去了，每天只是上去换下衣服都受不了，像蒸笼，得开风扇对着吹，换了衣服就赶紧下楼。有时我只是上去拿个东西都得赶紧下来。刚搬来时我还想着这下好了，两个女儿有清静的地方做作业，爸爸在楼下要听歌看电视也不会受影响，不料我和女儿还是要到一楼去。刚开始没有饭桌，女儿们就在床上用张小桌子做作业，爸爸在一旁看电视，有了饭桌，她们就在客厅做作业。

246

妈妈说这边的人不行,翠景花园那边的人穿得更好,这边住的多数是清洁工。爸爸说这边更便宜,妈妈说那边卫生搞得更好。巷子里经常看到狗狗的便便,有天早上我推开家门,竟然踩了一脚的狗屎。

妈妈说以前看翠景花园巷子窄,后来看新乐村更窄,没想到共乐这边还要窄。翠景花园那儿至少十几栋房子吧,排列整齐,而这边的巷子七弯八拐。这边住的人特别多,妈妈说人多得出去走都走不动,在翠景花园哪有这么多人?这儿和以前相比,外部环境差了,但内部环境稍微好一些。

我们刚搬过来的时候,客厅都被搬来的东西占满了。妈妈说快点儿把这些东西清理好,她要去捡垃圾挣生活费,翠景花园那边还要清几天。当我翻到发表文章的样刊时,不知要不要留着,这搬来搬去的日子,以后搬这些东西也累,留着好像没什么用,再说上面全是蟑螂屎印。还有一些杂志,一些写错了的租赁合同,我都不知道留着干什么。杂志说看也没看,只好把看着还可以的撕下来,有空再看。我把样刊和获奖证书铺了一地,准备拍个视频,然后就当废品卖了。

阿英来看,说妈妈60多岁了,不要伤到骨头。但妈妈硬是凭借一身蛮力,像老鼠搬家一样把东西一点一点从那边搬过来,搬茶几时却伤到了脚。遇到我们这样的穷人家,货拉拉、蜜蜂搬家、蚂蚁搬家等公司都休想做我们的生意。

必须赶紧清理,没清理完都是住一天算一天的钱。我跟妈妈把床头柜搬下楼，就这么一趟，我都感觉到内衣后背像是有水，很沉，一摸胸前全是汗。我又和妈妈抬书柜去扔，闻到妈妈身上的汗味，她这段时间不知流了多少汗。

接下来我搬两个女儿的艺术相框，这不是自己的房子，不能钉钉子，别人的照片都是贴在楼梯间，而我们家只得把相框摆在窗台上。

搬完之后，我和妈妈去中国电信注销网络，这个月在翠景花园用了9天，也要出一个月的钱。早知道我们4月底就搬，本来这房子就是空着的，在翠景花园那边住一天还要60多元，该省的没省下。

刚来的时候，早上妈妈送两个女儿去学校也走到翠景花园那边去买早餐，在那个站台坐车，后来发现同仁妇科医院也有站台，还更近一点儿。她说住在这里像走进森林，买个早餐要走几个地方，没有摆摊的。家乐购超市的菜比较贵，去乐群买菜较之以前也更远。这边小巷交错，七弯八拐，走在路上就像走进迷宫。

从大门进来右边有个小院子，客厅的门对着的一栋楼就挨着屋檐，跟我们离得非常近。刚来没几天，有人找上门来，跟妈妈说有人投诉我们，他是那栋楼的房东，有人跟他说我们太吵了，开门的声音也很大。网格员上门也说接到投诉了。客厅和爸妈房间的门开关时发出"吱吱嘎嘎"的声响，被这样警告后，一般10点后就不关紧，以免开了又响，我们在客厅也要用房间的空调，不关紧客厅的门就耗电，关了爸妈房间的门又热。妈妈给合页上了油，两扇门立即安静了，开关门也不用提心吊胆。

从此以后我们不敢大声说话，两个女儿要是嬉笑打闹，我们都要制止，特别是晚上10点之后。哎，住个单门独户，我们也一点儿自由都没有。

以前二楼老乡曾说："住这里，妈妈的垃圾在院子堆一年都没人说。"但是这段时间雨水太多，只好把垃圾挪到屋檐下。网格员上门登记发现了这个情况，就对妈妈说："放好一点儿！"他两次来都以非常不友好的口吻要求妈妈，妈妈只得卑微地说："好，好。"这个网格员没有父母吗？妈妈是老人，他说话不能客气一点儿吗？某天我从外面回来，发现妈妈在和一男子在小巷聊天，一看竟是网格员，妈妈说他父亲跟我爸爸生了一样的病。然后又聊到给女儿办租赁合同的事，他说看我们这情况，先交一半的钱吧。看来以后他不会再用那种语气对妈妈说话了吧。

这里的厨房比以前的更像个厨房，我去煮饭，想着有这样的厨房做饭应该积极点儿。妈妈煮饭我也去帮忙洗菜，不让她一人在厨房忙碌。

想着要交押金和房租，妈妈发火说："我们还在这里干什么？又没在这里工作，给别人出房租，我们还没吃到2800元！"有时妈妈又说这房子其实不贵，只是我们没收入才觉得贵，一个房间要当人家两间用。我知道妈妈对这房子还是挺满意的，虽然很老，但装修过。

今年深圳太热，真不想待在这儿，更重要的是在这儿没有挣钱的门路，衣食住行样样花钱。我想回老家，在这儿交房租的钱在老家可以过上更好的生活，妈妈也不用捡垃圾。但是，大女儿抚养权不在我手里，户口不在我老家，找学校又没关系，上学有难处。

门口那栋楼4楼的女子见妈妈在院子里整理垃圾，从上面把垃圾扔下来。某天她到门口和妈妈聊天，说："你孩子在上班吗？看你一天到晚都在做事。"她接着说，这栋4层楼是20多年前花30万买下的，以后这一带可能要拆迁，她和老公孩子住4楼，其余的出租，孩子才4个月大。她看妈妈一大把年纪不能安享晚年，租个房还要捡垃圾补贴家用，可能很庆幸自己买了房，年纪轻轻就衣食无忧，不用做任何事，靠收租过日子。

最迟7月底，租客就要退押金了，我们得和房东签合同，不签就要立即搬走。签合同要交房租，两押一付，就要大几千，而且每过一年房租就要涨100元，今年房租是2900元。帮房东管房子的人来到家里催我们签合同，说老板有20多套房子。签了合同，意味着我们至少要住够一年，不然退不了押金。妈妈说："每年都要涨，不涨我们都已经住不起了，明年又要搬到哪里去？"

我也无法作答。

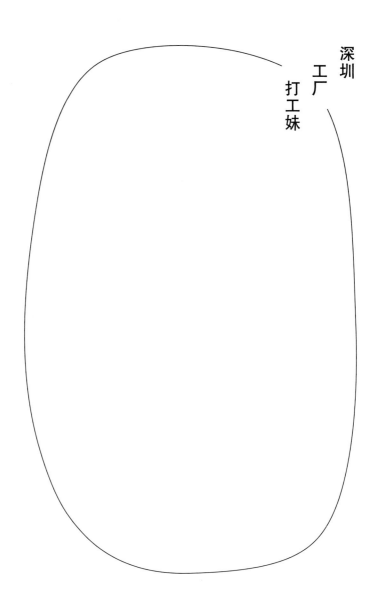

深圳
工厂
打工妹

離
不
开
的
深
圳

我首次听说"深圳"二字是1989年。妈妈说她要与亲戚去深圳打工，当时爸爸正下乡卖床上用品，回家不久后也去了深圳。一年后，爸爸回老家带我和妹妹。我曾看他写信让妈妈与表姐搞好关系，今后我和妹妹才好出去打工。我们姐妹俩今后的人生道路似乎已经预设好了，毫无疑问也要到深圳。

1991年，《外来妹》热播，里面的情景让我了解到打工生活，但觉得那不是我想要的，后来到了深圳才知道，许多人竟然是看了这部电视剧才对外面的世界充满向往，并因此来到深圳。14岁那年，我因学习成绩太差被迫辍学，百般不情愿地来深圳打工。压抑沉闷的工厂生活让我对这座城市有了恨意，觉得深圳不好看，到处是灰扑扑的厂房。直到后来去大连的一个私人艺校学习，过年在回深圳的列车上看到外面的风景，才惊叹于它的美丽。原来，过去我是带着情绪看待这座城市啊！

有一次，我们去表姐所嫁的恩平市，一路都在乡镇里穿行，当我们回到西乡要下车时，才感觉这儿实在太干净太美了！

我怀上二胎后，远嫁湖北的妹妹在QQ上说："姐，你干脆生完了让爸爸妈妈回隆昌生活，深圳压力太大了，他们以后怎么办？我们现在自身都难保，他们回去了说不定能生活得安稳些。"我向妈妈转达妹妹的话，妈妈回答："回四川，要被周围的人嘲笑！"我也同意妈妈的看法，妹妹和妹夫回到家乡都混不下去，大不了我们在深圳搬个便宜的房子。

其实，我不止一次产生过"如果能留在这儿多好"的想法。不管有没有深圳户口，只要待在这里一天，我就属于深圳，深圳也属于我。这十年，不断有到外地工作的机会，我都没有离开，始终无法割舍这里的一切。深圳的人才太多，我没有学历，难以找到体面的工作，也就无法过上体面的生活，但我始终无法下定决心去另一座城市工作和生活，怕无法适应，也怕一走就回不了头。我想一定要等到山穷水尽的那步，或者被人驱赶，才会无奈地选择离开吧。

有时想象一下要回到农村，我感觉脊背发凉，想着黑灯瞎火、冷冷清清的情形，觉得甚至有些恐怖。

多年前和文友西北狼、畅聊天，提到回家，西北狼说："你已经回不去了！"有一年畅回了老家，在报社做记者，后来又回到深圳，看他在微信上写："我去过很多城市打工，还是喜欢深圳，它的气候适合我的脾气。"有许多人都吵着闹着不再来深圳，但回去后要不了多久又会回来。儿时姐妹小婷和老公去了浙江，当时还怕以后见不到，没过几个月他们又回到深圳，说浙江那边冷死了。妹妹随妹夫回湖北安陆，找的影楼工作每天要上十几个小时班，一个月工资才2000多元。她还在珠宝店找到一份工作，从中午12点开始工作9个小时，中间没有休息。其他就是商场、超市，能选择的工作实在太少。妹夫想着回去好，有自己的房子，不用出房租，但他没有想过，回去以后就业机会也少。后来妹妹来到深圳找工作，觉得还是这里就业机会多。妹夫厌倦了打工，回去和他姐夫开店做艺术玻璃，但生意惨淡，最后还是回深圳寻找工作机会。我们家也曾因为生活压力大想离开，但老家没有房子，在县城租房子都必须交齐至少半年的房租，一时拿不出那么多钱，再说还要置办生活用品，只好在深圳干拖着。后来老家领导帮我们出了一半钱建了一座小房子，爸妈想回去养点儿家禽种点儿菜，想着我们在这儿，还是留下了。当然，如果我和妹妹有经济能力，妈妈还是觉得在深圳好一些，老家实在太冷。

爸爸第一次出院后，妹妹趁暑假带着孩子来看爸爸，看到我们住着这烂房子，说："真是造孽，不知在这里有什么好？城市那么美，住个烂房子，还是回去算了。"有一晚我们去中粮鸿云散步，看着那些高楼，妹妹说还是在这里生活好。她再次来到深圳打工，听说了别人贷款买房的事，便感慨当初要是妹夫听她的，在这里贷款买房该多好。

爸爸昏死过去，被送进康宁医院，妹妹在QQ上告诉我，医生说很难治，叫我们送回老家。我的心像被锥子扎了一下，要离开深圳吗？以后该怎么办？一时间感觉难以接受，难以承受。好在后来爸爸被救活了，我们又留了下来。

有许多次，我在烂房子里感觉不可思议，继而有点儿怀疑我们是不是真在深圳，而且还待了这么多年。当我走出门，看到现代化的楼房，绿草红花，宽阔的公路上车来车往，心中就会涌起一股激动。这时，我从恍惚里抽离出来，确定自己是在深圳。每次到市民中心，我都会被震撼到，惊叹于周围的美，更加向往美好生活。

对于深圳，我的情感是由恨生爱。这种感情就像对一个人日久生情。我曾写道："我很喜欢深圳，深圳喜欢我吗？"也如对一个人的感情，渴望得到呼应。我已经离不开她，希望她能拥我入怀。

爸爸怕热，我们家就他不喜欢深圳的气候。对于妈妈、妹妹和我来说，这里的气候太舒适了，是免费的高级享受，尤其夏日如此漫长，可以穿好长一段时间的裙子，我的裤子少得可怜。看电视里播出内蒙古大雪满天飞的情景，妹妹说："在那里生活有什么意思？那么冷！"妈妈说："家里暖和，冬天大家都把东西储存在家里。"我回应妈妈："冬天在家里都不能出去玩，有钱还是在深圳生活好，一年四季有红花绿树。"

爸妈回家办事，妈妈打来电话说："家里办事啰唆得很，哪像深圳说办就办，我都想回来了。"妈妈想念深圳的好，说得如此自然，好像深圳才是她的家。

在深圳，妈妈待了23年，我20年，爸爸19年，妹妹14年（除去回湖北2年），我和妹妹在深圳比在老家生活的时间还要长，早已把深圳当作第二故乡，习惯了这里的一切，与它骨肉相连。妹妹在深圳失业后，回老家散心，说还是待在深圳好，暖和。在自己的故乡念叨异乡的好，这是一种怎样的情感？

我和前夫未离婚时去他老家的餐厅吃饭，那里服务态度不好，让我一下子对比起深圳，真是一个天上一个地下。有个老乡发朋友圈，说带一家人去镇上的万花谷玩，服务态度一点儿都不好，弄得一家人不开心。在深圳，除了一些本身没素质的人，总体来说文明人居多。公交车和地铁上，大家积极为老人、小孩、孕妇、残疾人及抱小孩者让座。妈妈说在深圳一上车就有人让座，在老家那些人还抢座位。有一次，两个女儿在银行把喝的水洒在了地上，保安问是不是她们弄的，我还担心女儿会被数落，抬头一看，保安询问时候竟然面带微笑。

这个城市也有来自陌生人的温暖。有一次我和前夫在医院吵架，我往前走了，他带着两个女儿坐车回家，我没找到他们，就一个人在大街上走。天空正在下雨，我没带伞，也顾不了太多，就冒着雨跑到站台。站台上挤满了人，我想挤一挤也没事儿，但想着反正都全身湿透了，就索性淋个够，浇一浇心中的怒火。这时，一个女孩儿温柔地说："你躲一下吧！"我没动，她将伞举在我头顶，递来纸巾。我心头一暖，接过纸巾擦了擦。过了好大一会儿，公交车来了，我说了一声"谢谢你"。这座城市有成千上万普普通通的

257

你我，来自不同的地方，每天都奔忙在不同的工作岗位上，时而为工作焦头烂额，时而为生活的压力沮丧，但是生活中总会有那么一些感动，让你感受到这座城市的温度。

去公园里拍照，树绿草也绿，人被包裹在绿色背景中，拍出来的照片美丽极了。经常有人在朋友圈晒深圳蓝，公交站台广告牌上也可以看到这样一行字：抬头就是深圳蓝。但我觉得深圳绿也值得称道，看着绿意盎然的世界，内心会产生温柔的悸动。这个城市的绿草红花从不停止，你方谢罢我登场。蓝天白云之下有绿草红花，这样的美景就像一幅幅摆在橱窗里的风景画。

深圳天朗气清，有人拿北京的雾霾与之比较，觉得这是生活在深圳的人的一大幸运：在深圳，雨后能看见美丽的彩虹，天气晴好能看到美丽的晚霞。深圳的夜景也很美，一到晚上，高楼上、公路上全是璀璨的灯光，像一颗颗夜明珠。

深圳的公园很多，我们去过的却不多。公园里风景宜人，宝安公园、荔枝公园、灵芝园等都有草坪，可以在草坪上放风筝，莲花山公园还有专门的风筝广场。有位导演来拍微电影时，我们去了草坪上，他说在广州想带孩子去放风筝，硬是找不到地方。以前我看到别人在草坪上铺休闲毯，就想人家一定有车，带这些东西方便，后来文友送了我一张休闲毯，我们外出时也会带着，铺在草坪上一家人坐下休息、吃东西。用了几次后，我发现了它的坏处，妈妈说一坐下来就不想走，都没运动。每次出门，我会用买菜的小拉车装一车吃喝。我们在宝安体育馆那边看到两父子踢足球，妹妹就也说去买个足球来踢。于是，我们买了足球，带到大沙河公园的草坪上。我们还会在草坪上玩老鹰捉小鸡等游戏，烦恼的时候跑一阵，欢笑就会重回脸上。每当看到一片草坪或者看到一种没见过的花，我们都会很开心。心情大好时，我想大声呼喊：深圳，我爱你！

更难能可贵的是，这个城市还有那么多山。我们去过铁仔山、凤凰山、梧桐山。刚到深圳的时候，铁仔山还叫冰山，没有人上去，后来开发好后，因为距离最近，我们去的次数最多。铁仔山上面还有横跨几个朝代的古墓群。梧桐山是深圳最高的山，我和妹妹带着几个孩子去了一次，可惜路太陡，没有到达山顶。多爬山对身体有好处，山上可以观赏各种植物，空气清新，如果生活在平原，估计要少些乐趣了。

有人问我为什么不回老家，回老家对爸爸的病情更有利，我说深圳的医疗条件更好些。爸爸患有重度抑郁症，在康宁医院有住院记录的人会被分派到社区。妈妈去问，社区人员找到爸爸的名字，他们说正好有个阳光计划，妈妈可以领到作为监护人的2000元钱，爸爸还能吃到部分免费药。有时社区工作人员会上门询问病情，过年的时候送米送油，有活动还会叫我们去参加。妈妈说60岁的时候她可以在这里办个老年证，去公园也不要钱，70岁还可以每月领100元。我们非深户都能享受到这么多福利，更别说深户了。

我们一家人如此热爱深圳，却没有深户，这真是一大遗憾。

我在朋友圈看到不少人写这个城市好。在深圳的人大唱赞歌，离开深圳的人精神上还是离不开她。深圳是一座来了想走、走了又想回来的城市。有多少人想在此扎根，却不得不失望地离开，这里的高物价、高房价令人咋舌；也有许多有野心的人早早有了规划，不惜一切代价留在此地。来过深圳的人心里一定住着一个深圳。

我们经济条件不好，一般不去外地旅游，节假日也就是到公园逛逛，好在很多公园都免费，这一点也是我们的幸运。《天涯》杂志的赵瑜老师在看了《我的诗篇》里拍摄的我们一家人在公园玩耍的情景后说："城市的公园或者广场很好，是一个比喻，在这里，大家不会区分你是有钱人还是穷人，所有人都非常开心，但是在各自的真实生活上，大家又非常不同。"远一点儿的公园，有的要门票，考虑到路途远、花费时间长等原因，我们都未能成行，比如想去人民公园看月季，想去东湖公园看菊花一直未能如愿。这个城市还有很多没去过的地方，真羡慕能在这里安居乐业的人！我们喜欢拍照，其他什么都没有，就是照片多。出去拍照，我们还必定要收拾打扮一下，妹妹说别人看照片以为我们过得多好呢。

深圳治安好，我这么多年没出过事，年轻的时候，有时比较晚了一人在外面晃荡，巡逻人员会劝诫："早点儿回去。"那年在世界之窗看跨年晚会，我就看见公路上站了许多警察在维持秩序。深圳交通便利，如果不嫌远，想去哪里都行。东莞、广州我都去过，明显感觉这两座城市不如深圳。妹妹有次去广州，说在广州和东莞，公路上黑漆漆，一进入深圳就有了大灯。前夫的家乡在荆州，他说老家无论如何都不能和深圳相比。深圳这个城市发生着日新月异的变化，几天不见，一栋楼被推翻了；几月不见，一栋楼拔地而起。我们还喜欢深圳的大海，去过一次大梅沙，小梅沙还没去过，此外还去过红树林、深圳湾。现在西乡还有了西湾红树林公园，集海陆空为一体。在网上看到沙滩裙，我就想着哪一天在海边穿飘逸的裙子或者拿块纱巾，让裙角和纱巾随海风飘扬。

我们在深圳进不了高级餐厅，穿不起高档衣服，没房没车，一无所有，却还死皮赖脸地待在这儿，原因是这儿有太多无法割舍的东西。只要我们能在这儿生活，就足够了!

深圳的工厂

　　深圳这块热土上工厂林立，尤其是宝安区，玩具厂、制衣厂、电子厂、塑胶厂、化工厂、纺织厂……各种厂都有。然而，想进一个满意的厂却不容易。有大工厂，也有小工厂；有气派的工厂，也有寒碜的工厂。不管什么样的厂，都有人愿意去工作。找工作的人，有的随便进什么厂都行，有的有所选择，有的则进不了自己想进的厂。各厂的招工要求也不同，有的只要熟手，有的生熟手均可，有的卡年龄，有的要经过笔试和面试，有的只要女工，因为女性心细、手巧、好管。

　　20世纪90年代，好厂大厂招工，人挤人，人踩人，进去的，喜形于色；进不了的，满脸落寞。有的厂要靠关系才能进，有的招聘人员或门卫便可趁机发一笔财。想进好厂的人认为花点儿钱值得，好厂包吃包住，一切按劳动法来办，最重要的是工资可观。出来打工就是为了挣钱，挣到钱，不仅能改善家人的生活，还能早点儿与家人团聚。要进入工厂的工人得先把身份证、毕业证等证件给招聘人员过目，通过后，填表（有的还要先做体检），交两张一寸照片、两张身份证复印件，办好入厂手续，分了宿舍，便是这个厂的员工了。计时的工厂，员工把时间挺过去，就可以向老板要工资；计件的工厂，员工如果不勤快点儿，那工资真是无脸见人。

除少数小厂外，多数工厂都有工衣。有的工厂的工衣甚至分颜色，用颜色划分等级。管理人员的有些款式，合身；员工的多是直筒式，管你是不是小蛮腰，给你遮得严严实实。员工穿上工衣，不怕弄脏，可放心干活儿。普工一年中80%的时间都在穿工衣，只有放假时才能摆脱，所以有的人极少买衣服。有的厂工衣免费，有的要扣钱。

工卡和工资挂钩，马虎不得。上下班均要打卡，纸卡、指纹卡、感应刷卡机……打卡的方式多种多样。打不了卡，就要有管理人员签卡。还有人代替其他人打卡，于是有的工厂规定，如果发现代替打卡的情况要罚款。

厂牌在工厂的重要性超过身份证，工厂要求员工上班时必须佩带厂牌。横的、竖的、纸质、IC类，大小不一、五花八门的厂牌，上面记载着工人的姓名、部门、职位、工号，还贴有本人的照片。有的工厂，工人进大门时还要检查厂牌，以防外厂人员混入。员工有用一根绳子把厂牌挂在脖子上的，也有用铁夹子把厂牌夹在工衣上的。

在有饭堂的工厂里，每个员工有一张饭卡。有的工厂，员工饭堂和管理人员的饭堂是分开的，打饭的窗口也是分开的，菜也不一样；还有的厂，管理人员有汤喝，员工没有。人多的厂，员工吃饭得排半天队，管理人员要么不用排队，要么排几分钟就可打到饭。有的饭堂的饭菜跟猪食一样，胃口不好的员工扒两口饭就走，如果舍不得在外面买东西吃，就只能饿着肚子上班。条件好的工厂，员工的用餐环境、伙食都不差。有的工厂员工要自带碗筷，吃完了各自洗碗；有的工厂饭堂里有不锈钢餐盘、筷子、勺子、汤碗，吃完了把餐具放到一起就行。

有的工厂的办公室设有前台，所有来访人员先经过前台文员询问；没有前台文员的，就直接进入办公室。工厂里要么有综合性办公室，要么设置了部门办公室。每个工厂的办公室人员各有分工，职位头衔叫法不一，但人事文员、出纳、财务这几个职位一般工厂都有。办公室工作人员一般为6天8小时工作制，即使要加班，也不会太晚。办公室人员大部分工作清闲，有人上一个月班，工作几天就做完了，有人做半天玩半天，打游戏、看电影、聊QQ的大有人在，其中不乏靠捞油水、吃回扣发了财的人，在城市买房买车也不是稀奇事。

说起工厂，那就必定有生产车间。车间是工厂的子宫，货物便是从那儿源源不断地流出。如果没有车间，其他部门都形同虚设。有的工厂车间，一走进去就能闻到属于它的味道，机器的轰鸣声掩盖了一切声音，说话都得用喊。车间里有啤机的，员工还得戴上耳塞。有的工种极为危险，精力不集中就有可能被机器"吃掉"一截手指。有的车间干净明亮，被叫作无尘车间，有的车间则烟尘弥漫、酷热难耐，环境极其恶劣。有的工厂员工上班时得换上工鞋，还得包头巾或戴帽子，以免头发掉进产品内。工厂都有自己的规章制度，基本要求是不能说话、不能迟到早退。有的厂还规定了员工上班时的上厕所时间，离岗要戴离岗证。

流水线上的工作紧张而忙碌，工人不说话时，像木偶一样只知机械地干活儿。有的厂流水拉的速度极快，如果找不到助拉顶位，员工怕堆拉，有可能工作半天也不能上一次厕所，喝一口开水。轻松一点儿的工位，员工想偷偷懒、松口气，也只能去臭烘烘的厕所。如果你不曾在流水线上工作过，永远无法体会那样的伤痛。他们往往要加班加点，有时一个星期也得不到休息，基本工资却极为微薄，大部分收入来源于加班。有时他们加班也要靠关系，即所谓的点名加班，跟管理人员关系好的，榜上有名；渴望加班，又没点上名的，自然万分失落，愤愤不平。也有不喜欢加班的，可工厂处于旺季，订单多得做不完，员工每天忙得像陀螺，睡个懒觉都奢侈。这时，他们很渴望到外面去透透气、逛逛街、见见老乡，当请假成为痴心妄想，他们会气得跺脚；遇到生病而又不能请假休息的情况，更觉得心酸和无奈。有的工厂机器24小时开着，工人两班倒，一批白天上班，另一批夜里上班。上夜班虽比上白班时管理宽松，但晚上睡不了觉却注定会对身体造成伤害。工人们大多数是青年男女，来自农村，文化程度不高，没有技术，只能把青春奉献给流水线，流水线捆绑了他们的梦想与激情。也有极少的大学生夹杂其中，如果不暴露，跟其他员工并无区别。他们稍有差错，会引来管理人员的呵斥，委屈只能吞咽进肚里，只有下班后，才会袒露活力、热情的一面。发工资时，他们会绽放出灿烂的笑容，辛劳一个月，只为了这一刻。他们拿的是死工资，是用血汗换来的。他们往往吃不好睡不好，身上或多或少都带有职业病。因为长期晒不到太阳，虽然肤色白皙，却不是健康的白肤色，而是没有血色的苍白。大部分人的愿望很简单，很知足，很乐观。少部分人期望有一天能当上管理人员，或坐进办公室，确实有一部分幸运儿抓住内招的机会或通过自荐实现了梦想。

厂房后面的楼房是宿舍。站在楼下，你会看见走廊上晾满了工衣。办公室人员住的地方宽松，有的工厂还配有席梦思床和热水器。员工宿舍拥挤，有十几个人挤一间的，两人一间的几乎没有，除非个别宿舍没那么多人安排，但空床也要在那儿占着位置。有的宿舍有卫生间和冲凉房，因为人多，员工洗澡也要排队。有的宿舍单间没有单独的卫生间、冲凉房，只有楼道两头各有几个卫生间、冲凉房，那真是要用抢的，发生口角、打架是常见的情况。有的厂的宿舍有两根灯管，有的只有一根灯管，微弱的光坚守在那儿，像员工们总是睡不醒的眼睛。员工睡的是铁架床，上下铺，中午午休，晚上睡觉，他们也会睡得特别香。不管宿舍有多差，床有多硬，都是能够缓解劳累的地方。下床底下的位置，上下铺两人一人一半，用来放东西。零食一般用一个专门的桶装着，要吃了就从床底下拖出来。床上放纸巾、镜子等日常用品，通常只有半张床用来睡觉。有的宿舍允许员工用电做饭，有的规定了晚上的熄灯时间，有的可以通宵开灯。有的宿舍只能用脏、乱、差来形容。有的工厂宿舍不够住，便在外面租农民房，两室一厅或三室一厅，在外面住的员工比在工厂宿舍住的员工起得要早一些。

工厂的仓库用来堆半成品、成品，里面有仓管，专门负责点货、发货，有的仓管没事儿做就躲在里面睡觉；有的仓管野心勃勃，监守自盗，腰包变鼓，因此沾沾自喜，然而一旦暴露，只能锒铛入狱，悔恨一生。工厂的清洁工多为四十多岁的妇女，有的只上八个小时的班，有的和员工一起上下班。工厂的保安分布在大门口、车间、宿舍。大门口的保安在有车出入时负责开门，检查出入的每一个人是否本厂工人；车间的保安维持打卡秩序，监督有没有人偷盗；宿舍的保安检查有无厂外人员混进去住，有的保安还得负责打扫宿舍卫生，给员工打开水。农民房里的保安在员工上班后可以坐下看电视。保安的工作多为两班倒，上夜班在所难免，他们普遍工资不高，有些人做久了，人也变得心灰意懒。

有的工厂，员工中午不可以出来，若有亲人来，只能隔着铁栏杆说话，活像探监。好的工厂，注重员工的文化生活，有图书馆、乒乓球室等；差的工厂，员工们的业余生活枯燥乏味，在流水线上不停忙活，一旦停下来，他们倒会无所适从。

当工人的权益得不到保障时，他们会奋起反抗，采取罢工的形式，待事情解决后，工厂会将带头的几个人炒掉。工厂里走人是很正常的事情，来来去去，去去来来。大厂能留住人，小厂的流动性大，有时一天走几十个都不足为奇。辞工分慢辞工和急辞工，员工慢辞工可以拿到所有工资，急辞工一般要扣半个月工资。不正规的厂不让员工辞工，员工只好舍弃当月工资，这叫自离。正式辞工的员工，到期时，交厂牌、工衣、工卡、工具，领了工资，搬出宿舍，就与这家工厂脱离了关系。有的厂进了一次还可进二次，有的厂却规定出了厂再也不许进。

"打工"二字充满了漂泊的意味，不是炒老板鱿鱼，就是被老板炒鱿鱼。炒老板鱿鱼，一般是员工对这厂不满，或者厌倦了这份工作，有了好的去处；被老板炒鱿鱼则可以用凄惨来形容，因为没有任何预料，常常措手不及，假如员工在外面没有住处，不能及时进厂，真是要为生存焦头烂额。要是遇到一个几位老板合伙开的工厂，炒了员工还会毫无缘由地扣工资。如果员工对自己的工作满意，这时遇到裁员，好比被人闷头打了一棍。从这个厂跳到那个厂，此处不留人，自有留人处，听着挺潇洒，当事人却背负着沉重的负担。如果工作稳定，没人愿意一家又一家找工厂。当进入一家新工厂，安排好宿舍，他们都会带着简陋的行李入住，一般是有一个大包，里面装着铺盖枕头衣服之类；提一个塑料桶，里面放着衣架，或者里面还有没晾干的衣服。找到宿舍的房号，再找到自己的床位，擦床板，铺床。来到陌生的工厂，得适应新环境，重新结识朋友。因为不确定性，员工们之间不论是友情还是爱情都很难维持长久，一旦一方离厂，感情就淡了，甚至不再联系。

产品销往海外的工厂，临近出货，货柜车就停在院坝里，等货物塞进它的肚子，货柜车司机便载着报关员驶向工厂外面。此时老板的心情一定是半喜半忧，喜悦的是按时交货，财源广进；担忧的是货柜车在海关检查时一旦出现差错，事情就比较麻烦了。

在员工眼里，老板风光无限，高高在上，他们对老板总是表现出羡慕和敬畏。可老板也有老板的烦恼，老板有时要受客户的气，而且要管理好一个工厂也绝非易事。尤其是一些小厂主，或是打工者出身的老板，经济实力不强，人际关系一般，管理经验欠缺，在商海里沉浮求生，真是在演绎一部惊险恐怖的戏码。他们甚少有风度，身心疲惫，更经不起打击。厂子经营不能维持，濒临倒闭时，想不出办法的他们只好让自己消失，工厂里的机器卖掉，工人的工钱结算掉，大家各奔东西。很快，这样的工厂又被另一个老板接手。那些成功的老板，不乏傲慢无礼者，处处压榨工人，视工人为草芥。跟了好的老板，是员工之大幸。

四川人、湖北人、湖南人、江西人、广东人、广西人……他们支撑起一个工厂。当说着各种方言的他们相遇，普通话是唯一的交流方式。从外面看，工厂都由厂房和宿舍楼组成，用围墙围着，戒备森严，当你走进去，才会发现每一家工厂都有不一样的故事。

如今有的工厂条件逐步改善，宿舍几人一间，装有空调、电视机和热水器；管理也更人性化，管理人员不再动不动就辱骂员工；好的工厂有了社保、医保。如今打工的人更愿意去长三角一带，深圳出现了用工荒、招工难的问题，老板们都在想着善待员工，留住他们。前段时间，我看见臣田批发市场对面的一片厂房不知何时已拆掉，变得荒草丛生。其他工厂会不会也逐渐消失？我也不知道答案。

20世纪90年代打工潮兴起，在火车站，处处可见外出务工的人，他们肩挑背扛，涌向滚滚人潮。

我刚出来打工的那天，在去县城汽车站的车上，看到一位母亲拉着儿子的手，把自己哭成了泪人，同行的一个小伙子说："你放心吧！他出去潇洒得很。"会吗？会潇洒吗？我的脑海里打了个大大的问号。《外来妹》的生活情景告诉我，不会。

有的人出来打工无依无靠，只能睡在天桥下或者公园里，倍受煎熬。早年间，这些打工人还要因为暂住证担惊受怕，东躲西藏，稍有不慎被抓，就会被关押起来，有亲人管的还好，没亲人管的会被遣送回乡。

有的人出来打工，后来搞出了名堂，成了大老板。我们那儿有个人在深圳包了工业区，回到老家请村里人吃了三天三夜。我的同学也有在广州开工厂的，这些人有的在老家建了楼，有的在镇上、县城买了商品房。但多数打工人还是在工厂、商场、工地等一线苦苦挣扎，再惨一点儿的，受了工伤，带着伤残的身体回家，像《外来妹》里的靓妮，再也不能出来打工；最惨的是出了意外，魂断他乡。

打工要忍得、跑得、吃得、干得，要有耐力和韧性。想摆脱打工？一无文凭二无技术，家里又没矿，不打工能干吗？小淑进的厂不像我和妹妹进的厂管理严格，所以她觉得打工是一种乐趣。我和妹妹在制衣厂做受气包久了，感觉生不如死，前途未卜，只能痛哭，不敢跟人说不想打工。别人没经历过那种痛楚，不会理解，反而出言嘲讽。我在从第一家工厂出来后就得了"打工恐惧症"，一见到工厂就害怕。

其实，我是在爸妈的"强迫"下出来打工的。爸爸说都是清闲活儿，不累，我出来才知道没那么简单。下班后，腰酸背痛是常有的，有时小腿肿得像馒头，我躺在床上，眼泪滑落到脸颊还不自知。陈雁姐说："你又做不了老板，不打工干什么？"是啊，我做不了老板，也没机会做老板娘。

有一个亲戚脱离打工生活后，说打工打厌了，因为老公会挣钱，她永远都不用去打工了。有个老乡来，对妈妈说你亲戚打工打对了，把家里搞得那么好。其实这个亲戚的老公也不是因为打工过上了好日子，而是后来自己做生意才挣了些钱。只能说，没有出来打工，就没有做生意的机会,如果他们一直打工，还要供子女上学，也一样过着紧巴巴的日子。

比亲戚迟半个月到深圳的妈妈却不得不一直打工，爸爸挣不了大钱，我和妹妹也没有出息，她在工厂由于年纪大受了不少气。妈妈受够了那样的生活，但为了家庭，只得忍气吞声。在工厂搬到越南后，妈妈也不想再打工，就去摆地摊，摆地摊不顺，又去打了几次工，都不长久，但始终是不想再打工。好在后来到处搞展销会，终于不用再打工。再后来爸爸病倒，她想打工也没机会。我和妹妹相继离婚，家庭情况糟糕，后来有一次那个亲戚来我们家，对妈妈说："不知你们怎么搞的，一家人出来打工，搞成这个样子！"

如果不是迫于生计，谁愿意背井离乡？谁不想和家人团聚在一起？可是在家就只能面朝黄土背朝天，一年到头也存不到钱。没人愿意来到异乡当牛做马，受尽白眼，被人吆喝，被人指手画脚。出来打工的目的只有一个：挣钱。

我在第一家制衣厂时，有位工友来自重庆，她的外表就不像是打工的，她家庭条件好，来打工只是为了见世面。我特别不理解，放着好日子不过，为什么来受这份罪？我可是做梦都想摆脱这样的日子呀。她的弟弟、弟媳跟我们一个部门，在工厂搬到越南后，他们全家回老家开了旅馆，几年后听人说他们发财了，挣了上百万元。

大淑小淑回老家后，我跟妹妹说她们真傻，深圳那么好，还要回去。小淑回去开了快递公司，没几年就有房有车，顺带让大淑也买了房。如果她们一直在外打工，一个月也就几千元钱，想买房买车异常困难，存点儿钱也是靠从牙缝里挤。谁都知道打死工离"发财"二字太遥远，可以说毫无可能，即使多挣一点儿钱，也是靠加班，难有出头之日。像我们这种敏感、要自尊的人不适合打工。有些人对打工的状态很满意，整天只顾好好上班，不去考虑其他，过得很快乐。

当看到比我年轻的打工者，我就会问他们为什么不读书。当时出来，有个江西工友也问过我这个问题，我沉默不语。妹妹来深圳那天，一出厂门，我一把抱住她："你为什么要出来？为什么要出来？"妈妈一人在外打工，一心想让我和妹妹读大学，我不读书，她哭了一个晚上。跟她同宿舍的工友是写字楼的，即将离职，问妈妈有没有亲戚朋友要来，她可以弄进厂，妈妈便让我出来，这样可以照顾我。我们把希望寄托在妹妹身上，现在妹妹出来了，我觉得一点儿希望都没有了。

每一个打工者都有一部血泪史，说起来忍不住泪流满面。在武汉街头，有位宗亲告诉我，当年他和村里一个男人外出打工，没有钱，挨饿受冻，后来那男的回去后再也不敢出来了。

我吃够了打工的苦，不希望我的孩子再打工，希望以后她们学有所成，有好的工作，即便没有很高的学历，也要让她们学一项手艺或技术，可以自己开店。对于我和妹妹的婚姻，妈妈总是自责，说如果她不出来打工就不会这样。妹妹说不怪妈妈，但后来也改口说如果妈妈不出来打工，可能不是这样。打工造就了跨省恋，改写了我们的命运，只不过有些人被改得更好，有些人被改得更差。

有次去文联，毕亮问我是干什么的，我说是打工的，他说咱都是打工的，不管金领白领还是蓝领。我却知道，打工也分高级工和低级工，待遇差别很大。

潮州那边的人出来，一般都去店里打工，为以后自己创业做准备。我觉得他们天生有头脑，不像大多数人只知道求生存，不谋发展。有些人在商场打工，以后自己做专柜；有些人在餐厅当服务员，以后自己开餐厅；还有些人在工厂打工，学了技术自己开厂。

打工造就了无数留守儿童。我和妹妹曾经就是留守儿童，知道没有父母在身边的日子有多难熬。父母在异乡想家乡的孩子，孩子在家乡想异乡的父母，隔着千山万水的距离。

打工充满了不确定性，打工者随时会被炒鱿鱼，当然，也可以炒老板的鱿鱼。不管是哪一种，都是一种伤害，意味着打工者要为接下来的生活而焦虑。

90后的老乡带从前的老师来我家，他老师说那些学生不爱读书，就想着出去打工。我问："为什么不想读书呢？"老师说学生就想着外面丰富多彩，小老乡当时觉得上学不自由，想出来打工，出来打工又觉得工不是那么好打的。

现在的人都不愿到工厂打工，尤其是90后。原先工人找工作只看工资高低，现在不但要问宿舍、食堂环境，还要问工厂里有没有娱乐设施，不开心了就选择离开。

作家尤凤伟在打工题材小说《泥鳅》的创作谈中谈道："我的父亲在新中国成立前离开村子到大连当了店员（也是外出打工）。但那时候的情况和现在迥然不同，父亲从放下铺盖卷那一刻起就成了城里人，无论实际上还是感觉上都和城里人没有区别，而现在乡下人哪怕在城里干十年八年，仍然还是个农民。"

我的两个姑父都是工人，有一个在县城还有房子。他们在国有企业，有保障。虽然我们出来打工也是当工人，但性质完全不一样，我们进的是私企，一切老板说了算。铁饭碗被打破后，打工经济形成，大学生只能自谋出路。工厂是民营企业或者外资企业，所有工人都是打工者，如果不遵守规章制度，不规规矩矩干活儿，就会被炒鱿鱼。老板凭借雄厚的资金，兴办一个工厂，他们是纳税大户，受法律保护，是赚大钱的公民；工人只有忍气吞声，好好干活儿，才能赚点儿生活费。

在工厂，除了老板，其他人都是打工者。老板不干活儿，指手画脚，看谁不顺眼，骂骂咧咧，打工者不敢怒也不敢言，只能在背后发发牢骚。这种经济模式，老板是主人，打工者像奴隶。不过老板要承担风险责任，打工者不用担心风险，干了活问老板要工资就是。打工形成一种潮流，干得好继续干，干得不好，随时走人。

爸妈1989年出来打工，那时深圳还到处是荒山、农田，农田里有鸭，地里有荔枝、香蕉，工厂还比较少，他们下班之后过得挺快乐，可以去偷香蕉吃，或者一人骑三轮车拉几个人去逛。后来厂房占领了田地，工厂越来越规范化，管理越来越严格，来深圳打工的人就没有那么散漫了，天天加班加点，下了班只想倒头便睡。

妈妈说她出来打工打到几个外孙，我和妹妹呢，打到一两个孩子，一无所有，两手空空，从小姑娘变成了阿姨，打工打白了头。

我差点儿去东莞市长安镇的一家大型玩具厂上班，得知那个车间需要用机器缝玩具的衣服，想着可能一不小心会伤到手，毅然决定不去了。我虽然没有挣到钱，但懂得保护自己，让自己的身体毫发无损，这是最大的幸运。

随着人工智能的普及，以后的人可能连工都没得打。如今深圳的工厂搬离得差不多了，没有学历的人只能选择到商场、超市、餐厅等地打工，这些场所工资普遍较低，而且物价和房租日益上涨，城中村也在清理农民房，逼得低学历打工者无处可逃。其实我早希望无工可打，就不用受这份罪了，可如果真的到了那一天，我说不清是什么滋味。还好老家有地，如果在此处待不下去，跟打工彻底说"拜拜"，未尝不是一件好事。

打
工
妹

　　《外来妹》是中国第一部反映打工妹生活的电视连续剧，正是因为看了这部剧，我才不想成为剧中一样的人物。我看过一本杂志，上面有武汉一所美容学校的招生简章，就想以后去武汉学做美容。看到小学同学在公社学做衣服，我也希望有一天能做裁缝学徒，学缝纫技术，做出一件件漂亮的衣服。堂姐和表姐，还有村里的一些女孩儿，她们在辍学后都做了打工妹。

　　打工妹的命运一般都是读到初中辍学，年纪轻轻甚至还未成年就出来打工，过早承受生活的重担。几年后，回家相亲结婚或在外谈个男友，嫁了人后开始传宗接代，有了孩子后先让老公出去打工，等孩子大一点儿后，自己再出去打工，这时孩子还不会叫妈妈。运气好一点儿的，嫁给打工所在地的本地人，从此过上阔太生活。有极少数的，受了情伤，从此堕落风尘。有些女孩儿涉世未深，被人以找工作为由骗去嫁到老山区。我堂姐和表姐在广州火车站就遇到过这类骗子，幸好她们反应及时逃过一劫。

有些打工妹的愿望很简单，打工挣一笔嫁妆；有些打工妹则有野心，不甘于平庸，通过自身努力成了女强人。但那也是少数，多数打工妹都只能默默无闻，过着平凡的日子。

我不想成为打工妹，在无可奈何做了打工妹后，也一直想摆脱这个身份。我拼命写作，想跳出工厂，做编辑或记者这样体面的工作，可惜到现在也没实现。一个没关系、没背景、老实呆板、不会溜须拍马的打工妹，要想改变命运简直是异想天开。

我讨厌穿宽大的工衣，无论打工妹的身材多好，都会被工衣掩盖。上班必须穿工衣，谁也不能违抗。可打工妹爱美，一到晚上不加班或周末，会使劲打扮自己，个个花枝招展，青春气息洋溢在脸上。衣服虽然便宜，至少有颜色和款式。平时容貌平平的女孩儿，穿上自己的衣服后也添了别样风情，让人眼前一亮。在第一个工厂时，跟我和妈妈住在同一楼层的一个女孩儿连晚上冲完凉的衣服都经常换，我那时非常羡慕她。我也羡慕卓依婷，她是歌星，MV里唱一首歌要换几身衣服，很少重样。

《我的诗篇》放映时，我去上海参加活动，有个50岁左右的大姐说我不应该穿那种裙子，应该穿白T恤牛仔裤，在她的认知里，打工妹就应该朴素土气。她自己一把年纪了还穿裙子戴个蝴蝶结发箍呢。在上海打工的一个打工女诗人，也在朋友圈说她去参加活动时有人说她不该抹口红。那些人认为打工妹就不应该打扮，打扮是一种罪过，看起来就不像打工妹了，这都什么逻辑！她们自己也是女性，难道不知道爱美是女人的天性吗？看电视剧电影里一个劲儿把打工妹往土气打扮，我就生气，他们让影视剧里的打工妹扎两条麻花辫，衣服裤子都土得掉渣，一下子回到二十世纪八九十年代，可他们拍的不是那个年代的戏。还是蒋勤勤聪明，她演打工妹说穿的衣服太土了，背的包也太土了，说据她所知，现在的打工妹也很爱美。没错，爱美是打工妹的权利！

前夫让我去商场上班，我说："那个商场穿工作服吗？不穿工作服还好点儿，穿了一看就知道在哪里上班。"他说："你是怕别人看出你是个打工妹吗？"我一定要摆脱这个身份，他却认为我当不了老板，于是我说："总有一天，我要当老板！"说这话时有个小弟催我去注册公司，做自己品牌的吊带裙，找投资。唉，我一无人脉二无背景，到哪里去找投资？只能是空想。

有人说我看起来就是打工妹，我听了有些难受。我长相普通，又没钱保养，外表就被定了性。对于自己曾是打工妹，我仍然有些自卑，如果遇到想交往的男子，我也会强调自己曾是打工妹，问他是否介意。

打工妹孤身在外，当有异性靠近，她们感觉温暖，会像抓住救命稻草一样。我曾听说有男孩儿用一份炒粉就把女孩儿追到手。有的打工妹特别单纯，被已婚男人骗了，有的怀了孕都不知道，糊里糊涂在厕所生下孩子。打工妹也渴望爱情，但她们漂泊不定的生活使得爱情的基石并不牢固。

在制造业发达的珠三角，男女比例长期失调，在普通人眼中，打工妹只是流水线上的一颗颗螺丝钉，很少有人会顾及她们精神方面的需求。然而她们毕竟是女性，有情感需要。

有些打工妹相貌比明星还漂亮。我堂嫂就是个美人胚子，出去会吸引众人目光，很多人走过了还回头痴痴地看。她去了一次我和妈妈的宿舍，宿舍的女孩儿都说她好漂亮，问是不是四川妹子。其中有个女孩儿，有几次我听见别人在她面前说某某漂亮时她都否认，但见了堂嫂却不得不夸赞。有一次在文乐酒店外面，几个男的坐在那里唱歌，还有一群人围观他们唱歌，本来这几个男的背对着我们，其中一个男子无意中回头看了一眼，堂嫂就像磁铁一样把他的目光吸住了，他成了一座"雕塑"，好半天都保持那个姿势，再也无法动弹，歌更是忘了唱。堂嫂去爸爸所在的工厂，工人看见她就目不转睛，她出厂后别人还向爸爸打听她的情况。

妹妹和堂嫂刚出来时去一家玻璃厂应聘，堂哥觉得他女朋友漂亮，说肯定没问题，却说妹妹把握不大，结果因为要考26个英文字母，堂嫂写错好几个，没应聘上。堂嫂后来和妹妹一起进了电子厂，见过她的人都说她好靓，但也没有人因为靓提拔她去做文员，她就一直在流水线上，因为加班加点，有时吃了午饭坐在凳子上都打瞌睡。妹妹那时长相身材也不差，她进了我和妈妈待的那个制衣厂，因为长相好看，指导工安排她做比较轻松的活。

我在深圳进厂的第一天就发现一个美女，鹅蛋脸，挺鼻小嘴，是湖北仙桃人。每次和妈妈在一起，看她快走近了，我就说："好漂亮！好漂亮！"我的四川老乡凤琴跟这个美女走得比较近，我就想她怎么对那女孩儿的美丽无动于衷呢？那些漂亮女孩儿做打工妹实在可惜了。她们生得美，却并不利用美貌走快速通道。包装部负责人是个30多岁的男人，已有3个小孩，在厂里招惹过不少未婚女孩儿，十几岁的都有，那些女孩儿只图上班轻松一点儿，比如掏小镜子照照脸，或者坐在那玩一会儿。这位仙桃美女如此迷人，他自然不会放过。他安排美女在剪线拉上收货、记数，美女天天就拿把剪刀坐在那里做做样子。一般剪线拉晚上不用加班，有一次我见此美女问负责人："今晚不加班吗？"负责人用痴迷的眼神盯着她的脸，头差点儿和美女的头碰到一起。不过后来美女找了个男朋友，负责人硬是没有得逞。

也是在那个厂，我和来自梅州、仙桃的两个女孩儿关系要好，和梅州女孩儿上班趁管理人员不在打打闹闹一小会儿，算是苦中作乐；和仙桃女孩儿晚上出去吃夜宵，轮流出钱。我出厂后和她们都碰到过，梅州女孩儿还是一如既往的热情，仙桃女孩儿像是从未认识。人终究是要各奔东西，没什么要紧。

多数打工妹都想离开流水线，做文员。林美美离开电子厂后应聘上了文员，之前我们的那些工友都羡慕她。

有一个打工妹成了著名作家，后转型成商人。有个记者要写关于打工妹的报告文学，来采访我，闲聊中提到这位作家商人，她轻蔑地说："一个打工妹！"这让我明白，作为一个打工妹，你哪怕早已华丽转身，在别人眼里也是没文化没素质，而且这位记者忘了，坐在她对面的就是一个打工妹。她在俯视我，表现出是因为要写报告文学才不得已和打工妹们接触。

因为在外打工，许多打工妹结识的都是外省的男朋友，选择了远嫁。我也是远嫁，出去跟别的女子聊天，总爱问她们嫁到哪里，如果说嫁到外省，就问她们："会不会后悔？"结果我发现十个有九个都后悔，说起来就伤心。有些男人为了不花钱，专娶外省女孩儿。四川女人地位高，男人一般顾家又会挣钱，勤劳务实。我和妹妹嫁的山东人和湖北人，在家都是公公婆婆说了算。我们不仅伤害自己，也伤害了父母。妈妈最恨远嫁，偏偏我和妹妹都嫁到外省。她和爸爸只有我和妹妹两个孩子，我们却没为他们考虑过，两个都嫁到外省去了。妈妈回老家看到别人的女婿到老丈人家帮着做这做那，说我们家的女婿像老爷一样，扫把都不摸一下。远嫁之痛，我和妹妹深有体会。虽然远嫁也要看人，但我感觉过得幸福的很少，所以我还是希望打工妹尽量不要远嫁。

我在书上看到打工妹因压力过大跳楼身亡的消息。其实我也曾有过跳楼之举，一只脚搭在窗台上，想跳下去一了百了，是妈妈硬把我拉了下来。谢湘南的诗《葬在深圳的姑娘》写的是在深圳去世的打工妹，她们像鲜花一样枯萎，想起来不免悲凉。如果她们不来深圳，是不是就不会过早死去？客死异乡，她们魂归何处？我也在想，如果我不来深圳，不是打工妹，命运会不会不一样？

消
失
的
工
厂

　　从住处步行一段，到西乡大道，路过一座天桥。以前没有天桥，工厂里的人总是瞅着没车就快速跑过去，存在安全隐患。有了天桥以后，行人经过这儿都要走天桥。天桥过去是满京华艺峦大厦，以前这儿全是工厂，爸爸曾在其中的一个手袋厂宿舍当门卫，住在七楼，每次爬楼都很累。我和妈妈不加班或周末不上班时，都来这儿和爸爸一起度过。我提着本子来写作，稿纸是另一个门卫用大白纸给我裁成的本子，他说："成功了可别忘了我。"他曾和我们合租过房子，搬走后在这儿的一栋楼里接丝印的活，当上了小老板，比我们过得好。再后来，这儿的房子全拆了。他是何时离开的，去了哪儿，我们不得而知。

　　如今这里楼上是写字楼，朋友想开公司，带我去了楼上，那是我第一次见开放式办公室。文友给我介绍了一个搞影视的老板，也在这其中一栋楼上。对于一个多年混迹工厂的人，我只知道工厂有写字楼，但那些工厂里面的写字楼与这里的写字楼没法比，工厂里只是有一间办公室而已，而这种商业写字楼整栋都是写字楼，气派豪华，办公环境整洁优雅。二楼有大导演电影城，有餐厅趣茗轩和筷乐湘村，一楼有柠檬茶店和汉堡王。我经常带女儿来这里玩耍，到了下班时间，看着里面的工作人员鱼贯而出。他们是如何找到这份工作的？应该是在网上吧，现在流行在网上找，可不像以前的人得到处找厂。

从左边往上走是铁仔路，也是我第一天来深圳走过的路。住翠景花园时，每天中午妈妈要从制衣厂走这条路回来吃饭。这条路右边是艺峦大厦，这儿曾有一家苑芳照相馆，在那个没有数码相机更没有手机的年代，照相馆留下了我们的青春，珍贵至极，现在把照片翻出来看，心中别有一番滋味。它的对面是一个个快餐馆，随着附近工厂消失，全部闭门歇业。前面以前是建安商场，工厂的人来购物，碰上商场请人来跳舞，会围一大群人观看。建安商场的前面是个纸品厂，纸品厂对面是一个比较大的骏业厂，厂房被推平几年，一直无人管理，我三年前经过，挖土机在作业，几个工人在里面忙碌，现在叫朗峻广场。往前走，左边以前是个塑胶厂，每次经过都能闻到刺鼻的塑胶味，需捂着鼻子快速走过，现在完全没有这味道了。它的对面有一间单独的小屋子，妈妈认识的一个女子租住在那儿，我来深圳的那晚在里面待了几个小时。再往前是个小厂，很不起眼，从未打听过是什么厂，偶尔经过总见到几个工人蹲在那儿。再前面是运通厂，几年前就大门敞开，正在施工，现在几栋大楼耸入云霄。

　　运通厂过去就是我进的第一个工厂——松高厂，我在这里度过了四年童工生活，也在这里开始写作和交笔友。离开后，妹妹又两次进了这个厂。妹妹离开后，妈妈一人在这个厂工作。松高厂留给我们的是灰色记忆。我们都选择逃离，只有妈妈选择隐忍，一直做到2009年工厂搬到越南去，才真正摆脱。不管在这个厂曾经日子多难过，都已成为历史。厂房还在，却不再是过去的工厂和工人。那时每一年包装部都会在厂门口拍张合影，我现在不可能在这儿见到其中任何一个工友，只能通过照片回想他们的样子。过去一下班，穿着天蓝色工衣的工人们就像潮水一般涌出来，招工的时候人挤人。现在这儿已成了一个个小厂，下班也只有三三两两的人出来，都穿着自己的衣服——这些小厂的工人没有工衣可穿。我曾去看过宿舍，比我们住的时候还要差。马路右边是1工厂和2工厂，左边是3工厂，马路上空有座天桥，现在天桥废弃。以前这个厂没有厂名招牌，人家难找，现在天桥左边的厂区墙上写着凯升工业园。也许在不久的将来，它也会被夷为平地。

　　在这个厂时，我差点儿以为自己活不下去，它让我厌恶工厂生活。时光仿佛会变魔术，把不愉快都抹去。当再次站在此处，恍如隔世。

　　松高厂的对面以前是表姐厂里的宿舍，我来深圳那晚在那间小屋子待了几个小时后，妈妈加完班把我送到表姐宿舍去住。一楼有早餐店、杂货店，20世纪90年代的时候，这些店一年就能赚20

多万，曾让我无比艳羡。还有一个小邮局，我曾在这里把我的小说寄到出版社，把给笔友的一封封信寄到他们厂里。现在这里是一栋漂亮的住宅楼，楼下还有个幼儿园。没想到这厂对面会修漂亮的房子，如果我有钱，能在这里买一套房该多好。

松高厂和前面的岩七厂、对面的荒井厂都是日资企业，这些厂现在已不存在，再前面的方大厂也没了。松高厂的前面几年前在兴建大楼，是凤凰国际智谷，早已竣工。大楼的下面是白鹿广场，朋友选办公室时我们进去过。再往前一点儿，就是银田了。右边有个工业区，以前我在一制衣厂当仓管时的宿舍在里面，面前的一片空地长出的草有一个人站直那么高，右前方还有多栋以前的厂房。从楼缝里看去，周边现在有很多高大的住宅楼。从左边拐，也能看到周边被住宅楼包围。我记得以前那儿没有房子。走下一个斜坡，老乡林美美和小淑做过的工厂现在也人去楼空，大门用木板钉着，前面有一栋蓝色精装房。再往左拐，前面就是我做仓管的工业区，两边的店面变了样，现在遍地都是车。右前方赫然耸立着一栋星窝青年创业公寓，它的对面是我做仓管之初住过的宿舍楼，每个阳台仍晾满了衣服，但看不见工衣。

如果顺着松高厂的3工厂往下走，可以看见那一排开了两家小店，比以前漂亮。表姐宿舍的后面以前有个科电厂，还有些小店面，我来深圳那天等妈妈下班，还在这里内江人开的饭馆吃过猪头肉。当年，我和工友下班也会到这一带逛逛，这里有台球桌、投影厅和夜市，我们经常到此买发夹、袜子。它的下面也有一个夜市，比上面这个更大更热闹，卖磁带、VCD、DVD等。我在那里买的无论是套裙还是吊带裙都是25元。现在这一切消失得无影无踪，这里摇身一变，成了共乐城。往右拐的那条路也通向银田工业区。以前这两边全是工厂，现在应该一家都没有了，完全变了样，让我惊奇的是，这儿不知何时竟然建了华中师范大学宝安附属学校。快到银田工业区那儿还往下开了一条路通向固戍。

没有工厂的城市更漂亮了，它成了真正意义上的国际化大都市，以后将遍地都是漂亮的房子。以前分关内关外，关外的环境不能与关内媲美，以后没有了工厂，全是写字楼，深圳会不会到处都是同一个模样？

以前来到深圳的人，一般都会说去找厂或进厂。他们先找到厂，才能进厂。我所有的亲戚老乡们刚来深圳，都是进厂。不进厂打工，又能干什么？

20世纪90年代初，一座座工厂拔地而起，像磁铁般吸引着五湖四海的年轻人，大量打工人涌入劳动密集型工厂。工厂仗着人力供不应求，肆意制定招工规则，有的需要缴纳一笔比单月工资还高的"介绍费"，有的要求员工缴纳押金，还有的要押一个月工资。

去职业介绍所找厂，要交点儿钱，但可能获知的还是假消息，白跑一趟。那时候黑职业介绍所比较猖獗。若有老乡和亲戚朋友介绍进厂再好不过，在工厂，多得是裙带关系。形单影只的人只能去留意贴在路边、工厂门口的招工广告；没地方住，就花上几元钱去投影厅看一夜投影。

早年来深圳找厂的人，他们寄人篱下，忍气吞声，为了维持生活做着低收入、长工时、难以实现自我价值的工作，但仍可以抓住时代的机遇跨跃阶层。

　　清晨，工人浩浩荡荡涌入车间，如同一支大军，每个人手上拎着一袋包子，或是端着打包了炒粉的发泡饭盒，使劲往嘴里扒拉。傍晚下班，几乎所有人手里都提着热水壶，有的人是无奈之举，那时工厂宿舍没有安装热水器，冬天洗热水澡只能靠这种办法；有的人则是为了节省水电费。

　　提到工厂，立马就有这些关键词：流水线、长时间夜班。对于进厂工作，很多人都是排斥的，大部分人觉得去工厂上班，没有前途，也学不到什么本事，只会毁了一辈子，年年如一日，岁岁看不到头，久而久之，会让自己沦为一个机器，只有没任何技能安于现状的人才会去。

　　三班倒的车间流水线、春运前后人头攒动的车站、工厂门前1元一次的公共电话亭、花几元钱投币在点歌机上点歌，这是我们经历过的生活。大家都是工厂的工人，都很平等，大家都是一个阶层，曾穿着一样的工衣，住一样的出租屋，吃一样的炒米粉。

　　去工厂工作，对于没有技能和知识的人来说是过渡，只要把握住机会也可以学习到相关知识和技能经验，即使后面不从事这方面的工作，但技多不压身。同时相对闯荡社会的风险来说，进厂只是个比较安稳的选择。

　　无论是选择进厂还是选择其他工作，没有长远的规划，结果都是一样的。不是说进厂就不好，也不是说进厂就是一世打工，在工厂工作，只要把握好机会，自己不满足于现状，多学习知识，就极有可能改变一生的命运。

在合适的时间做合适的事，只要现在的生活或生存需要进厂，那就可以选择先进厂。

对于很多初中毕业、早早就进入社会的人来说，他们没有经验，没有技术，进入工厂打工不失为一个好选择。即使没有工作经验，只要认真工作，一段时间之后，或许能适应这份工作，说不定靠自己的努力，还能升职加薪。不要小看工厂，工厂里面也有很多厉害的一线生产工，工作中也会增加不少的经验和人脉。

选择进厂打工，对于那些年龄稍大、没有经验没有技术、能力不强的人来说，可能是一种福音。他们在工厂上班的收入，远远超过了回到老家种地的收入，也不用整天在外面风吹日晒。

大家虽然在网上看到了很多关于进厂工作的言论，但并不是所有人去工厂工作都如网上所说，也有很多人不仅学到了技术，也得到了升职加薪的机会。有些工厂由于经营不善，高管连夜出逃，剩下工人一脸错愕。工厂倒闭，工人们就不知要去哪里了。

工人们出了工厂就很难再聚在一起，更别说工厂消失了。工友们在一起有一天算一天，分开后就可能是永别。

几年前，我看见臣田批发市场对面的一片厂房被拆，荒草丛生，就想，其他工厂会不会也逐渐消失？不料还没过几年，这些工厂就消失得差不多了。

我曾到宝田工业区、莲塘工业区、西城工业区和银田工业区等周边各个工业区找工作，撑着伞在太阳下走得汗流浃背；也曾往海边走，现在那里全部都是住宅楼。我去固戍看以前做过的电子厂，一走进牌坊，就看到高高的住宅楼，通往电子厂的路上有一栋公寓，那些小店也变了样。厂房还保持着原貌，牌子改成了其他名字。我在二楼和四楼上过班，妹妹在三楼的加工厂上班，她和妹夫租住在厂门口的铁皮房二楼，铁皮房现在变成了楼房，仍然租给外来工。我还去过35区的安华工业区，进去就能看到左边正在兴建大楼，往以前做前台文员的工厂走，那里竟然建了羽毛球馆。再往里面走，工厂空无一人。

　　位于南山区的南油服装批发城，过去有许多工厂，现在工厂都迁到东莞去了。

　　近年来由于深圳征税标准提高，工厂开始往外迁。一家工厂的倒闭或迁移，意味着成千上万工人的离开。有人回到老家做起小生意，有人选择去其他地方继续打工。无论走向何方，他们行色匆匆，没来得及留下一点儿痕迹。多少人把青春丢在工厂，最终黯然神伤离开。他们热爱这座城市，但城市已不需要工厂，他们的劳动没了价值。

　　"80后"们2000年前后到深圳，在这里停留三四年至十年——那是深圳工业的高光时刻，那时的深圳被称为"世界工厂"。这些打工者的青春在深圳度过，离开时他们大多还未到25岁。暂住证、介绍费、公共电话、电台节目、溜冰场等都成了外来工怀旧的关键词。很多曾在深圳打工、现在各自回家的"70后"、"80后"，他们十分怀念那个打工时代——那是他们青春的集体记忆。

不少工厂退出历史舞台，机器的轰鸣声成了永恒的记忆，这些工厂有的被重组已经脱胎换骨，有的只剩下空洞的厂房，有的只留下残缺的厂名，有的难觅踪影。当年的工厂已不复存在，但它们的确曾创造了辉煌。

没了工厂，断指、工伤、职业病、劳动纠纷也不会再有。工厂里涌现的老板、歌手、作家、诗人等，这些都将不复存在。如果不再需要工人，也就不会再有许立志笔下的流水线上的兵马俑。

只要到周边转一转，就会发现越来越多的工厂消失、烂楼拆毁。十年前，这里遍地是工厂，日本、韩国、美国等外资工厂随处可见。一辆接着一辆的货柜车、穿着厂服的打工妹，这些当时很平常的场景如今已经看不到了，现在遍地是楼盘、办公楼。企业腾笼换鸟、产业提档升级，没有出现几个世界级企业，大家都争先恐后地去做房地产生意。我有些看不懂了，真怀念那段时光。那是一段激情燃烧的岁月，虽然苦，但值得怀念。深圳依然车多人多高楼多，却不敢再说工厂多。在工厂时生活压抑，我想要逃离，希望工厂消失，现在工厂真的消失了，我倒是总情不自禁回忆。那段日子常常加班，娱乐匮乏，可是与当下的中年生活相比，那段日子反而是轻松的。

消失的不仅是工厂、工人、工业区，还有溜冰场、杂货店、小吃店、糖水店……那些靠着工厂工人做生意的场所，工厂没了，他们也开不下去。有的工厂变身为创意产业园。当"深圳制造"转为"深圳智造",工业园改为科技园,如果要去找一个工厂,也许当你赶到,只能看到一个工地,在不久的将来就会变成商务公寓楼,或者已经是高耸入云的大楼。有的旧工厂曾经在工业园里占据大片地块,如今这地方已被好几家小厂分据。那些闲置的厂房,无人打理,草比人高,被雨冲刷,被风吹拂,被太阳暴晒。不再经营的工厂很快被拆除,消失在地图上,工人的记忆也模糊了,只能靠一点点线索拼凑。已经关闭的工业园内,广告栏还残留着招工告示。工厂关闭后,周边的商业区也变得冷清。工厂搬迁或倒闭后,厂房被拆除也是常有的事。一个个工厂被时代抹去,就像黑板上的字被黑板擦擦去,不留一丝痕迹。工厂往事将被历史的烟尘湮没。

我记得以前出来,遍地是穿着工厂厂服的人,现在中午出去都看不到一个,除了清洁工穿着工服,其他人全都穿着自己的衣服。因为工厂搬迁,很多人都走了,幼儿园的小孩减少了。没有工厂,学历低的人找工作更难。已婚人士一般把孩子带在身边,没有深户没有房子,孩子上学的条件越来越苛刻,房租上涨,再加上工作没了,只能离开。真正的底层在这儿难以生活,深圳容纳不了这么多人,没文化的人出局,社会精英留下,甚至不惜财力引进人才。这几年,深圳的人口少了许多。在城中村,早上从一条条小巷里匆匆走出的上班族,都是打扮入时的年轻人。

我从来没想过哪一天深圳会没有工厂,只能说世界变化太大了。深圳在转型,要打造科技之城,需要的是高科技人才。

如今，深圳发生了翻天覆地的变化，我记忆中熟悉的一切正在慢慢消失。过去的深圳不复存在，这是一个全新的深圳。我们的作家们还会写工厂生活吗？我想写一部长篇打工小说，还没写出来呢，工厂就慢慢消失了。我还希望我的小说能改编成电影或电视剧，只怕真有那么一天，都找不到拍摄地。

工厂曾如雨后春笋般出现，但工厂不只是工厂，它们如所有生命一样，会经历从出生到消亡的过程——选址、建厂、投产、停工再到最后的废弃。

多年后，工匠换个地方再次修建工厂，打工妹再次涌入，这一次，地点将不会是深圳。工厂和打工妹一起，留在了深圳的城市记忆中。

图书在版编目（CIP）数据

我的吊带裙 / 邬霞著 . -- 北京：华龄出版社，

2022.9

ISBN 978-7-5169-2317-7

Ⅰ . ①我… Ⅱ . ①邬… Ⅲ . ①纪实文学—中国—当代

Ⅳ . ① I25

中国版本图书馆 CIP 数据核字（2022）第 129246 号

出 版 人	周　宏		责任印制	李末圻
责任编辑	冀　晖		内文制作	郭　蝈

书　　名	我的吊带裙		作　者	邬　霞
出　　版	华龄出版社 HUALING PRESS			
发　　行				
社　　址	北京市东城区安定门外大街甲 57 号		邮　编	100011
发　　行	010-58122255		传　真	010-84049572
承　　印	定州启航印刷有限公司			
版　　次	2022 年 9 月第 1 版		印　次	2022 年 9 月第 1 次印刷
规　　格	880mm × 1230mm		开　本	1/32
印　　张	9.5		字　数	200 千字
书　　号	ISBN 978-7-5169-2317-7			
定　　价	49.80 元			